只因·遇见你

有时候爱是一种眼神，赶走所有苦闷，是你让我记得自己不是一个人，有你在，什么都有可能。

遇见更好的自己

人生已如此艰难，有许多无法选择与无可奈何，所以在能力范围内，一定要努力争取自己想要的生活。

我想·和你在❤一起

她是我见过的最漂亮的姑娘，我对她一见钟情，那是我从未有过的一种感觉，我愿意把我的所有火腿肠和牛肉干都分给她。

Gary

我喜欢他，却不敢表白，生怕自己好不容易找到的蝴蝶受到惊吓飞走了。直到他离开，我才知道，爱来了，就要抓住，不然它会飞走的。

我叫Lucky，很可爱，也很听话，
你愿意让我留在你身边吗？

Lucky

如果你愿意跟着我走
我就带你回家

你们是我的朋友，也是我的家人
谢谢你们的一生陪伴

请给我一个能遛狗的男朋友

GIVE ME A DOG
AND A BOYFRIEND

七朗

著

北京联合出版公司
Beijing United Publishing Co.,Ltd.

图书在版编目（CIP）数据

请给我一个能遛狗的男朋友 / 七朗著 . -- 北京：
北京联合出版公司 , 2020.12
　　ISBN 978-7-5596-4628-6

　　Ⅰ . ①请… Ⅱ . ①七… Ⅲ . ①长篇小说－中国－当代
Ⅳ . ① I247.5

中国版本图书馆 CIP 数据核字（2020）第 198097 号

请给我一个能遛狗的男朋友

作　　者：七　朗
出 品 人：赵红仕
责任编辑：郭佳佳
封面设计：吴黛君

北京联合出版公司出版
（北京市西城区德外大街83号楼9层 100088）
北京新华先锋出版科技有限公司发行
唐山富达印务有限公司印刷　新华书店经销
字数264千字　620毫米×889毫米　1/16　19印张
2020年12月第1版　2020年12月第1次印刷
ISBN 978-7-5596-4628-6
定价：49.00元

序

我曾经养过一只迷你型的腊肠犬。

千禧年之初，我们在一个音乐节舞台边的草坪上偶遇。它四肢奇短，吐出一半的舌头歪挂在嘴边，像极了一个长了耳朵的板凳叼了一支短丘雪茄，样貌奇特且不羁。当人群开始随着舞台上的乐队一起躁动时，它走到我身边坐下。

我看着它，它看我手里的半根烤肠，我们僵持许久，出于礼貌，我在咬了一口以后把剩下的给了它。演出散场后它跟着我走到公交车站，我又带着它走回草坪，往返几次，在认定它的确是只没有主人的流浪狗之后，我咬牙打了一个每公里一块二的红色夏利把它领回了家。

一条流浪狗遇到一个居无定所的乐队吉他手，不知道这算是它的幸运还是不幸。因为那半条永远耷拉在嘴边的舌头，我给它取名"歪歪"。这条残次的舌头是来自先天畸形还是后天伤害，我不得而知，总之它基本没有影响到歪歪的进食，甚至以它的身材来说应该算是食量惊人了，有时候它能在吃光自己的狗粮之后再吃下我的半份炒饼。

我和歪歪一共相处了两年的时间，那两年的我总的来说就是倒霉透顶，在各个方面都毫无建树，日子过得浑浑噩噩，音乐玩得一塌糊涂，也许在旁人看来我比歪歪还要更像流浪狗一些。如果歪歪可以开口说话，没准儿也会摇着我的肩膀鼓励我："振作点啊朋友！"可它只是只狗，对于我和它自己的命运都无从知觉且无能为力，最满足的时刻也只是吃饱了炒饼再抱着我的脏匡威鞋骑上十分钟了事。

二十年后，七朗邀请我为他的新书写序，我满口答应，但也为到底要写点什么而惴惴不安，思来想去，还是决定写几句很多年不曾对人提起过的歪歪。

我和歪歪在那两年里一起经历了大概三到四次搬家，最后一次我搬到了北京北五环外的清河。我常光顾小区楼下一家物美价廉的小餐馆，第一，这里炒饼便宜，素炒五块，肉炒八块；第二，这家店经常有人点羊蝎子吃，老板喜欢歪歪，常常在收桌的时候挑几块啃得没那么干净的骨头扔给它。我来的次数越来越多，和老板也越来越熟络。乐队开始有了起色，偶尔有一些外地的演出邀约，我不在北京的时候就会把歪歪拜托给餐馆老板照顾几天，歪歪的体重也在羊蝎子的滋养下稳中有升。

就在我认为那些倒霉的生活已经和我们渐行渐远时，它却毫无征兆地到达了顶点——歪歪死了，因为误食了餐厅后厨的鼠药。我结束了巡演，独自回家，扔掉了歪歪最爱骑的那双帆布鞋，彻底打扫了房间，也因为受够了动荡和炒饼，在那一年的年尾，我找了一份朝九晚五的工作开始上班。

我为写这段文字努力地回忆，却发觉对于那段沮丧颓唐的岁月还能记得清楚的东西实在所剩无多，那个时候"治愈"这个词还不曾流行，我无从判断歪歪是否在某个时刻治愈过我，只是感觉那些在记忆里淡得快要消失的时刻，必须要通过它才能串联明晰起来。

我现在住在一个环境还算优雅的小区，在小区中心有一座绿植环绕的欧式凉亭，每到傍晚就有三三两两的狗友们围聚在一起聊天，狗子们在凉亭旁边的草坪里撒欢奔跑。这些小狗仪容整洁，品种丰富，可我却从没在其中见过一只腊肠，也没见过像歪歪一样古怪的舌头，这个草坪一点都不像我和歪歪偶遇的那个草坪，这里整洁、体面、生机勃勃。我忍不住想，如果我们晚一点相遇，我会不会也融入聊天的人群，把那些惨淡的人生当成笑料讲掉，再看着它成为那些小动物中最快乐的一个。当然这不会发生，我没有机会再养一只叫歪歪的狗，也许它依旧停留在千禧年之初的那块草坪上，潇洒地甩着舌头，等着和某个面目模糊的吉他手相遇。

我和歪歪的故事被七朗的文字唤起，说不定那些文字也同样会唤起另一个人的某时某刻，无论这些时刻是关于一只狗还是一段生活，它们都曾经发生，如此珍贵。

辛　爽

目 录 ♥

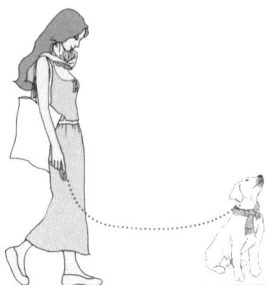

Chapter 1

30岁的人，除了狗，一无所有

1

2018 年，平安夜，窗外夜色朦胧，霓虹闪烁，整个北京城都被这个异国的节日搞得喜气洋洋，人们好像不用上班、不用交房租一样喜悦，北到天通苑、东到常营，倾巢出动，拥堵在各处繁华的街头。

快乐属于全世界，却不属于此时面色惨白、独自悲伤的女人——康楠。

康楠关上手机，全身瘫软地躺在沙发上，感到生无可恋。这一刻，她丧得灵魂出窍，仿佛和这个世界隔绝了，唯一提醒她和现实有联系的是眼前这只刚被捡回家、水足饭饱后正睡得打鼾的流浪狗。这只狗一脸的满足，完全没有一点儿想要安慰主人的意思。

康楠怎么也想不明白，为何 30 岁的自己会沦落到今天这一步？

从 29 岁到 30 岁，是一个漫长又忐忑的过程。

29 岁之前，康楠从未对生活有过恐惧，无论是事业还是爱情，兵来将挡，水来土掩，她把自己活成了一个英勇无畏的战士。可偏偏到了 29 岁，康楠莫名地感到一种洪水猛兽般的焦虑，事业不上不下，爱情一无所获。她不想成为别人嘴里的"剩女"，也不想成为台湾偶像剧里的"败犬"，这种恐惧使她坐立不安，仿佛走在人群中，自己的头上顶着一个计时器，一分一秒地告诉大家，自己离 30 岁又近了一些，于是掩面而逃。

"30 岁之后要怎么过"，这样的人生课题她还未参透，但回想这一个月里发生的事情，却能让她实打实地崩溃一阵子了。

月初，伴随着一声清脆的手机铃声，她收到初恋男友孙超阳的新婚典礼邀请，吓得手机差点儿掉进马桶里。她小心翼翼地点开照片，照片上孙超阳搂着一个娇艳欲滴的姑娘。姑娘五官精致，嘴角露出藏不住的喜悦，身材曼妙，小鸟依人地靠在男人的身边。连续翻了三张，康楠心跳加速，在心里提醒自己，现在科技发达，修图猖獗，所有人的新婚照片都好看，哪个都不比明星差多少。深吸一口气之后，她小心翼翼地点开了孙超阳的朋友圈。

两个人分手的时候还没有微信这种通信工具，他们是去年通过大学同学群互相加的微信好友。是孙超阳主动加她的，不通过显得自己小气，有"仍旧放不下"之嫌，于是康楠勉强通过好友申请，第一件事就是设置对方不准看自己的朋友圈——康楠不想自己现在的生活被前任"监视"，连点赞都不必，这样最清净。和康楠不同，孙超阳的朋友圈倒是依然可见，完全没有避讳她的意思。

康楠高傲地用下眼皮瞄着手机屏幕，拇指划了好几下，终于看到孙超阳和新婚太太的生活照，她坐直了身子，把照片点开、放大。十秒钟内，康楠的心凉了一半——这姑娘是真的好看。她又翻了一张，照片里的姑娘依然好看，而且绝对比自己好看。

康楠缓缓地坐在马桶上，长出一口气，她承认，这段初恋的确令她意难平。

孙超阳是康楠的高中同学，康楠所有关于少年美好的词汇都可以用在孙超阳的身上。两人就读的高中是当地出了名的"军事化管理"，学校到处是监控，男生、女生在走廊里说句话都是要被老师找家长的。但是，哪里有镇压，哪里就有反抗，越是兵荒马乱，越是能产生纯粹的爱情。康楠和孙超阳在家长和老师的眼皮子底下成功"早恋"了。高考后，报考学校时，两人选择了同一个城市，虽然没在同一个大学，但一辆 111 路公交车足以把两人紧紧地拴在一起。

后来，他们分手了，原因也很简单，孙超阳要出国留学，康楠想去北京发展，两人都心高气傲不肯让步，都赌气地认为对方不够爱自己。然而正值毕业，现实留给两个人沟通的时间太少，没过多久，两个人相互较着劲分了手。

分手的那天，老天爷很应景地安排了暴雨，康楠头也没回地上了车，车开动的时候她狠狠地忍着眼泪，硬是没让眼泪流下来。

但心里的苦闷她自己知道，康楠很长一段时间里都活在这段感情的阴影里，觉得到处都是孙超阳的影子，最丧的时候在博客里写下："男人都是洗衣机，遇到你时泡你、缠你，一段缠绵之后，时间一到就要用力甩你，把你榨干，然后晾在一边。"

心情跌落到谷底的康楠终于有一天触底反弹，决定发愤图强，立志"我要过得比他好"。不光事业、生活，就连身材也加进了比赛项目里，等前任人到中年、大腹便便、发量有限、发际线到了头顶，自己依然要身材均匀、皮肤光泽、风姿绰约。这种莫名的要强之心一直保持了将近三年，她才慢慢平复。

又过了几年，康楠都快忘了当初的刻骨铭心，对于这位前任的态度也已经完全平和——不打扰、不嫉妒、不联系。

如今令康楠万万没有想到的是，孙超阳不仅没长残，还找到了比自己还漂亮的姑娘，康楠心里有点儿说不清道不明的郁闷。

康楠想了想，让一个关系好的同学去随礼的时候，帮自己包一个同样金额的红包。不包显得小气，包多了容易引起注意。出席是万万不可能的了。她不想主动现身，给同学们提供八卦素材。

一波未平一波又起，初恋男友结婚这事还没过去多久，康楠工作上又出了问题。

这天康楠刚到公司，电脑还没开机呢，就收到了通知，同事林潇获得上个月的销售冠军。

公关公司人多嘴杂，消息刚刚公布，同事们就开始七嘴八舌，有的恭喜，有的窃窃私语，还不时地偷偷往康楠这边看。

这个消息对于康楠来说一点儿也不意外，因为林潇上个月最大的一单是她有意无意地让给林潇的。

怎么形容林潇呢？他是康楠兵荒马乱的职场生涯里的白月光。

林潇当年还是一个从小县城初到北京打拼的小伙子，一脸质朴，干净稳重。他比康楠晚两年来公司，那时候康楠已经做到组长了，林潇的很多工作都是康楠带着他一起完成的。她还记得林潇刚来公司的时候，挺拔帅气，一度引起女同事们的骚动，有的说他长得像彭于晏、有的说他长得像胡歌。康楠不仅没有参与女人们最热衷讨论的话题，相反连林潇的 QQ 好友申请都没有通过，她默默地在心里和这个男孩儿单方面地划清了界限。工作最重要，不要惹麻烦。

林潇在工作上格外努力，跟着康楠干出不少业绩。而他们在一起工作的两年，也让康楠的"内心界限"不断模糊，因为林潇实在太会做人了。康楠因为住的地方离公司太远，每天来上班总来不及吃早饭，林潇就每天把早饭放在她桌子上；康楠加班时，林潇就待在公司里陪她加班，下班后还坚持送康楠回家，然后自己再回家，如果没有地铁了，就骑电动车载她回去。后来康楠才知道林潇住在离国贸很远的西二旗，她又感动又愧疚。当然康楠也并非"傻白甜"，一般的糖衣炮弹攻不下她，可风雨无阻、长此以往地付出，终于让事业上身心疲惫的康楠找到了难得的安慰和安全感。偶尔康楠慌神儿的时候，一想起林潇笑起来的样子——眯着眼睛，露出一颗虎牙——刚刚还是雷雨交加，此刻便春风拂面。

随后的两年里，恰逢公司业务调整，康楠被调到上海开拓市场，林潇主动请缨担起工作重任，因此得到领导的赏识，等康楠再回来的时候，林潇已经完全可以独当一面了。康楠则单独成立一组，重新招兵买马。康楠欣赏林潇的才华，也佩服他的拼劲儿，再加上她从不愿意参与办公室斗争，所以更不会主动把林潇当作工作上的对手。相反，曾经在一个团队里一起拼搏努力，再加上相似的经历，都让康楠对林潇更加惺惺相惜。两人经常被同事凑在一起组 CP，每到这时，康楠也会忍不住看着眼前谈笑风生的林潇，胡思乱想两个都是单身的人是不是真的有发展感情的可能。一想到这儿，康楠就立马敲敲自己的头，告诉自己要矜持，沉得住气，那是自己的"白月光"，只能远观，留住美好，更何况林潇都没主动过。

一直到上个月，康楠加班加到昏天黑地，好不容易整理完所有的资料准备明天交给客户。临走的时候经过林潇的工位，林潇坐在角落里趴在桌子上睡着了，康楠看了看大厦还没有关掉的中央空调，顺手拿起林潇的外套，给他轻轻披上，不小心惊醒了林潇。

"楠姐，还没走啊？我一不小心睡着了。"林潇揉揉头，眯着眼睛说。

"早点儿回家吧，工作是做不完的。"康楠保持着在公司里一贯的说话态度，亲切稳重。

"还不行，最近连丢了两单，这单要再跑了，我就要喝西北风了。"林潇无奈地笑着摇头，然后握住鼠标。

康楠看见林潇电脑上做的 PPT，客户是一家化妆品公司，恰巧这家公司公关部门的总监和她很熟，他们下午刚通过电话，得知这家公司的广告已经投放给别家了，林潇现在这单肯定没戏了。康楠不忍心告诉他，说声"再见"后走出了公司。

打车回家的路上，她想起林潇和自己都在联系的一个运动品牌客户还在犹豫不决，又想起林潇刚刚凑钱买房交了首付，以及前一阵子老家的父亲又病了，这些事让康楠心更软了。她看着车窗外的月色，车子开过两个路口之后，她拨通了那个运动品牌客户的电话，说自己和林潇在同一家公司，本来也不存在竞争，都是为了公司和项目，建议对方和林潇继续谈判。

康楠本来也没有想那么多，她觉得还是林潇自己有本事，在运动品牌提案之后越来越顺，把小单变成了大单。林潇一跃成为上个月的销售冠军。

康楠还在这边胡乱想着，林潇突然过来拍了拍她的肩膀。她抬头，林潇笑眯眯地看着她。他刚刮过胡子，下巴很干净，嘴唇红润，嘴角上扬，露出空乘一般的标准笑容。

"谢谢楠姐，我知道又是你帮了我的大忙。"林潇干净的声音有一种能让人平静下来的魔力。

"没有，我就是顺水推舟，还是你专业能干。"康楠笑着回答。

"不管怎么样，都要谢谢你！"林潇说完递过来一个精美的纸袋，"送给你，是披肩，天冷了用得着。"

还没等康楠反应过来，林潇把纸袋放在桌子上就走了，连拒绝的机会也不给她。

林潇刚走，隔壁工位的小薇凑过来，在康楠耳边嘀咕："我楠姐真是高风亮节啊，又便宜他了。"

"啧，瞎说什么呢！"康楠对于小薇的玩笑习以为常。

"本来业绩最好的人就该是你，要不是你让给他，他拼死也接不到那一单啊！所以你到底怎么想的啊？喜欢他就追啊！"小薇又来这一套说辞。

"什么乱七八糟的，以后少蹦迪，脑子都容易糊。"

"你就继续装吧，再端着，林潇一准被他们组的姑娘们给共享了。"小薇指了指林潇工位的方向，此刻正有几个姑娘围着林潇恭喜呢。

"你以为林潇是单车啊，还能扫码共享。"康楠对此景确实反感，说了句指桑骂槐的话。

"看不下去了吧？但你不爱听我还得说，男人啊，对你一个人好是暖男，对所有人好是中央空调，再说就林潇这条件，顶多算个炭盆子。"

"不准性别歧视！物化男性！又是空调又是炭盆子的！"

"我这不是看着着急嘛！姐，你要真喜欢就别一直拖着了，快刀斩乱麻，晚上老板请吃饭，吃饭的时候你主动一点儿吧。"说完，小薇就闪了。

小薇刚走，康楠就连打两个喷嚏。接下来的几个小时她心里都莫名其妙地不安。

果然，意想不到的事情就在老板请的饭局上发生了。

晚上大家整齐有序地坐在一起，等着老板讲话。老板老赵是个讲体面的人，头发不多，但坚持每天把头发打理得一丝不苟。他眯着眼睛巡视着大家，不慌不忙地夸赞大家的业绩，然后单独恭喜林潇，一番鼓励之后期待他再接再厉，随后宣布饭局正式开始。大家吃了几口菜，开始有人讲笑话，然后有人开始敬酒，敬完老板敬林潇，其间林潇举杯发言感谢大家，一套标准流程下来，已是酒过三巡。

在酒精的作用下，气氛十分融洽，这时林潇突然清了清嗓子，大家转头看他，他的脸红扑扑的，站了起来，说："今天除了感谢大家对我工作的支持以外，我还有个事情想跟大家说，"他有些害羞地环顾四周之后郑重地说，"特别感谢一个人默默地支持我，我不想隐藏办公室恋情，这样不公平，我决定跟大家分享这个消息。"

一句话让现场几乎沸腾，大家平时就八卦得很，此刻当事人又现场坦白，哪有比这更大的瓜？

"谁啊？"

"天呀，真的假的啊？"

"不会就在现场坐着吧？"

大家七嘴八舌地猜测着，林潇微笑地看向大家，目光扫过康楠，康楠瞬间感觉血液从脚底冲到了头顶，手里的酒杯都被心跳震得直跳。这个林潇平时看着老实巴交的，原来是不鸣则已，一鸣惊人啊。

康楠心里这样想着，抬头发现林潇此时已经转身走向自己，她不禁屏住呼吸，几乎要闭上眼睛。她努力让自己理智，排除一切环境干扰静静地听。仿佛颁奖典礼上，入围最佳女主角的明星在等待公布获奖名单。

林潇停顿了一下，然后笑着说："大家别猜了，本来也没想瞒着大家，我要感谢的人就是方婷婷，我们在一起了。"

林潇挽起康楠身边的方婷婷，这个刚刚来公司不到半年的财务部小姑娘害羞地站起来，迎接大家的起哄和欢呼。

与此同时，康楠感觉一阵耳鸣，小薇在桌子底下踹了她一脚，她才反应过来，机械地鼓掌，然后脸上慢慢露出机械的微笑，难看极了。

2

康楠先是收到初恋的结婚请柬，接着自己的"白月光"当众公开恋情，女主角却不是自己，而且自己还丢了一份重要的工作业绩。连续三个晴天霹雳，还有什么比这几件事加在一起更让人悲哀的？

康楠心底有一个声音在呼唤：康楠啊康楠！你是怎么做到爱情事业两边误的！

此刻的康楠太适合与小薇一起去蹦迪买醉了。

酒吧里，小薇一只手紧紧地握着康楠的手，另一只手高高地举着酒杯，在震天响的音乐里大喊："林潇就是个渣男！畜生！他早就该下线了！"

康楠推倒了四五个空瓶，抽出被小薇握着的手，胡乱地拍着小薇的头："你说他什么意思啊？怎么突然就跟那个财务方婷婷在一起了？当我是死人吗？"

小薇扶正了被康楠弄歪的发箍，慷慨激昂地发表意见："姐，是不是他这些年先后向你传递了他的幽默、坦诚、体贴、特别、可依靠？而你呢，一直被蒙蔽在他制造的这个泡沫里，可现在透过这些看到的现实让你更加不安、焦虑、被动，甚至自我怀疑，觉得自己没有变得更好，所以你得走出这个泡沫，戳破它，离开林潇这种'定时渣男'！"

"你前面说得挺好，后面一个词是什么意思？"

"定时渣男，就是围绕在你周围看似很暖，其实早就定好了时间准备到点就渣起来的男人。没有一点儿预兆，之前还把你拿得死死的，过尽千帆了回头告诉你对不起，你手里爱的号码牌已过号，我们下班了。多讨厌啊这种人！"

康楠学到一个新词，并深有感触，激动地说："宝贝，你说得对！谁有病啊！喜欢这种'定时渣男'！我呸！"

"没错！再说了，方婷婷哪点比你强！脸那么长，像个勺子！让林潇玩勺子把去吧！"

"也别这么说！客观地说，方婷婷，比我高、比我瘦、比我漂亮、比我年轻，学历还比我好！我技不如人！我样样不如人！我心服口服！"

"姐，你说什么呢？你虽然没她高、没她瘦、没她漂亮、没她年轻，学历也没她好，但你能给林潇那么大的业绩啊！方婷婷她能吗？"

听到"业绩"两个字，康楠所有的血都灌进脑子，整个人差点儿晕厥，刚积攒起来的对小薇的敬仰瞬间荡然无存，用力地拍了一下小薇的头："你读没读过书啊！你这是安慰人的话吗？"

"我错了，我错了，姐，就当我刚才什么都没说过，还是喝酒吧,干!"

康楠和小薇喝酒跟喝水一样,迅速解决了面前所有的酒。奇怪的是康楠越喝越精神,看着小薇走进舞池,给了 DJ 一个信号之后,音乐立刻变了,小薇开始领舞,所有人都开始模仿小薇的动作扭动起来。小薇不愧是蹦迪专业高才生,学着小猫咪舔爪子的动作,带着几分醉态,真是性感又可爱。小薇轻松控制住局面之后就冲向康楠,硬是把她拉进舞池中央。康楠坐着时没事,这猛地站起来反而开始头晕,身体完全不受控,抡起胳膊接连击退三四个凑过来试图一起跳舞的小伙子,大家纷纷给康楠让出了足够她施展舞技的空间。小薇实在看不下去了,冒着生命危险拦住康楠:"姐,咱们有话好好说,别动手啊,咱们还是喝酒去吧!"

康楠有些虚脱地坐在沙发上,怎么人一到 30 岁体力就先下降了呢?回头再看看小薇,喝了这么多酒之后依然活力四射,不像自己扭两下就开始虚了。想到这里,整个人更加沮丧,又点了一打啤酒。

从酒吧出来已经是深夜一点了,小薇要送康楠回家,康楠婉拒了。她是狮子座,自尊心比较强,这会儿面子上实在挂不住,根本也不想听小薇再劝,小薇说不准又会说出什么给人添堵的话呢,反而越劝越气。康楠一脸平静,脸上写着"无须安慰"四个大字,可心里想,要哭也是回家自己哭。外表是鲁智深,内心是林黛玉,说的就是她。

康楠一路在寒风里走得热气腾腾,竟也散了酒气。她从一个月前想起了一年前,从一年前想起了三年前,从三年前想起了十年前,脑海里的画面像电影片段一样呼啦啦地翻着。她觉得自己是一个特别不成功的人,一把年纪了还要为情所困。

她意识到自己最大的问题是在感情上的被动,缺少实践经验,又被毒鸡汤茶毒,相信一切都是最好的安排,即使现在孤单,总会遇到白马王子拿着爱的号码牌在人海中和她相遇。当年孙超阳要出国,她就放他走了,几年后遇到林潇,即使有点儿喜欢也不敢主动,只是默默地等待他主动靠近。康楠就是这样，从来不和人刻意疏远，可又偏偏让人走不近。仿佛自己没有一次惊心动魄，也没有一次激情如火。这和她当年期待的轰轰烈烈差得太远了，她一定是高估了自己，盲目地期待未来。

想到这里，康楠感到一阵鼻酸，打了个响亮的喷嚏，随之而来的是一声清脆的狗叫，像是对暗号一样呼应，吓了她一跳。她停下脚步诧异地循着声音的方向看去，又听见一声狗叫。声音是从路旁边的草地里传来的，康楠走过去，发现草地里的树下蹲着一只白色的小狗，身上有点儿脏，耷拉着耳朵，眼睛圆圆的，非常机灵、警觉的样子。

是只流浪狗。

康楠借着酒劲儿，大胆地蹲下，伸出手，试着逗一逗这只小白狗。这小东西也不认生，鼻子嗅一嗅之后，颠颠地就把小脑袋凑了过来，仔细地闻康楠的手。

康楠想起包里还有早上带的没来得及吃的三明治，她从包里拿出三明治来，撕开包装，掰了一块递给这个小东西，它闻了闻就狼吞虎咽地吃完了。康楠又掰了一块，小东西又迅速地吃完了。康楠想把包里的水也拿出来，谁知这小东西一屁股坐下，伸出一只爪子，要和她握手。

康楠被狗子突如其来的热情逗笑了，她接着把三明治都喂了它，还顺便给它喂了水。

康楠摸了摸小东西的头，毛茸茸的。被摸的时候，狗子的眼睛眯着，很享受的样子，然后直接躺在了康楠的一只鞋上，露出肚皮给康楠。康楠看着有点儿脏的狗肚皮，又实在不忍心拒绝这份诚挚的邀请，用手轻轻抚摸着它的肚子，刚吃完东西的肚子圆圆的，手感确实不错。

康楠摸了一会儿，站起来，开始犯难，她要回家了，但这狗怎么办呢？她想着，拿起手机给狗拍了张照片，想找人问问有没有救助站，这时候发现狗子一直坐在地上抬头看着她，一脸无辜的样子。康楠受不了这种无辜的眼神，这眼神好像一块巧克力融化在她的心里。她放下手机，考虑片刻后，鼓起勇气，试探着对狗子说："如果你跟着我走，我就带你回家。"

康楠也不确定这只狗会不会跟着自己，但她相信缘分，她不主动带它走，但如果它跟着自己，那就是缘分，她一定会按照上天的安排去做。

康楠说完走了几步，狗子紧随其后。

康楠心里有点儿意外，但还有些不确信，又加快了步伐。

狗子跟着小跑起来。

康楠大步跑了几步，眼角余光没有看到狗子，以为它不跟了，回头一看，狗子在身后跑得耳朵被风吹起来，像飞一样。

就这样，康楠一路跑跑停停，狗子一路蹦蹦跳跳，一直跟到了她住的小区门口。

康楠看着眼前的这个小东西，虽然她除了小时候在公园树上抓过蜗牛，从来没养过宠物，她还是决定先把狗带回家再说。她想抱起狗子，但看着它脏兮兮的毛，实在不知道如何下手，她犹豫了一下，想起手里还提着上午林潇送给自己的披肩，拆开包装，展开一看，博柏利（Burberry）的最新款。她冷笑了一下，然后迅速收起笑意，用披肩裹住小家伙，抱了起来，双手搂在怀里。小家伙露出一个小脑袋，好奇地望着周围的一切。

到家之后，康楠给小家伙洗了澡，费了好大的劲儿才给它吹干毛发，又用旧衣服给它做了一个窝，一切搞完之后，康楠倒头就睡着了。

第二天是周末，她一早就被小东西舔醒。她看着小东西想起来还没给它起名字，想着自己最近这么倒霉，既然上天安排他们相遇，一定是希望它能带给她好运气，于是为它起名叫 Lucky。然后她上网查怎么养狗，第一件事就是打疫苗。康楠简单地洗漱完毕之后，就开开心心地带着 Lucky 出门，去宠物医院打针。

　　离康楠家最近的宠物医院有三千米，走过去呢，她没有牵引绳，怕 Lucky 走丢；抱着呢，又有些沉；打车呢，司机又不拉狗。于是康楠上了一辆停在路边的电动三轮车。

　　三轮车一路颠簸到了宠物医院门口，康楠被颠得腿都软了，踉跄地抱着狗下车。这一路颠得她晕头转向，看到了宠物医院招牌，她走过去，手下意识地摸口袋，却发现口袋空空，又摸另一个，也一无所有。她突然意识到，刚才上车的时候自己手里拿着手机和钱包，坐上去的时候为了安抚有些不安的 Lucky，她下意识地把手机和钱包放在了车座上。她心里一紧，回头找车，眼看那辆三轮车已经开出了五六米，她拼命喊停车，声音却淹没在嘈杂的街上。她追了过去，眼看三轮车越开越远，直到车消失在视线里。

　　康楠抱着 Lucky 站在路口欲哭无泪，此刻她身无分文，没有任何方式可以向熟人求助。

　　前男友结婚、暧昧对象脱单、工作业绩拱手让人，这些都不能把一个人击垮，人没有了可以再找，但是钱和手机丢了，是真的心疼！割肉一般疼！

　　康楠从没有像此刻这般感到无助——一个女子抱着一只流浪狗站在拥挤的路口，不知该何去何从，找不到方向。她感觉自己此刻和在马路中惊慌的流浪狗几乎一模一样。

　　康楠想起经常在网上看到的，有人因为找不到地铁出口痛哭，有人急着去加班超速被交警拦住痛哭。没有被大事压垮的大人，却被小事惹出了眼泪。此刻康楠就想抱着狗在街上大哭一场。

　　"Lucky 啊 Lucky，你确定你真的 Lucky 吗？养你第一天，我就把手机、钱包搞丢了！"康楠看着怀里的狗子不禁质问，Lucky 好像呜咽了一声，然后老老实实地趴在她的怀里，好像在说："关我什么事！"

　　康楠用一只手用力搓了一把脸，另一只手用力抱着狗走进了宠物医院，跟护士说了自己的情况，借了电话，拿起电话之后却发现自己除了爸妈的电话谁的也记不住，她更想哭。护士看出了她的难处，说可以帮她照顾狗，让她先去处理丢手机的事情，都办妥之后再回来接狗。康楠十分感激宠物医院的善意，便将狗暂时留在了那里。

借电话给银行打电话，给派出所打电话，补银行卡、取钱，补电话卡，买手机，一系列事情办完之后，已经是傍晚了，康楠才意识到自己一天没吃饭，Lucky 还在宠物医院。把狗接回家后，她煮了一袋方便面，打了一个荷包蛋，切了半根火腿肠，另外半根火腿肠给了蹲在一边不停朝她抬爪子的 Lucky。

吃完之后，康楠躺在沙发上，Lucky 吃完狗粮就睡着了，她却依然生无可恋，刷着朋友圈才发现今天是平安夜，外面浓厚的节日氛围和自己的心情实在不搭。

康楠对着镜子反复看着自己，这是她最近经常做的事情。每当心里难过时，她就开始对着镜子自我检讨，在心里痛骂自己："看看你的样子，自身条件一般，天资不够聪颖，运气一塌糊涂，30 岁一到，人生重新起头，哪有资本去为爱而活？白马王子早就去找别的公主了，自己怨念得像个老巫婆，接受现实吧，丧到底了，就不怕更丧了。"

这时小薇发来一张蹦迪的自拍，问："楠姐，和谁过平安夜呢？出来玩啊？"

康楠看着睡着的 Lucky，迅速回了两个字："和狗。"

收到信息的小薇一定一脸蒙，康楠顾不上她，索性关了手机。

小时候以为长大了就能活成想要的样子，可长大后才发现，我们距离想要的远远不够。

没等来幸福敲门，等来的却是意外的小累赘，想到这里，她心里更难过了。

眼前的"小累赘"翻了个身，换了一个姿势接着睡，不时地呜咽着。康楠千疮百孔的心稍微平复了那么一点点。

好吧，事已至此，还能怎么样？希望你是小幸运，不是小沮丧。

Chapter 2

是狗

每天叫醒你的不是梦想，

当康楠整理完最后一份提案材料的时候已经是零点五十五分了，又是新的一天，康楠在 30 岁的赛道上又多跑了一段。

Lucky 睡在她的脚边，这小东西已经住进她家一周了。康楠虽然第一次养狗，但东西准备得非常齐全，全新的狗窝、进口狗粮、脖圈、牵引绳、狗零食、狗玩具。全部买完之后，看着结账单，康楠觉得自己是在供养一位大爷。

说起来，这小东西也算争气，在康楠家不作不闹，也不乱拉屎撒尿，有几次康楠由于加班回家太晚，打开门，狗急得直叫也没在屋里上厕所。康楠对于这点很是欣慰，觉得自己之前的担心有些多余了，上网查的养狗知识几乎都没用上，于是对小家伙放心了一些。但凡事有好有坏，这小东西看着毛不长，却极爱掉毛，康楠爱穿黑色衣服，只要粘到狗毛就非常明显。特别是早上她整理完毕，准备出门的时候，Lucky 必然凑到她的脚边，用头来回蹭两下她的小腿。就是这两下，让她的裤腿上都是毛，她恨不得再回去换条裤子。所以康楠的 LV 包里总是装着一个便携式粘毛的滚轮，走到哪儿滚到哪儿。

康楠伸了一个懒腰，去厨房热了一杯牛奶，拿起手机，看到有妈妈打来的未接来电和几条妈妈发来的未读信息——一定又是什么不靠谱的养生指南文章或者是来自亲戚的相亲关怀。这几年来，父母的这些套路，她已经非常熟悉了。

"楠楠，听你爸说你捡了一只狗，你可不能养狗，都是细菌，你没看新闻吗？养狗以后都容易怀孕畸形，万一被咬了，容易得狂犬病，所以你赶紧送走，听话！"

"楠楠，我说你听到没有！自己都养不活怎么养狗！赶紧想办法送走，妈妈都是为了你好！"

"楠楠，我刚和你爸商量了，你要想养，运回来，我和你爸帮你养。妈妈保证不送人。"

康楠看完这些信息，脑袋更大了，这么多年了，她爸还是这么不讲义气，有点儿事肯定就告诉他媳妇。康楠小时候就知道她爸惯着她，所以自己想要什么或有点儿小心思都先跟她爸讲，她爸基本上都会满足她的各种要求，小到新橡皮，大到随身听，可偏偏她爸是个"妻管严"，不管什么事很快就会告诉她妈，根本藏不住秘密。康楠知道她妈一旦知道她养狗，一定不会同意。她妈是医院护士，有洁癖，家里有一点儿脏都恨不得大扫除，所以她小时候无论多么喜欢小动物都不敢往家里带。今早她给她爸打电话的时候，不小心踩到 Lucky 的爪子，Lucky 叫了一声，她爸问她怎么了，她一时没多想就主动交代了。

康楠忍不住又看了一遍她妈妈发来的信息，真希望那些在微信公众号上写文章危言耸听、造谣生事、吓唬老人的作者都遭到报应。但同时她又觉得很悲哀，觉得父母有些可怜。好不容易与时俱进，学习享受互联网的便利，百般希望将网络融入自己的生活，却要以这些虚假新闻作为途径。一阵愧疚重重地袭来，同时又非常无奈，她意识到无论自己多大，还是不能潇洒地做出自己想要的决定，她可以不在乎外人，但至亲的话她不能全然不顾，她还是要想办法去做思想工作。"逃离父母的'控制'"是不可能的事。

一阵困倦感袭来，康楠抱着手机睡着了。

周末早上，阳光透过窗户暖暖地洒在枕头和被子上。

康楠最爱的就是周末，她可以宅在床上一动不动。别看她工作的时候雷厉风行，对待客户八面来风，其实她是一个"骨灰级"的宅女。"骨灰级"宅女和普通宅女是有本质区别的。普通宅女只是不出门，但"骨灰级"宅女是不下床。除了翻身，真的是一点儿都不想动。所以每次她都是把必须下床干的事都有秩序地排列好，再统一行动。比如喝水、上厕所、给手机充电、去拿门口的快递等。不熟悉康楠的人根本无法想象这个充满元气的小姐姐私下竟然是一个能在床上生根发芽的废宅。

可今时不同往日，康楠遇到了人生的一大困惑——早上遛狗。

Lucky虽然懂事聪明，极少麻烦康楠，但人有三急，狗也不例外。每天早上七点，Lucky会准时从窝里爬起来，伸几个懒腰，"嗒嗒嗒"地踩着地板跑到康楠的床头边，用舌头舔着康楠的手，叫康楠起床带自己下楼方便。如果康楠一直没有反应，Lucky就开始小声呜呜地叫，委屈得不行，然后纹丝不动地盯着她。哪怕是她动一动脚趾，它都能马上再靠近一点儿，急切地呼唤她，仿佛在说"别装死，我知道你醒啦"。

头几天工作日康楠还挺开心，跟小薇说自己养了狗以后都不用定闹钟了。可到了周末不用早起上班的时候，Lucky依然风雨无阻地准时舔康楠的手。热热的，湿湿的，康楠感觉整个人的心态都要崩溃了，她打死也不想起来，但脑海里总有一个声音对自己说，万一把狗憋坏了或者狗没憋住尿卧室里了怎么办？一番激烈的思想斗争之后，康楠靠强大的意志力起床，套上宽松的卫衣和运动裤，蹬上一双平底鞋，带着 Lucky 下楼。康楠的这身装备是她的遛狗必备，有时候浑身粘得都是狗毛，和她上班时摩登时尚的打扮完全不同，分明就是两个人。

康楠住的是北京的老楼，单元之间是打通的，人与人之间的关系更加亲密，生活气息很浓，她经常会碰到遛狗的人。她在网上给 Lucky 挑了最贵的脖圈和牵引绳，她并不知道狗界会不会攀比，但她想让 Lucky 有一个新的开始，不再是朝不保夕的流浪狗。

康楠牵着 Lucky 刚在小区里沿着花园转了一圈，迎面一个贵妇模样的女子牵着一只泰迪走过来。两只狗远远地就被彼此吸引，带着各自的主人狂奔到一起。

这位女士热情地和康楠打招呼："呀，你的狗是什么品种？"

什么品种？康楠还真没想过这个问题。看着 Lucky 应该就是个"串儿"，农村叫"土狗"，好听一点儿叫"混血"，或者叫"中华田园犬"。她是不在意 Lucky 是什么品种的，但第一次被问这样的问题，她还真有点儿不知道该怎么说，她迅速地在"串儿""混血""中华田园犬"三个名词里选择了"混血"，既符合事实又显得洋气。

"我家这只是混血。"康楠回答。

"呀，好机灵啊！"这位女士每一句话都带一个"呀"，显得一惊一乍的。

康楠对于"机灵"这个词有点儿不喜欢，虽然也没有什么错，可是她想起大人遇到朋友家的小孩儿时候的情景：个儿矮的夸人秀气，皮肤黑的说人健康，不漂亮的说人可爱，不可爱的说人机灵。康楠只是笑了笑没再说什么。

这时候两只狗互相闻了一阵后开始玩了起来。

这位女士对着她的泰迪道："刚洗完澡又弄脏了，别玩了，坐下！"

泰迪无动于衷，Lucky 却立刻听懂了，训练有素地坐下了。

"你好聪明啊，握手！"女士对自己家的狗不听指令一点儿没上火，倒是饶有兴趣地训练起了别人家的狗。

Lucky还真是争气,伸出小爪子不等人伸手,就开始像招财猫一样抬爪子,左边抬完又抬起右边。

Lucky显然之前受过训练,会坐、会握手,这让康楠感觉很有面子,好像开家长会,自己家的孩子考了第一名,在接受老师的表扬和其他家长的嫉妒一般,倍感骄傲。

"我们还有事先走了,走吧,Lucky!"和女士打完招呼,康楠笑着,昂首挺胸地牵着Lucky走出了小区。

康楠第一次因为一只狗产生了如此之大的虚荣心。

出了小区往东边走,有一块没修起来的停车场,自发地形成了一个市场,蔬菜水果、花鸟鱼虫应有尽有。康楠打算去那儿买点儿菜。第一次带着狗去买菜,还有点儿新鲜。

到了市场,自己带狗来买菜的这个场景,康楠莫名感觉似曾相识,仔细想想,应该是和初恋孙超阳有关。大三的时候,她和孙超阳正在热恋,两人一起畅想未来毕业之后的小日子。孙超阳说想养一只拉布拉多,他说拉布拉多是世界上最温驯的狗,小时候他家里养过一只,每次他心情不好时,那只拉布拉多都会跑到他身边,趴在他旁边安安静静地陪着他。不得不说孙超阳那时候真是个阳光大男孩儿,说话的时候睫毛忽闪忽闪的,眼里透着光,不时挤出一个笑容。康楠看着意气风发的孙超阳,开玩笑说:"那有狗陪着你,还要什么女朋友啊。"孙超阳说养狗可以多一个侍卫保护自己的公主,以后一起逛街、买菜、郊游都可以带着,多威风!

短暂的回忆之后,眼前嘈杂热闹的市场让康楠回到现实。她看了看脚边的Lucky,没有拉布拉多那么威武,但特别机敏懂事的样子,她颇为满意地笑了笑。

在市场里走了一圈,康楠手里已经提了一袋鸡蛋和一袋西红柿。路过煎饼摊,她手里的牵引绳忽然拉不动了,回头一看,Lucky正兴奋地对着摊主又跳又转圈。

"你想吃煎饼？"康楠心想这狗子也太聪明了吧，自己想吃啥都知道要，就差能说话和自己动手了啊。正犹豫要不要买一份煎饼带回去，就听见从摊位后面跑出来的小女孩儿喊着："露娜，露娜，终于找到你了！"

这小女孩儿是摊主的女儿，摊主是一个 30 多岁的妇女。摊主看见女儿抱起了地上的小狗，赶紧从摊位里面绕出来，斥责女儿："快放下！这狗怎么又回来了？这好不容易送走的！"

康楠听明白了，Lucky 有可能是她家的，便问道："大姐，这是您家的狗啊？我前几天在路边捡到的。"

小女孩儿抱着 Lucky 激动得快哭了，不停地用手抚摸 Lucky 的头，委屈地说："露娜，我以为再也见不到你了呢！"

Lucky 耳朵靠后几乎贴在头上，嘤嘤地叫，尾巴通电一般摇个不停。

摊主看见这一幕，面露难色，回头对康楠说："对不住啊，这狗确实是我们养过的。孩子喜欢这小狗，养了好几个月，但我们过两天就要搬走了，这片地马上要收回重建停车场，我们一时半会儿也找不到别的地方再做买卖，可能先回老家了，孩子也该上学了。这狗带不走，我就想着长痛不如短痛，就把狗先送走，孩子心理上也能有个过渡，怕临走了再送走更难受。"

康楠不忍再多问之前他们把狗送到哪儿去了，几年前她看电影《忠犬八公的故事》哭得稀里哗啦，现在现实版就在眼前，她忍不住一阵心痛。面对摊主的境遇，康楠没有任何理由指责，同是背井离乡到北京为了生存打拼，她完全理解那份辛苦和酸楚。Lucky 是幸运的，很快就遇到了她，虽不能大富大贵但至少温饱不用发愁，她收入稳定，遇到重大意外弃养的可能性也不大。尽管对小女孩儿来说，和自己心爱的伙伴分开太过残忍，但小女孩儿随着长大难免会面对分离，这是成长的必修课，她有一天一定会明白的。

康楠温和地对摊主说："大姐，情况我基本了解了，你要是放心就把狗交给我，我们留个电话，等你再回北京，可以随时来看狗，我也可以定期把小东西的照片发给你。"

大姐听完连忙点头："谢谢姑娘，又漂亮又有爱心！"

这位大姐说话中肯，让人无法反驳。康楠笑了笑，蹲下来和小姑娘说："原来它叫露娜啊，你把它照顾得很好，我答应你会继续好好照顾它的，你有时间随时可以来看它。只要你还爱它，它永远在你心里，是你的露娜。"

小女孩儿擦了一把眼泪，转身跑回去，拿起自己的书包，掏出来一个球，轻轻地递给 Lucky，Lucky 开心地咬住球。小女孩儿抬头看着康楠说："这是露娜最喜欢的球。谢谢你。它还小，喜欢咬东西，喜欢乱跑，如果它做错事，千万不要打它、不要它，它很聪明，会学会听话的。"

康楠心里更不是滋味，抱起 Lucky，递到小女孩儿怀里，对小女孩儿说："你放心，我答应你，好好照顾它。来，我给你们拍张照片，你想它了就拿出来看看。"

说完，康楠拿起手机，给小女孩儿和 Lucky 拍了一张照片。加了摊主的微信，传完照片之后，康楠带着 Lucky 和球离开了菜市场。

康楠一路感慨，人和狗都不容易，且行且珍惜，顺便自我表扬热心善良，不知不觉又做了一件感人肺腑的好事。

康楠还沉浸在自我感动中，刚回小区，经过花坛，不知从哪儿蹿出一条高大的黄色松狮。

这只松狮像广告里追着姑娘跑的猎豹一样，突然冲过来，吓了康楠一跳，手里的鸡蛋差点儿给甩飞出去。惊魂未定，松狮开始冲着 Lucky 发出低沉的呜呜声，Lucky 面对比自己高大数倍的"巨兽"毫不畏惧，同时做出了预备攻击的姿态。康楠还来不及拉走 Lucky，两只狗刹那间打成一团，犬吠震天。

康楠第一次看到狗打架，整个人都慌了，惊吓之中意外地使用了头腔共鸣，女高音一般地喊道："快来人啊！谁家的狗？"

松狮体形庞大，眼看 Lucky 被松狮按在地上，一时也看不见咬了哪儿。情急之下，康楠抡起手里的塑料袋猛砸松狮的头，边砸边喊："松开！给老娘松开！"

康楠虽然身材看着纤细，但力气还是有的，上学的时候还修过女子防御术，用重物攻击松狮的头部也是凭借印象中面对对手时做出的反应，想赶紧让两只狗分开。

天下武功唯快不破，康楠的动作太快，而且声音洪亮，气沉丹田，要是没练过几年声乐都不能喊得这么响，把对面的松狮都吓得一愣。

这时，从后面跑过来一个黑衣女子，冲着康楠劈头盖脸地喊道："干吗呢你？打谁呢？"

康楠看她是松狮的主人，赶紧喊道："赶紧让它们分开！"

黑衣女子看见两只狗打成一团，一时也不知道该如何下手，嘴里一直嚷着："住手！"

康楠一股火从脚底蹿到头顶，再加上救狗心切，用足了力气，狠狠地用手里的袋子砸向松狮的狗头，同时使用了江湖上失传多年的"狮吼功"，连东北口音都出来了："给老娘撒开！你个王八犊子！"

被砸了数下的松狮可能是感受到了康楠的强大气场，松了口，两只狗这才算分开。要是再不分开，估计康楠要急得像武松打虎一样骑在松狮身上抡拳头了。

Lucky 满身口水，呜咽着跑向康楠。康楠一把抱起 Lucky，赶紧检查它身上有没有受伤。

这时候，她们身边围过来很多闻声而来的邻居。

康楠刚缓了一口气，松狮的主人不干了，嚷着："你凭什么打我家的狗啊？你看看，我家的狗嘴里都流血了！"

康楠一惊，不是应该自己先跟她理论吗？怎么她反过来还有理了呢？

"我家的狗走得好好的，你家的狗蹿出来就咬我家的狗，我还没跟你急呢！"

"你会不会遛狗啊？狗在一起玩很正常，你凭什么打我们家狗啊？"黑衣女子不依不饶。

嗬，还遇到个护犊子的主儿！

康楠怒视对方，单凭眼神就令人忌惮三分："你要能管好你家的狗，我能打它吗？你看给我家的狗咬的！"她边说边找Lucky身上的伤，脸上、身上找了一圈也没发现，这小东西真幸运，被这么大一只狗压在身下都没受伤。

"咬你家的狗哪儿了？我就看见你动手打我家的狗了，我的狗嘴还出血了，怎么办？"黑衣女子怒吼着。

康楠看到那只松狮嘴里确实出血了，哈喇子都是红的，可不到一秒钟就发现事情不对，自己明明是受害者，Lucky是受害狗，怎么就被人家指着骂了？

别看康楠平时对待客户如春天般的温暖，对待朋友温柔可人，可遇到事了，她也一向不怕事，她崇尚的是和命运直面硬刚。毕竟她是在民风彪悍的东北长大的，从小就和一群男孩儿爬雪山下松花江什么的，并且继承了"能动手就别吵吵"的"优良传统"，经常把欺负她的小男孩儿追得提着裤子哭着喊娘跑回家。上了初中之后康楠才淑女起来，虽然是收敛了脾气、修身养性了，但小暴脾气想用的时候还是能说来就来的。

"那你什么意思啊？不服就打一架啊！"

喊出这句话之后，康楠心里莫名地爽，仿佛自己是劫富济贫、铲恶锄奸的女侠，后背的披风在风中摇曳。

对方听完一愣，她怎么也没想到康楠回复得这么直接！但明显对方也是个硬茬儿，指着康楠道："你以为我怕你啊，你给我过来！"

康楠刚要过去，但脑子转了一下，黑衣女子长得比较彪悍，一副很没教养的样子，撒泼应该是本行，动手能力目前难说。自己虽然学过防御术，但防御和搏击还是有些区别的，万一对手不按套路打，加上自己许久不运动，不见得能一招制胜。如果没有一招制胜，来回几个回合，岂不是被周围邻居看了笑话？

脾气不好可以，但脸还是要的。

想到这里，她又看了看怀里还喘着粗气的 Lucky，指望它打架是没戏了。那动手的结局很有可能是狗也打输了，人也打输了，从此在小区里人也抬不起头，狗也抬不起头。那可不行，名声对于一个女人来说太重要了。

康楠换了个口气："想让我打你，回头你和你家的狗一起讹我，门儿都没有！"

黑衣女子怒道："谁讹你了！就是你动手打我家的狗！走，跟我去宠物医院！"

康楠见这女子真是难对付，只能发动舆论的力量，声音不由自主地提高了一个八度："你看！这小区里这么多人！也这么多人养狗！就你的狗乱窜！今天能咬我的狗，明天就能咬别人的狗！今天咬的是狗，明天咬的可能就是人！你要是和人讲道理，对狗负责任，我才懒得骂你！"

黑衣女子被康楠气得头上冒烟，下一秒钟就要扑过来和康楠一决胜负了。

这时，从康楠身后飞过来一个网球，不偏不倚地落在了松狮的脚下。松狮见到球本能地用嘴叼了起来，开心得连蹦带跳，完全把刚才的争执抛在了脑后。黑衣女子一看自家的松狮一边玩球一边打滚儿，转眼从狮子变成大猫，整个场面的氛围都变了，前一秒钟还是斗兽场，后一秒钟就是游乐园了，黑衣女子的气势怎么也撑不起来了，气得直跺脚。

康楠回头，发现了刚刚抛球给松狮的人。一个个子高高、气质儒雅的男子，只见他一身运动装备，一只手拎着运动包，另一只手拿着网球拍，一看就是刚打完球回来。

"都是邻居，别那么大火气，你看，玩起来不就没事了？对于狗来说，没什么事是一个球搞不定的，如果有，那就两个球。"和网球男子同行的另一个男人笑着说，他手臂上的文身格外显眼。

倒是扔网球的男子一句话也没说，看着康楠，脸上没什么表情，看不出喜怒。

周围邻居眼看危险解除，也纷纷凑过来，力挺康楠，指责黑衣女子。黑衣女子一看占不到便宜，悻悻地带着松狮离开，松狮走的时候嘴里还紧紧咬着网球。

"球不要了？""文身哥"问。

"嗯。""网球哥"说完就往前走，再没多说一句。

康楠已多年未与人发生过正面冲突，这一次竟是因为一只狗，内心一时无法平静。她看了看网球男子，点头示意，嘴上却并未说出"谢谢"，迅速带着狗从人群中离开。

康楠抱着狗在楼下绕了一圈才回家，生怕再遇到黑衣女子。乘电梯上去，电梯开门的一刻，康楠差点儿叫出声来。赶在康楠尖叫之前，对面的黑衣女子率先尖叫："你跟着我干吗？有完没完了！"声音穿破楼顶，小狗们仿佛受到了惊吓，竟然没有像刚才一样打架。

康楠定了定神："谁跟着你了？我家在这儿！"

"你家？"

"对！"

"我怎么没见过你！"

"我也没见过你啊！"

"哼！"黑衣女子翻了个大白眼后，打开了康楠家对面的大门，带着松狮消失在楼道里。

竟然是对门的邻居！

康楠十分惊讶住在自己家对面的人竟然是她！之前从来没有见过！这真是冤家路窄！原来不出门也就算了，现在要每天遛狗，抬头不见低头见，想想都头大。

Lucky 倒是收放自如，已经从刚才的紧张委屈模式调整为惬意舒适模式，吃完了早上剩下的狗粮，趴在狗窝里，和披头散发的康楠比起来，简直像个小淑女。

回想以往安静舒适的周末，今天格外鸡飞狗跳，让康楠出了一身汗。她给狗的碗里加满了狗粮，自己撕了一片面包放进嘴里，一边嚼着，一边担忧自己的未来。

刚过 30 岁的时候，康楠想得最多的就是乘胜追击，拼命工作，努力折腾，获取财富，这是唯一能让自己的青春保险、升值的途径。如今眼看过年又老一岁，康楠开始想，按部就班的生活最好，一切都在自己的掌控里，少一点儿意外和不可控，即使没有惊喜，也不要有什么惊吓。

但她并不知道，更刺激的，马上就要来了。

Chapter 3

相亲路上丢人又丢狗

20 岁的时候最害怕孤独，30 岁的时候最害怕没必要的社交。

应酬是让康楠很头疼的事，她真的是不爱热闹的人，特别是跟不熟的朋友，她都不算慢热，简直像一壶冷水非装作自己烧开了一样，勉强不来。

康楠已经不记得自己是在什么时候总结出了一套社交的原则，除了工作，她从不主动跟别人联系。但凡自己主动联系的，如果过了一段时间不回复，就可以"拉黑"了——不必为不在意自己的人浪费有限的光阴。挥别错的才能和对的相逢，这就是她朋友越来越少的原因。

在社交上，她就特别佩服小薇，小薇的亲和力距离十米远就能扑面而来，难能可贵的是她知分寸、懂拿捏。所以每次有应酬，康楠和小薇就是一对完美搭档，一个搞人际，一个办正事；一个搞气氛，一个动脑子。在公司，小薇不仅是康楠的心腹，也是最替康楠着想的人。

这天还没下班，小薇就神秘兮兮地向康楠凑过来："老姐姐，上周我给你介绍的那个做金融的小哥哥，你觉得怎么样啊？微信聊得可还愉快？"

康楠突然想起来前天"金融小哥哥"给自己发微信的时候，自己正在给狗洗澡，洗完澡就忘了。

"还可以啊，都挺忙的，偶尔作息有时差。"康楠轻咳了一声，然后避重就轻地回答。

"你不会是没回人家微信吧？"小薇一脸严肃地问。

"哎呀，我忙着给狗洗澡就给忘了，都能理解，我待会儿给人道个歉。"康楠想糊弄过去。

"你行不行啊，老姐姐？这个小哥哥是我身边最优质的了，你可得上心啊，怎么就不知道努力呢？你说你单身，非养狗，彻底坐实了'单身狗'！"

"你适可而止啊，一口一个老姐姐，这又叫我'单身狗'，人身攻击要有个限度！"康楠的手终于离开了电脑键盘，转过头来看着小薇。

"我是爱之深，责之切啊！行了，你也别想着待会儿回人家微信了，现在就给人家打电话约他吃饭！快！"小薇说完，拿起康楠桌上的手机，抓起她的拇指解锁。

"你工作怎么没有这么高效啊？"康楠抢过手机，"我自己处理，你别着急！"

她说完拿着电话往茶水间走去。

康楠站在茶水间的落地窗前看着楼下的车水马龙，回想自己和这位"金融小哥哥"加微信也不过一周——小薇中间做媒，互相传了照片才通过微信好友。小哥个子不矮，有健身习惯，胸肌隔着外套都十分明显，康楠看了都有些羡慕。

康楠最怕和陌生人聊天，除了"你好""吃了吗""在忙吗""晚安"，没有任何有新意的内容，就连表情包都是过时的。她也意识到了自己的乏味，所以经常用"哈哈哈哈"掩饰自己的无聊，但总会给人"这人缺心眼儿，没事总笑"的错觉。"金融小哥哥"还算比较贴心，总是能找到话题，食物、旅行、书籍都能说一说，聊天中还知道了康楠的老家，两人竟然还是老乡。

虽然康楠对"金融小哥哥"还没有什么感觉，但她觉得小薇说得有道理，自己的确有些失礼。现在这年头，不回微信是非常不文明的行为，仅次于坐地铁不排队、上厕所不冲水。

想到这么恶劣的影响，康楠不再犹豫，拿起手机，给"金融小哥哥"发了一条微信：你好，前天睡得早，没看见信息，十分抱歉。你什么时候有空，一起吃饭？

刚发出去，微信对话框就显示："对方正在输入……"

这个时候康楠最紧张，因为不知道对方要说什么，也没做好准备该怎么回复。

康楠自己都觉得自己使用微信的时候过于紧张，有特别多别人不知道、自己却十分在意的时刻，比如对方正在输入，还有对方问"在吗"，能这么问的人大部分都是不常联系的，上一条信息不是新年快乐就是端午安康。还有不发文字发语音的，康楠经常开会根本不方便听语音。再有就是发59秒钟语音，通常这59秒钟里前30秒钟都是打招呼的废话，如"好久不见""你最近忙吗""本来前几天想找你但是没时间"，等等，然后才是正事。而且发语音的人一般会连续发几条，同理，前几条语音都是废话。还有一种是康楠最受不了的，就是不说话，直接拨通语音通话。这时康楠就会抓狂，因为完全没有预兆，不知道对方出于什么目的，仿佛带着"你必须接"的自信和强势，总是给她一种被攻击和冒犯的感觉。总之，以康楠使用微信的矫情，完全够写一本《微信文明使用手册》。

对方终于发来了信息：没关系，猜到了。但我明天出差，要不要今晚一起吃饭？约在你附近。

康楠对"约饭"这件事格外看重，程度仅次于使用微信。

因为经常和客户一起吃饭，所以康楠对北京各处的各类菜馆都有了解。第一次见的客户会约淮扬菜，菜品精致，人再拘谨也能装出腔调来。正式一点儿的客户会约到西餐厅，挑一瓶贵一点儿的红酒，显得自己特别有诚意、有品位。熟悉的老客户就直接约烧烤或者火锅，大家比较开怀，东北烧烤和四川火锅是任何人都不会拒绝的。约的时间也很重要，通常都会提前一周发出邀约，一是工作繁忙，大家要安排时间不容易；二是北京太大，交通不便，提前定好地点，让自己对当天的行程也好有个合理规划。除了工作之外，康楠对于临时邀约一概能拒绝就拒绝，到目前为止能让她随叫随到的人还没出现呢。不过像"金融小哥哥"这样第一次吃饭就约当天晚上的，确实不多。但"金融小哥哥"理由充分，明天要出差，而且考虑周全，可以约到康楠附近，很是贴心。

康楠想了想，回复：好，晚上七点，国贸附近。

眼看快六点了，康楠和小薇打了个招呼，就匆匆忙忙收拾东西，准备打卡回家。她要先回家换一套衣服。今天早上遛狗起得太早，衣着不够精致。因为原本不是重要的日子，着急上班也就没有特别打扮，但晚上是第一次和人吃饭，出于礼貌还是要得体一些。

康楠冲回家，打开门的一刻，迎面而来的不是往常热烈的欢迎气氛，相反，她嗅到了一种阴谋的味道。

她喊了两声 Lucky，Lucky 才从沙发底下爬出来。

康楠预感大事不妙，她认真看了地板，地板上没有大小便，心里的石头稍微落了地。继续找，卧室的门没有开，床上没有被踩踏的痕迹。她再次排除一种"犯罪"嫌疑。

这时，Lucky 坐在沙发旁边，乖巧极了。康楠见 Lucky 这么乖巧，想它可能就是睡着了才没有及时迎接自己吧，是自己想多了，不应该不信任这么乖巧可爱的狗狗。想到这里，康楠伸手摸了摸 Lucky 的头，Lucky 努力地摇着尾巴。

康楠看看表，已经六点半了，时间紧迫，她赶紧去换衣服，又去找一双搭配的鞋子。

她走到鞋柜前，看到鞋柜的一瞬间，之前的所有疑问都有了答案——她的高跟鞋，每双鞋的鞋跟都被狗咬断了，包括前几天刚买的最新款。

她忍不住尖叫起来，再次一一检查，果然全部都被咬断了。

康楠感觉整个世界都崩塌了，心碎得比断裂的鞋跟还要惨。

康楠怒火中烧，拿起一只鞋寻找罪魁祸首，此刻 Lucky 早已躲进了沙发底下。康楠趴在地板上，顺着沙发和地板之间的缝隙，看见 Lucky 缩成一团，眼睛完全回避她，一副做贼心虚外加"与我无关"的样子。

"你给我出来！"康楠指着 Lucky 低吼。

没有回应。

"是不是你咬坏的？你知道这个多少钱吗？"康楠继续质问。

沙发底下一阵沉默。

康楠问完觉得自己有些可笑，狗哪儿知道鞋多少钱啊，它又不逛街。

"你不出来是不是？你给我等着！"康楠越想越气，她今天一定要把这件事情说明白，要告诉这只狗，咬鞋是绝对不能容忍的！她费了好大的力气才把沙发从墙角拉出来。Lucky 眼看要暴露，"嗖"地一下跑了出来。康楠连忙追上去。

"你知道不知道你做错了？你为什么咬鞋？"康楠指着躲在角落里的 Lucky 质问，Lucky 一脸委屈，恨不得把头缩进地板里。

"你委屈什么？鞋招你惹你了？它让你咬它的？还是鞋先动的手？"康楠完全把狗当成了人，试图用道理征服它，她完全没有意识到这一幕非常滑稽，在她的意识里，狗绝对能听懂她的愤怒。

康楠气得有点儿发抖，她意识到这是自己养狗以来第一次遇到内部矛盾。她很想让自己平静下来，但是找不到合适的处理方式，她还在气头上。可惜 Lucky 再聪明也不过是只狗，不会道歉，不会解释，不能出去买礼物哄哄她、弥补她。旁边也没有人能劝一劝，缓和一下紧张的气氛。康楠被愤怒架到一种尴尬的境地，发不出脾气，也下不来台阶。

这时，她眼角余光发现，鞋柜上的购物袋同样有些异样，走过去仔细一看，购物袋上有明显的折痕。她连忙打开，发现购物袋里安静地躺着两支被咬过的遮瑕膏的残骸。那是她找人代购的网红化妆品，她还特意给小薇带了一份，今早忘了拿。

这两支化妆品残骸简直是火上浇油，康楠彻底崩溃了，她想揍这只祸害东西的狗一顿，但下不去手。无奈中，她选择了一种电视剧里男女主角吵架的方法，她打开门，指着 Lucky："你给我滚！"

康楠一声令下，Lucky 识时务地夹着尾巴、贴着墙根滚了。

康楠开始把被咬坏的鞋一双一双装进袋子里，连同被咬坏的化妆品一起扔到门外。

康楠看着开着的门，心里一下变得空空的，那是一种类似和男友分手后的失落，以及一种不知道他会不会再回来的担心。

Lucky 虽然每天都和康楠坐电梯下楼，但它从没有自己下过楼。康楠想知道 Lucky 会不会还在走廊或楼梯间里，她找了一圈都没有找到。难道 Lucky 自己坐电梯下楼了？这个想法着实让康楠感到有些害怕。

康楠抓起手机就出了门，坐电梯下楼，开始焦急地寻找刚刚还想揍一顿的狗。

寻狗的第一圈，康楠还绷着脸，去了 Lucky 常去的地方，但都没有。

第二圈她就绷不住了，用手机照亮，开始一遍一遍喊 Lucky 的名字。

这只狗会不会因为害怕自己不敢出来，找地方躲了起来？还是它跑出了小区，去找自己原来的家了？或者跑到了马路上，被别人捡走了？千万不要被车撞到啊！

康楠被害妄想症一般地忍不住想到各种可能，都快急哭了，祈祷Lucky不要出意外，快点儿回来，以后不管它犯什么错误都不会不要它了。

正当康楠百感交集的时候，远处传来若有若无的嬉戏声，其中夹杂着狗叫。康楠心中燃起一丝希望，顺着声音的方向快速走去。

小区东南角的一块封闭的网球场里，一盏路灯下，稀松地站着几个人，旁边几只狗在转圈玩耍，Lucky赫然出现在狗群里，玩得最起劲儿。康楠悬着的心终于落了地。

康楠走过去，路灯下的几个人回头看她。一个高个子、壮壮的男生问："你好，这只小白狗是你的吗？"

康楠连忙回答："是的，跑出来了，没添麻烦吧？"她看清楚了，是三男三女。

先发问的高个子男生笑着说："没事，玩得很和谐。这几只狗也不打架。"说完指着草地上包括Lucky在内的六只狗。

Lucky在狗群中听见了康楠说话，摇着尾巴跑过来，坐到她的脚边，其他的狗子也跟着跑过来。康楠第一次见到这么大的阵仗，这简直是一支队伍，打头的是一只大个头儿的黑色拉布拉多，后面跟着一只小一点儿的、欢腾的比格和一只睫毛长长的、毛被剪得像驴一样的雪纳瑞，再后面跟着一只胖胖的柴犬，队伍的最后是一只闲庭信步的浅色金毛。

康楠被这么大的排场惊呆了，本能地往后退了两步，脚一下被围着草坪的石头绊倒，紧接着一个趔趄，本以为要摔一跤，结果被一只大手扶住了。

"别怕，没事。"扶住康楠的人发出性感的男低音，共振极强，康楠听了身上一阵发麻。

接着，男人另一只手丢了一个网球，一群狗迅速顺着球的抛物线追去。康楠站稳了脚，抬头才发现，这个男人就是前几天帮自己搞定松狮的网球男子，他依然是一身运动装，头发很短，像是刚刚洗过，有淡淡的洗发水的味道。

一个女孩儿热情地走过来，声音清脆地道："没事吧？原来没见过你呀，刚搬来吗？"

康楠回过神来道："不是，我住这儿两年多了，刚养狗没多久。你们每天都在这儿遛狗吗？"

女孩儿说："对呀，我们每天晚上都这个时间遛狗，这是封闭的场地，这个时间这儿没有人。这几只狗也在一起玩了很久了，都是好朋友。"

康楠听完，低声说："哦，原来狗也有朋友啊。"

大家听完都笑了。

女孩儿说："对啊，狗也需要社交的，不然在家会憋坏的，憋坏了就会发泄，咬东西什么的。"

康楠恍然大悟："哦，原来是这样，真是长知识了，我第一次养狗，没有经验。"

女孩儿拿出手机，说："来，我们加个微信吧，我把你拉进我们微信群，可以一起遛狗，有什么事也可以在群里说一声，很方便的。"

康楠连忙也拿出手机加了女孩儿微信，很快就被拉进微信群，群名叫"狐朋狗友"，也是很符合群的属性。

因为拿出手机，康楠突然想起来，还约了"金融小哥哥"吃完饭的呀！她赶紧看了看"金融小哥哥"的微信号，十几条未读，从七点到八点半，最后一条是：我明天早班飞机，先回去了，等你有空再约。然后翻到了小薇的未接来电。

完了，这下糟了，今晚真是又丢狗又丢人。

康楠拴上 Lucky，和"狗友"们匆忙打个招呼，想着回家怎么给"金融小哥哥"和着急的小薇解释，说爽约是因为狗丢了，他们会相信吗？

康楠回到家，盘腿坐在地上，深呼吸片刻，先给"金融小哥哥"发了微信：真的对不起，家里临时出了状况，事发突然没来得及跟您说，耽误了您宝贵的时间，等您出差回来，我一定请您吃饭赔罪。对不起，祝您出差顺利。

康楠反复读了两遍，他应该可以看出自己的诚意吧。

然后，康楠拨通了小薇的电话，接通之后，迎来的是小薇排山倒海似的咆哮："大姐！你怎么想的啊？你给我讲讲，第一次跟人家吃饭就爽约到底什么意思？让人家等了你一个半小时！现代人的时间多宝贵啊！"

康楠把电话放到离自己耳朵十厘米左右远的位置，以免耳膜炸裂。

"对不起啊妹妹，我真的是一时糊涂，家里的狗出了一些状况……"

"狗能出什么状况？人重要还是狗重要？老姐姐，你一向做事严谨得体，你怎么能办出今天这么不靠谱儿的事呢？叫我说你点儿什么好啊！"小薇喋喋不休。

"是是是，你教训的是，我刚刚已经反省过了，给你掉链子了，我给'金融小哥哥'发微信诚挚地道歉了。"康楠做错事，态度万分诚恳。

"你怎么道歉的啊？"小薇问。

康楠把微信内容复述了一遍，还等着小薇说满意，岂料迎来的是小薇的一阵叹息："老姐姐，你这么官方地回微信，你俩以后肯定没戏了。"

康楠有些摸不着头脑："为什么？我很有诚意和礼貌啊。"

"他回你了吗？"小薇问。

康楠赶紧打开微信看了一眼："他回了一个笑脸和一句'晚安'。"

小薇怒其不争："回笑脸，那就是彻底没戏了！"

康楠："为什么？你快提点我一下。"

"老姐姐，你是在相亲啊！你回人家回得那么客气，把人家当客户，完全没有想亲近的意思，无形中拒人于千里之外，如果继续发展，人家给你发点儿小暧昧，你怎么回？回复'辛苦''收到'吗？"

"那正确的回复方式是什么啊？"康楠真心求教。

"哼，等你请我吃饭赔罪的时候再问我吧！"小薇责备道。

"别啊，你不能光批评不纠正啊。"康楠也着急。

"你先自我反省一下吧！"小薇说完挂了电话。

康楠坐在地上抱着狗，Lucky乖巧地把头搭在她的胳膊上。直到腿酸，她才站起来，去卫生间洗漱，刚才找狗跑得蓬头垢面。

敷了一张面膜后，康楠突然醒悟，用力拍了拍脑门儿，面膜掉了一半。原来自己从来就没把那些男人当过暧昧对象！

她总是拿着一套统一标准的交往模式和对方相处，表面看着礼貌得体，但给人的感觉是罩着一层壳子，很难再进一步，直白地说，就是太一本正经了，缺少趣味和亲切感。

康楠反思自己，其实她也希望遇到一个人，可以让自己放下那些虚假的保护色，像个女孩儿一样和他相处，哪怕是矫情，哪怕有点儿造作，但那是一种被关怀的需要，是最能激起男人保护欲的东西。

此刻她觉得自己白活了30年。

如果能有机会重来，康楠发誓一定会好好珍惜，可是机会在哪儿呢？

一番检讨之后，康楠躺在床上准备休息，习惯性地翻看着手机，看到"狐朋狗友"的微信群里有人说话。拉自己进群的女孩儿发了两张今晚那几只小狗在草坪上玩耍的照片，几只狗开心得不得了，她第一次看见Lucky露出这么肆意的表情。

如果人和人相处，能像狗一样简单就好了。

Chapter 4

人生尴尬
狗生快活
'

　　自从康楠爽约"金融小哥哥"之后，两人除了偶尔朋友圈点赞之外再无联系。

　　人总是健忘的，更何况是成年人。

　　康楠也彻底沉寂了一段时间，整日为工作疲于奔忙，希望把新一届的业绩冠军从林潇手里拿回来，这是她该得的。如今两人再无可能，康楠也心无杂念。

　　情场失意，职场必然得意。

　　康楠事业心强，平时工作特别繁忙，为了拿下客户的一单通常要忙上几个月，偶尔受委屈也是常有的事。有陌生的客户不愿意见面，明明在公司也要说自己没去上班。好在康楠记性好，一次就能记住客户开的车和车牌，她就穿着高跟鞋站在客户的车附近等，一两次下来，客户也不好再回避。只要攻克见面这一关，后面的工作就是康楠的强项了。

　　最近在工作上，康楠显然是全副武装，24 小时作战状态，几乎透着一股愤怒，上一秒钟还在讲话，下一秒钟就能喷火，满脸写着"我不好惹"。在这种强大的气场下，同事们都非常配合，他们知道康楠一贯"事在人先"，特别是丢了业绩又错失爱情，都把背地里嚼舌根的劲头放到了工作上，也算是康楠这么多年人品换来的福报。

小薇更是为康楠冲锋陷阵。遥想当年小薇刚进公司那会儿还是个个性十足的小妞儿，谁都不服，特别爱翻白眼，尤其是在别人指挥自己干活的时候，恨不得把笔记本的键盘当成破锣一样敲。每一次敲回车键都带着回声，形成一种固定的节奏，配合着她翻起的花式白眼，简直像是要孤身一人深入敌营，推倒敌人的塔，又悲壮又好笑。

一开始，康楠以为小薇只是娇生惯养，在社会上没吃过什么苦，直到有一次，小薇喝多了，在车上抱着她哭着说："姐，我家房子要被拆了，我要无家可归了。"

康楠第一反应是违建房，自责平时对小薇关心太少，让这孩子吃了这么多苦，决定明天就去公司找老赵商量一下给小薇涨工资，但还是好奇地问了一句："你家在什么位置啊？"

小薇打了个嗝儿，颤颤巍巍地说："东二环。"

康楠听了，一口血差点儿喷出来，恨自己没见过世面，贫穷限制了自己的想象。

第二天康楠问小薇还记不记得前一天晚上说自己家房子要拆的事，小薇当时就愣了："我说的哪套啊？"

康楠听完，又是一口血差点儿喷出来，问："你一共几套？"

小薇意识到自己露富了，急忙保证："楠姐，不管我家要拆几套房，我都会踏踏实实地在你身边好好工作。我不为别的，就是欣赏你的为人，被你的气场折服，想跟你学东西。"

一番马屁拍得康楠真的要吐血了。

但不得不说，小薇从未炫过富，估计要不是喝多了她也不会说出自己的家底，而且自从加入康楠的团队后，小薇整个人都被康楠的气场盖得严严实实。她佩服康楠比自己还不服不忿，在职场风风火火、有勇有谋，是个人物。当然，更重要的一方面是她慢慢了解了真实的康楠，是外人从未见过的康楠，她就像突然撞见了一个天大的秘密，要想像守住阵地一样守住秘密，就必须处处维护秘密的主人——心甘情愿、赴汤蹈火。

康楠带着团队熬了几天夜，完成的方案终于得到了甲方爸爸的认可。小薇激动不已，看着客户寄回的合同，她在一旁像海豹一般地鼓掌，满眼星星地问："楠姐，你怎么那么厉害？为什么你开的都是大单？我怎么觉得客户都那么难伺候啊？"

康楠对于自己的优秀习以为常，心里高兴，脸上却平静如常："这回怎么不叫'老姐姐'了？你稳住，没有小单哪来的大单？你别急，你现在跟进的几个客户情况比较复杂，他们也都是供应商，上头也有甲方，所以要求多、反馈慢、变数大，爸爸的爸爸是爷爷，你记住，只要稳住了，猜对爷爷的喜好，这单早晚是你的。"

康楠的一番教诲，让小薇很是受用，她又打开 PPT，认真地说："没错，那我再研究一下爷爷们都提了哪些要求，我寻找一下蛛丝马迹。"

这时，康楠的微信响了，她看了一眼，是"狐朋狗友"群里有人发寻狗启事，隔壁小区有人家丢狗了，来这个小区问有没有人看见。

自从进了"狗友群"之后，康楠和大家相处融洽，但她下班时间比较晚，每次出来的时候大家都已经回家了，所以也没有认全群里的人。

让她印象比较深刻的是上次主动跟自己说话的热情姑娘，叫小红，西安妹子，90 后。小红的男朋友叫小白，重庆人，两人是大学校友，来北京之后校友会上重逢，你来我往看对眼了，现在住在一起一年了，一起养了两只狗：一只比格叫格格，一只雪纳瑞叫黑豆。比格淘气，最怕小红，雪纳瑞爱撒娇，最黏小白，一家四口其乐融融。小红喜欢打扮，也爱给狗打扮，总是给黑豆扎一个小辫，而且把黑豆眼睛上的毛夹得又长又翘，像拍睫毛膏广告的大明星一般。

还有一个高高瘦瘦的"文身哥"，叫小邱，北京人，养了一只名叫恺撒的黑色拉布拉多。康楠看着小邱感觉和自己应该差不多年纪，一聊才知道人家小伙子也是 1993 年的，她大人家四五岁。又聊过两次，让康楠更感意外，原来小邱已经结婚了，孩子都两岁了。康楠顿时觉得自己在人生大事上确实迟到太多。康楠每次遛狗都会碰到遛狗的小邱，有时候不遛狗，上下班也能遇到小邱遛狗，问了才知道，小邱去年觉得酒店的工作无趣，就把老板炒了，现在待业在家，专职遛狗看孩子。

康楠遛狗时偶尔还能见到一对表姐妹，表姐叫王心钰，表妹叫冷函，两人合租小区的一套一居室，正在攒钱交一套两居的首付，一起养了一只柴犬，名叫贝拉。王心钰半年前辞职了，一直在家复习准备考博，冷函在一家互联网公司做技术管理，两人最近轮流被催婚。因为有相似的境遇，所以康楠和这对姐妹颇聊得来。上次遇到，王心钰还送了 Lucky 好几包零食，于是 Lucky 见到她们时就格外亲切，还离得好远时就急着过去打招呼，在王心钰脚边又是握手又是谢谢，主动得不行，很会讨人欢心。每次 Lucky 这样讨要零食，康楠都觉得脸上挂不住，好像自己养了个要饭的。

和"狗友们"熟悉之后，康楠突然觉得自己的社交和作息都开始发生了明显变化，于是得出一个结论——狗是人类最好的枷锁。

养狗能让人下班回家更加积极，稍晚一点儿都有负担，不知不觉能推掉很多应酬，每次应酬自己都会交代一句："不好意思，我得早点儿回家遛狗。"也不太敢出远门，离家超过半小时就开始想狗独自在家不会出什么问题吧？

康楠在回家的路上会习惯性地看一下"狐朋狗友"微信群，看看有没有人在遛狗。康楠在这段时间获得的养狗经验，让她完全相信了狗需要社交，同时也意识到养狗可以拓展自己的社交。

之所以愿意和"狗友"闲聊，她分析其中一个重要原因是这些邻居乃工作压力以外的存在，和他们可以放松地说家长里短，说自己不方便和朋友、同事说的事情，得到的是相对客观的评价。另一个原因，这些人确实可以提供实际的生活帮助，特别是和狗有关的事情，比如谁家忘买狗粮了，"狗友"就会顺手送一袋；谁家狗生病了，互相推荐一下靠谱儿的宠物医院，甚至还可以延展到养狗之外的问题。总之，大家颇聊得来，有很多共同语言，这些都是康楠遇到 Lucky 之前万万想不到的事情。

因为交际圈的拓宽，康楠一时沉浸在生活的甜美之中。生活局面被打开，仿佛一切尽在掌握之中。因为 Lucky 的到来，生活进入了一个新的阶段，这些变化是她能明显感受到的，也是她喜欢的。

无奈这个局面并没有撑多久，生活再次给了康楠一次暴击——Lucky 成精学会开门了。

事情发生在周五。周五对于康楠来说是一个很复杂的日子，每周五要给公司做一次项目周报，整理项目进度，意味着她要在周五这个节点和客户通一次电话，委婉地问：甲方爸爸，您什么时候可以下单？另一方面，她对周五又是喜欢、期待的，因为周五之后马上就可以在家躺上两天了，不过前提是周末没有工作、不被打扰。

这个周五，康楠被客户拉去提案，会开得昏天黑地。奇怪的是，她今天莫名地心慌，刚才提案中有几次都有些走神儿，小薇提醒她，她才稳定些。康楠用喝口水的工夫看了看手机，已经晚上八点半了，北京这时候的堵车盛况刚刚接近尾声，她现在叫车，等车到楼下，应该正好地图上的每条线路都能变绿。她微笑和客户说了一连串的保证和口号，暗示今天的会可以结束了，她回去改方案就是了，还不忘提醒客户明天是周末，请大家好好休息。

会议结束后，康楠迅速收起笔记本，背起背包冲出办公大楼，上车回家。

一路上，康楠的心一直惴惴不安，她看了一眼手机，还剩 15% 的电，这更加重了她的不安。

现代人的恐慌，都不需要聊什么房贷、车贷，只有告诉他（她）手机快没电了，他（她）就开始慌了。

康楠走进小区，坐电梯上楼之后，她站在走廊里傻眼了，家里的大门敞开着，仿佛在唱"北京欢迎你"。

康楠的第一反应是家里进贼了，她进屋发现 Lucky 不在家，然后挨个儿翻柜子，首饰、名牌包、存折、证件……所有值钱的东西都还在，不像是进了贼，不然值钱的东西不会一样没丢。那么，门为什么会开呢？自己早上上班太迷糊，忘了关门？这种可能性很低啊，她有强迫症，每次锁门后都用力推好几下，有时候人已经走到电梯了，都忍不住折返回去再确认一下，所以这个错误她应该不会犯的。

她思来想去，只有一个可能，门是在房间内被打开的。她仔细地检查门锁，确实有被抓的痕迹，又实验了几次，这种密码锁是可以在屋里面被打开的，而且非常容易！

化身柯南的康楠同学经过排查之后恍然大悟，真相只有一个——罪魁祸首就是 Lucky！

康楠得出这个结论后，整个人都震惊了！这狗是要成精了吗？这智商简直就要碾轧自己了啊，说不定哪天把主人卖了都有可能！

康楠来不及换平时遛狗的平底鞋，踩着"恨天高"就往楼下跑，不管怎样，得先把这只已经成精了的狗找到。

北京的夜晚此时已经比较冷了，小区里除了人行道被清扫干净，其他地方都被树叶铺满，被树叶铺满的地方是 Lucky 最爱去的地方。康楠拿着小手电，一边照一边喊着 Lucky 的名字。

Lucky 已经不是第一次丢了，康楠怎么也算有些找狗的经验，这一次没有上一次那么慌张，寻找的路线也非常清晰，先去 Lucky 常去的地方，然后去有人喂流浪猫的地方——Lucky 对猫很感兴趣。康楠一边找一边在心里默念："一定要快点儿找到！""狗子，你要好好的！""你可千万别跑远啊！"念着念着，她突然想到了"狗友群"，于是拿出手机，在群里问：有人看见 Lucky 了吗？

小邱最先回复：我下午在小区里遛狗，没有看到它，它什么时候出去的？

小红回复：没有啊，我今天加班还没回去呢，你去草坪找找。

小白回复：我在接小红下班……

王心钰回复：我在家，我帮你去找找吧。

康楠陆续看完信息，看到"狗友们"有回复，尽管都不知道 Lucky 的下落，但大家的反应让她心里稍微有了一点点踏实感，至少会有人帮她一起找，多一个人找就多一些找到狗的概率。这时候她恨不得所有人都认识 Lucky，都能帮她找找或者告诉她在哪儿见过它。

这一刻，康楠不得不感叹，满小区找一只跑出去的狗，简直如同大海捞针。因为狗是活动的，位置不固定，太容易错过了。她决定找到之后，一定要问问"狗友们"有没有给狗配的 GPS 定位器，她要给 Lucky 装一个。

正当她大海捞针般地找狗的时候，王心钰在群里 @ 康楠：快来小区北门的凉亭附近，有人看见 Lucky 刚刚跑过去了。

康楠触电一般，一路小跑冲去小区北门，她感觉自己的速度可以参加奥运会了。待她跑过去，远远地就看见一团白色的影子像野兔一般蹦跳地蹿出去——是 Lucky！康楠大喊，但 Lucky 没有丝毫反应。随后，她发现 Lucky 身后跟着一只健壮的金毛，奋力地朝 Lucky 追去。金毛后面，一个男人边追边喊："大熊，回来！"

康楠愣了一秒钟后，跟在这个男人身后追了过去。就这样，Lucky 身后，一只金毛、一男一女，奋力追逐，几乎绕了小区一圈，康楠和男人都边跑边喊，场面不可谓不狗血。

康楠跑得肺都要炸了，速度根本不能和两只狗相提并论，眼看两只狗已经跑得不见踪影。康楠前面的男人也显得很疲惫，嗓子都快喊哑了，也放慢了速度。康楠实在受不了了，在后面喊："大哥，那是你家的狗吧？"

前面的男人站住了："是，小白狗是你家的吧？"

康楠定睛一看，这个男人不是别人，正是之前 Lucky 跟松狮打架的时候出来解围的网球男子。

康楠回答："是！它们要去哪儿啊？"

网球男子一脸无辜，说："我也不知道，我去东边找，你去西边找！"

康楠点头："好！"实在也没有别的办法了。

两人绕着小区又跑了大半圈，终于在小区角落的小树林里相遇了，他们几乎同时看见了自己家的狗，可是此情此景异常尴尬——两只狗正在交配！

没错，这只叫大熊的狗把 Lucky 给"睡"了。

康楠尖叫一声："啊！流氓！"

网球男子冲着大熊喊："快住手！"

康楠冲着网球男子喊："快让你家的狗停下！"

网球男子机械地执行康楠的指令，冲着正在兴奋中的大熊喊："停下！停下！这也停不了啊！"男子涨红了脸，语气里全是窘迫和无奈。

康楠想上去拉，但又不知道如何下手，这是她第一次看到狗狗做"羞羞的事"，特别还是和一个陌生男子一起旁观，自己的脸也有些红。但此刻她也顾不了那么多，除了喊停也没有别的办法。

大熊突然将身体转了一个方向，一阵颤抖之后终于停了下来，两只狗这才彻底分开。

康楠急忙冲过去，一把将地上的 Lucky 抱起来，Lucky 呜呜地叫着。大熊也回到了网球男子身边，仿佛一脸满足。

康楠简单检查了一下全身是口水的 Lucky："啊，你没事吧？"初步看没什么异常，然后回头指着网球男子："你家这个流氓！这是非礼！是强奸！"

网球男子完全被震住了，一直说着"对不起！对不起"，除了道歉，说不出任何话。

康楠怒火攻心，完全不顾自己多年苦心经营的得体知性的人设，声音几乎就要破音了："怎么办？你要负责！"

网球男子恨铁不成钢地指了指地上的大熊，大熊完全不知道自己被当作了"强奸犯"，竟然得意地摇着尾巴。男子气得说不出话，想了想，回头对着康楠用力地点头，磕磕巴巴却十分坚定地说："好！你……你想让我……我怎么负责？"

这个问题一下把康楠问住了。她从没遇到过这种情况，也从来没有预设过这种情况，这一切都发生得太突然，完全超出了她的生活经验。

"那个……那个，去医院！"康楠唯一能想到和这件事情类似情况的解决方案就是去医院。

"好！"网球男子挠了挠头，"我去开车！"

康楠连忙说："你别想跑啊！我和你一起去！"

"你放心，我会负责！"网球男子义正词严地说，脸色却非常不好。

康楠抱着 Lucky，上了网球男子的车，坐在了后座，大熊坐在副驾驶位置。

车里的两个人都黑着脸，大熊不时回头看康楠和 Lucky，都被康楠瞪了回去，大熊的憨态可掬完全不能让她消气。男子感受到了来自后座的压力，又不知该怎么解释，只能默默地开车。

康楠气鼓鼓的样子有些滑稽，内心却十分复杂，愤怒、尴尬、迷茫。她斜眼去看前面开车的网球男子，车窗外的光把车里照得忽明忽暗。他的头发很短，干净利落，耳朵很大，被光照得透明。她顺着他的耳朵看到了车内的后视镜，却不料他也看了一下镜子，两个人的目光撞到的一刹那，她刚刚有些冷静的情绪又烧了起来。她狠狠地瞪了他一眼，但心里又开始方寸大乱。

原来是个大叔。

车一路开向附近的宠物医院，中途男子给宠物医院打了个电话，联系了自己熟悉的宠物医生，请宠物医生去宠物医院帮忙看看。男子很有礼貌，当宠物医生问狗怎么了，男子欲言又止，想了想说："犯了色戒。"宠物医生听完咯咯地笑了，说自己懂了。康楠听完在车里翻了一个很不自在的白眼。

到了宠物医院，前台护士已经下班了，之前联系过的宋医生在等着他们。简单了解情况之后，宋医生给 Lucky 检查了一下，笑着说："这个情况并不复杂，Lucky 正处于生理期，气味比较重，唤醒了大熊的雄性荷尔蒙。"

康楠觉得有些没面子，好像都是 Lucky 引起的。她很不服气，问男子："你遛狗怎么不拴啊？"

男子一时不知道该怎么解释，愣了一下，还是努力解释说："刚开车门，没来得及拴，它就追出去了。"

康楠还想多说几句，想到自己也有错在先，让 Lucky 跑出去了，难辞其咎，也就闭了嘴。

宋医生看到两人的尴尬，打破僵局："那你们现在打算怎么办？现在也检查不出什么来的。"

男子说："体检！"

康楠想起来自己确实只给 Lucky 打过疫苗，还没有体检过，就说："体检吧，多余的钱我来出，我不是要讹你。"

"我来负责。"男子态度坚决，不给康楠任何拒绝的机会。

康楠想到后面可能还有事情就头大，也没再争论。

抽血化验，半个小时后出结果，康楠和男子并排坐在长椅上，中间隔着一米远。仿佛因为孩子早恋被老师请到学校的家长，气氛尴尬又低落。两只狗各自在主人的脚下趴着，偶尔对望一眼。

化验结果出来了，Lucky 肾功能很差，是先天的，严重的话需要换肾。

康楠的心瞬间揪成一团。

回家的路上，康楠依然坐在车的后面，抱着 Lucky 有点儿想哭。她本不是一个懦弱的人，从小到大面对很多事情她都表现得比同龄人成熟和坚强。可是一想到 Lucky 可怜的身世，先是被弃养、流浪，之后好不容易受到老天的眷顾找到了新家，却又被发现身体有严重的缺陷。此前她从来没有想过狗可以陪伴她多少年，因为她从没有意识到有一天狗会比人先离开。但宋医生的话让她提前预知了分离，分离的痛苦和担忧此刻一直在她的心头萦绕。

男子沉默地开着车，在副驾驶位置上趴着的大熊仿佛也感受到了这份悲伤。

"你别怕，能治。"男子低沉的声音传来，看得出，他很想劝慰康楠，但显得十分笨拙。

但这句话在这个时候对于康楠来说太关键，像一道闸门，一下子把她忍了半天的眼泪全部放了出来。她哇的一声哭了出来，越哭越伤心。男子以为自己说错了话，赶紧把车停到路边。

面对突然哭泣的康楠，男子更束手无策了，急忙从纸抽里抽了几张纸，回过身从前面递给康楠："你别哭。"

康楠接过纸巾，意识到了自己的失态："对不起，我不是怪你！"

男子沉默了片刻，缓缓地说："我们一起想办法。"

康楠哭出来后，感觉好多了："谢谢你，给你添麻烦了，刚才对不住，一直发脾气。我也是第一次遇到这种情况，情绪有点儿激动，不好意思。"

男子微微点头算是回应，然后一路默默地开车回小区，没再多说一句话。

回到家以后，康楠又抱了 Lucky 好一会儿，她本想指着门锁教育 Lucky 一番，想想还是算了，明天请一个换锁的师傅，换一个在屋里打不开的锁吧。然后她根据宋医生的叮嘱检查了 Lucky 的狗粮和零食，不合适的全部收了起来。Lucky 也许是累了，躺在狗窝里呼呼地睡着了，时不时地抽搐一下，好像做梦了。

康楠处理完这些事情后，洗漱完躺在床上陷入了郁闷中。怎么就能这么鸡飞狗跳？自己家的狗让别人家的狗那个了，还是在自己和一个陌生男人的眼皮底下。老天啊，还能让人再尴尬一点儿吗？

康楠不忍再想，拿起手机，看见微信有好友申请，是通过"狐朋狗友"微信群添加的，微信头像是一只金毛，她通过了。

不一会儿传来一条消息：你好，我是大熊的爸爸，老王。

人生已如此艰难

一定要努力争取

想要的生活

，

1

年迈的大熊焕发第二春，有了小老婆，而小老婆就是 Lucky，这件事很快就在"狗友群"里传开了。

大家纷纷向老王和康楠道喜，康楠心里一百个不愿意，可无奈还是要面对这个现实，就像一个含辛茹苦的老母亲参加女儿的新婚典礼，即使对女婿再不满意，木已成舟，也只能把眼泪往肚子里咽。

唯一能让康楠消消气的事情就是每次见到老王，她都在心里骂一句"臭流氓"。子不教父之过，好好的一只狗，肯定是和它爸学得这么下流！

一开始康楠以为它们的结合纯属生理冲动，可是通过这段时间的观察，她发现事情没那么简单。她发现，Lucky 和大熊还真有可能是真爱。主要表现是，Lucky 每次出去玩都异常兴奋，如果大熊没出来，Lucky 就明显失落，对其他小伙伴表现出不耐烦，路过大熊家的单元门口时就会刻意徘徊或直接坐在地上，劝半天也不走。如果大熊出来了，它们就立刻滚成一团，大熊躺在地上任由 Lucky "蹂躏"，十分有耐心。可是当其他小伙伴也一起加入欺负大熊的行列时，Lucky 就会龇牙低吼，俨然一副正房对待小三小四的架势。它们的种种表现让康楠和老王每次遇到都有点儿尴尬，小邱还开玩笑说他们是亲家，康楠的脸更绿了。

小邱是个热心肠，总是笑嘻嘻的，狗随主人，他家的拉布拉多恺撒也总是很友好。小邱说恺撒刚到他家的时候才巴掌那么大，可以放进外套口袋里，后来越长越大，光狗窝就换了三四个，现在完全睡沙发了。恺撒的所有技能都是小邱手把手教的，每次教会恺撒一项技能，比如取快递、拆快递，他都非常有成就感。

后来小邱老婆怀孕了，两人还担心孩子出生后，恺撒会吃醋或伤到宝宝，可当他们把孩子带回家，恺撒所有动作出奇地小心翼翼，好像生怕会吓到小宝宝一样。偶尔小宝宝哭时，恺撒还会到跟前安慰，自己躺下露出肚皮让宝宝摸。

恺撒的模仿能力很强，因为经常看到小邱老婆给孩子放音乐，拿着玩具跳舞逗孩子玩，恺撒竟也学会了。只要音乐响起，恺撒就叼起自己的玩具，四条腿同时跳起来，一颠一颠地跳着 "舞"。开心的时候它还会把自己的玩具叼给小宝宝，强行互动一波，这样宝宝的注意力就被吸引了，常常被逗得咯咯直笑。

而且恺撒和宝宝一起在外面玩的时候，会非常警觉地保护小宝宝的安全，简直像个专业的保镖。所以小邱老婆一个人带孩子出去玩的时候也愿意带着恺撒一起出去，很多带孩子的家长见到恺撒这么乖巧可人也很喜欢它，小孩儿都愿意跟它玩。

康楠听完很感动，人和狗之间的信任单纯美好，然后她低头看看只会吃喝拉撒外加捣乱的 Lucky，决定回家也试着教教它取快递、拆快递的本事。不过康楠还是好奇，问小邱："你和你老婆没有因为狗吵过架吗？"

"原来她说和我在一起是爱上一个不回家的人，自从养狗之后，她说我对狗比对她好，但看在我按时回家的份儿上，她也懒得和狗争风吃醋。"小邱笑着说。

康楠被这种说法逗乐了，单身多年的她虽不能完全体会夫妻养狗的乐趣，但想来一定有很多有趣的事情发生。

这天康楠正在教 Lucky 拆快递："快，把你拆家、咬鞋跟的本领发挥出十分之一，把这两个快递盒子打开！注意点儿，东西别给我撕坏了。"

Lucky 兴奋地对着其中一个快递盒子闻来闻去，犹豫片刻之后，终于下口了，连刨带咬。这两件快递本来也是康楠给 Lucky 买的零食，也不怕它真的咬坏了，但盒子被撕开之后的满地狼藉让她有些后悔。以后还是自己拆快递吧，不然还得自己扫地。

"狐朋狗友"微信群响了。

小红：亲们，江湖救急。谁在家？房东大姐突然来查房子。她不让养狗，谁能帮我照顾一下狗子？

小白：房东打电话说已经进小区了，我不想再搬家了……

康楠透过手机屏幕都能感受到这对小情侣的焦急，回复：我在家呢，给我送来吧。1 号楼一单元 1102。

小红瞬间发来一个大大的吻。

不到两分钟，一只比格（格格）和一只雪纳瑞（黑豆）就来到了康楠的家，加上 Lucky，康楠家第一次迎来最大客流量，屋子里瞬间乌烟瘴气，三个小伙伴开心得好像学生要放暑假一般。格格长得有些忧郁，自带眼线，两个大耳朵很是招人喜欢，也是最活泼的。相比之下，黑豆就"文明"很多了，更愿意和康楠一起玩，绕着她的腿蹭来蹭去。康楠喜欢它长长的睫毛和丸子头，她蹲下，用一只手把它抱起来抚摸着。她第一次摸到雪纳瑞的毛，手感好极了，又软又暖。另外两只狗见状立即跑了过来，站起来抱她的腰，实力争宠。康楠招架不住三只狗同时争宠，赶紧把黑豆放到地上，躲进了厨房，让三只狗自己折腾。

一直到了晚上八点，小红才在群里 @ 康楠：谢谢楠姐，我家危机解除。

康楠回复：不客气，格格和黑豆很听话。

小白：要不要多收留它们一晚？

康楠正在犹豫，这时群里热闹起来。

小邱：小白同学，晚上孩子不在家，你要干吗？（一个使坏的表情）

小白：打扫卫生！

小红：我们彻底打扫一下卫生！

小邱：打扫卫生也不用让狗在外面住一晚啊？（一个使坏的表情）

小白：打扫卫生需要一些空间。

王心钰和冷函也出来起哄。

王心钰：不用解释了。

冷函：我要是楠姐，我现在就把狗送回去，哈哈哈。

小红：你们不要再说了！楠姐，我去接狗……

康楠看到这里，忍不住笑了，真是一群可爱的"狗友"，心情很久没有这么放松了。

康楠回复：没事啊，留这两个小家伙住一晚吧，我也体验一下带三个娃。

但是，问题也随之而来了。听小红说，黑豆和格格一直都是在床上睡，但康楠是不让 Lucky 上床的。不能让别人家娃儿有特殊政策，让自己家娃儿眼看着着急啊。康楠想了又想，翻箱倒柜，找了一套干净的床单和被罩换上了。今天破例，顺其自然吧，上床就搂着，不上床也不主动邀请。

事实证明康楠想多了，狗子们根本没客气。格格和黑豆毫不见外地跳到了床上，格格在被角找到舒服的位置毫无忌惮地趴下，黑豆热情主动地跑到康楠的枕头边卧下。只剩自家的 Lucky，Lucky 看到康楠接受了小伙伴上床的行为，自己在地上急得转了两圈，抬起两只前爪搭在了床边，一脸期待地看着她。康楠看着好笑，又不忍心："上来吧！就这一次！"Lucky 收到指令后，一跃而上，和格格对称地躺在了一起。

不一会儿，狗子们就发出了呼噜声，本想看会儿书的康楠都不自觉地听困了。狗的呼噜声堪比催眠神器，很快康楠就睡着了。

这一夜康楠都在做梦，梦见自己是生产队里的饲养员，一群小猪围着自己要吃的。又梦到自己带着三只狗去参加前男友孙超阳的婚礼，刚到现场，发现林潇也在。瞬间三只狗就变身了，化成人形，一只变成一身黑色西服的霸道总裁，一只变成花臂文身的摇滚歌手，一只则变成可爱阳光的纯情小哥。三个人都围在康楠的身边，吸引了所有宾客的注意。正当康楠得意地准备看看酒席上的菜品时，一阵敲门声把她叫醒。

三只狗一齐冲到门口一阵狂叫。康楠打开门，是小白和小红。

"楠姐，今天先别遛狗了，刚才小区里来了好多城管，说待会儿还有民警检查狗证呢。"小白着急地说。

康楠一脸茫然："什么情况？你们进来说。"

小白、小红一人抱起一只狗，进来坐下。

小红说："昨晚你没听到狗叫吗？"

康楠摇头说："我昨天睡得早。"

小红接着说："就在王心钰家楼上，有一对夫妻养了一只泰迪，但他们早出晚归，经常半夜回家，他们家的狗就成宿地叫，直到主人回来。一开始大家以为就是单纯的狗叫，白天去敲门也没人开，就给他们家门口留了一张纸条，请他们管一下狗，不要影响邻居。但没有什么效果，狗还是一直叫。那家隔壁住的是一个写悬疑小说的人，也不知道哪根神经搭错了，竟觉得他们家有可能是出了人命——他联想到之前听到这户人家经常吵架，就觉得会不会发生了失手杀人的事，狗才这样一直叫，或者有变态虐狗，于是去物业要了这户业主的电话。业主听到这个悬疑小说作者神神道道的描述吓坏了，怕房子真的出事，立刻就报警了。"

康楠瞪大了眼睛，看似平静的小区还有这种事？

"然后呢？"

小白接话道："民警和房东打开了门，什么事都没有，狗好好地待在笼子里，没有命案也没有虐狗，询问狗主人后了解到，这小两口儿是开烧烤店的，白天上货，晚上通宵开店，没时间照顾狗，又怕狗拆家，才把狗成天关着，狗才这么叫。"

"唉……"康楠叹息。

"他家这么一闹不要紧，好多人都开始反映不文明养狗行为。把狗打架的、人因为狗打架的、狗咬人的、狗随地大小便的情况反映一遍后，开始有人在小区住户的微信群里讨论，开始有人添油加醋，在微信群里发各个地方狗咬人的极端案例新闻和视频，很多都是故意吸引网友眼球的假新闻和危言耸听的标题。这样一煽动不要紧，一些家里有老人、小孩儿的都人人自危，于是开始谴责所有养狗的住户，要求清理宠物，谴责物业不作为。这个情况顿时就上升了高度，受到了重视，民警和城管已经介入了。"小白越说越激动。

"那个群里有几个业主特别激进，一直威胁说要是不清理宠物就在小区里撒毒药。小邱和心钰都在那个群里，和他们据理力争，还被他们骂是键盘侠，小邱气得都退了那个群，说谁敢动他家的狗，他就跟人拼命。"小红补充说。

"早上赵大爷出去遛狗，他家的狗都养了十几年了，听话得不得了，从来不乱跑，定点排便，赵大爷也及时清理，但就是没办狗证。

民警也没办法，按规矩办事，他家的狗刚才就被收走了，让办完狗证再去接。

"还有小区里的那只松狮，她家从来不拴绳，民警来了，那女主人还跟民警撒泼叫嚣，最后那只松狮也被带走了。"

听着两个人七嘴八舌地说，康楠心里也着急："唉，怎么办啊？人不文明，狗只能跟着遭罪，要查多久啊？"

"不知道，刚才问保安大刘，可能要一两个月吧，只要有人投诉，他们就得管。"小白回答。

"待会儿还要上班，带狗去地库遛一遛吧，下班回来大家再商量怎么办，总不能这么不负责任地送走吧，又不是一个玩具、一件衣服。别急，会有办法的。"康楠安慰这对小情侣。

送走小白、小红一家四口，康楠看看时间，赶紧简单洗漱，带着Lucky小心翼翼地去地库小跑一圈，然后就把Lucky留在家里，上班去了。临走的时候看着Lucky还傻傻地朝自己摇尾巴，康楠的心里有些难受，想着不管怎么样，绝不把狗送走。

人生已经有许多事情不能自己做决定了，所以在能力范围内，一定要努力争取自己想要的生活。

2

一整天康楠都心不在焉，时不时看看"狐朋狗友"微信群里的对话。

小邱、小白他们都比较年轻，很多话都带着情绪。当大家讨论激烈的时候，老王站出来了。

老王：大家少安毋躁，刚刚问了民警，可以去派出所办狗证，但每户只能办一只狗的狗证，一个狗证1000元，配合检查和打疫苗，一周之后发狗证。今晚回去可以统计一下小区里有多少人养狗、办理狗证的有多少、没有办理狗证的有多少，传递一下消息，让没有办理狗证的自觉去办证。

因为 Lucky 和大熊的那场"艳遇"，康楠面对老王时总是有些敌意和不满，但看完老王的发言，她的态度算是稍微缓和了一些，而且一下说了这么长一串话，真是不容易。

老王这个人看着少言寡语，像个闷葫芦，说正事的时候还算靠谱的。康楠透过手机屏幕都能想象出老王一脸严肃的神情，说出来的话是积极的，整个人显得有些好笑。

小邱：我是有狗证的，但现在只要有人投诉就要查狗，还有人扬言要在小区里投毒，这是谋杀，绝不能坐视不理。

老王：这个问题需要和大家当面商量一下，还是先去办证，自己没有问题，别人就没有找麻烦的把柄。

老王说完，大家纷纷安静了下来，都表示同意。老王的号召力让康楠对他有些好奇。

康楠忍不住私信小邱：小邱，老王什么来头啊？

小邱很快回复：老王可不简单，人好话不多，不熟的以为他高冷，其实是个热心的人，而且是艺术家，自己有个画室。他前一阵儿带他家大熊自驾游去了，所以你不太熟，大熊也跟老王很多年了。还有，老王长得成熟了些，其实他没有看上去的那么老。

康楠回了一个"哦"的表情。

小邱：哈哈，他刚搬来的时候大家都怕他，全凭人格魅力征服了小区的大爷大妈，现在上到九十九下到刚会走都很喜欢他。

康楠：哦，还是万人迷啊。

小邱：差不多吧，也就是他不愿意走仕途，不然怎么也能当个居委会主任什么的。（大笑的表情）

康楠：知道了，你还没上班啊？

小邱：去哪儿上班啊，我一家庭妇男，能去哪儿啊？

康楠：真幸福，我也不想上班。（摊手的表情）

小邱：楠姐，你就别开玩笑了，我们都看出来了，你是事业型的女强人。

康楠：这都被你看出来了。

小邱：我眼睛多尖啊！楠姐，你忙吧，我去老王家找老王商量对策去了。

康楠看着手机屏幕上小邱发出的那一行字，眼睛停在"老王"这个名字上。

老王！老王！康楠回想之前和他打交道，低音炮一样的声音确实是独特的标志。慢慢地，她把这段日子关于老王的印象在脑海里下意识地拼凑起来。

第一次遇到老王时，她和松狮女主人的战斗一触即发，老王用一个网球帮她轻松化解；第二次，她被迎面呼啸而来的热情的狗子们吓到，险些摔倒，是老王扶住了她；第三次，Lucky被大熊追逐，她和老王一路追狗，还骂老王的狗是强奸犯，然后老王开车带她去宠物医院。后来，她在老王的车里哭，老王安慰她。这些东拼西凑的瞬间连接在一起，让"老王"这个名字慢慢地丰满了许多。

康楠不知为何打了个冷战。

晚上，在小邱的号召下，"狐朋狗友"群里的小伙伴都带着狗齐聚在老王的家里。

老王家是小区里少有的超大复式户型，家里整洁简约。门口的拖鞋都整齐地排列好，康楠换上拖鞋走进客厅。老王给大家准备了茶点，给狗子们准备了玩具和零食。客厅里的气氛有些凝重，"狗友们"每人脚旁都有一只狗，狗也感受到了紧张的气氛，在主人的指挥下安静地趴着，没有过分吵闹。

老王率先打破安静，说："下午民警又来了一次，简单地走访、了解了一下情况就走了，没那么严重。赵大爷家的狗我已经帮着接回来了，赵大爷虽然年纪大了，但是个明白人，愿意给狗办证。"

小白问："那只松狮呢？"

"她家被投诉得比较多，主人突然联系不上了。"老王平静地说。

老王一说话康楠就头疼，不知道是因为他的声音太有磁性引发了大脑共振，还是因为提到松狮，让她想起老王见证了自己不太光彩的时刻，总之心里有点儿闷闷的。

"我们现在该怎么办呢？"王心钰问。

"下午老王在群里说完之后，我就简单地统计了一下。咱们小区一共有 32 户养狗，基本都是中小型犬，大狗基本只有金毛和拉布拉多，还有一只罗威纳，还是一只 3 个月大的宝宝。我沟通了一下，绝大多数都有狗证，剩下的基本都愿意去派出所办证，包括叔叔和阿姨。"小邱一五一十地汇报。

"辛苦小邱了，这几天就组织大家去把狗证落实了。"老王说。

"那就是没事了呗？"王心钰问。

"我们还是要团结起来，不能被动地等待，要主动和物业沟通，不然很有可能物业管理一刀切。"老王低沉的声音听起来很有感召力。

"怎么团结啊？"小白问。

"我们还是要呼吁养狗的住户文明养狗，尽量不打扰别人，这样就不会引起部分人的反感。基本宣传是必要的，然后在小区各块草坪旁边都立一个粪便处理箱，放一些塑料袋和纸巾，给遛狗的人也提供方便，这样就会好很多。"老王回答。

"这些不都应该是物业干的事吗？我们交了那么多物业费。"冷函双手抱着肩膀从王心钰身后站出来说。

"全都指望物业肯定不行，他们不养狗，不会想得比我们周全，也不会从我们的角度考虑问题，这时候我们只能自己帮自己了。再说帮他们分担工作，再遇到麻烦，他们也无话可说了。"老王耐心地解释。

大家纷纷点头，小红问康楠："楠姐，你一直没说话，你觉得呢？"

康楠想了想，缓缓地抬头看向大家，表情严肃地说："我觉得还不够。"

老王不解地问："你的意思是？"

康楠回答："我看了小邱发到群里的聊天记录，很多人都在起哄，就是因为他们不养狗，他们也看不惯别人养狗，把很多对物业和环境的不满都转嫁给了我们。有些人硬说狗咬人，但又说不出咬了谁，这就是在栽赃嫁祸。"

"对，这种人真可气，那你说该怎么办？"小红完全同意康楠的说法。

"老王说得对，我们可以按照他说的做，但同时我们也要保护自己，世上没有清者自清的事情，更何况是不会说话的狗。人总是站在食物链最高端俯视其他物种，一旦发生纠纷，倒霉的还是动物，所有人的矛盾都会变成动物遭殃。这样的新闻不少了。我们要把造谣的人抓个典型揪出来。"说着，康楠拿出手机，点开聊天记录，指着一个在小区业主群里说赵大爷的狗咬人、随地大小便的人，问："这个人你们谁认识？"

小邱看了看那人的微信头像，急忙回答："我认识这男的！他住在我家那个楼，他家有个小孩儿，我们在小区带孩子坐滑梯时聊过。那会儿他不知道我养狗，还跟我抱怨小区有人养狗，他说他小时候被狗撵过，所以特别讨厌狗。"

小白也看了看那人的微信头像，指认道："我也见过他，有一次他带孩子出来，他家小孩儿就在小区人行道旁边的草里大便，我见过！"

王心钰觉得难以置信，问："真的假的？你不要为了反击故意栽赃啊！"

小白急了，说："真的，我当时还拍了一张照片给小红看呢，跟她吐槽！"

小红想了一下，连忙点头："对，我想起来了，微信里应该还有记录。"

小邱一脸嫌弃地说："你们年轻人口味这么重吗？拍人上厕所！"

小白急得脸都红了，解释道："我们是在谴责这个行为！"

小红也帮他说话道："对啊，你看，这不马上就立功了吗？"说完把在微信聊天记录里翻出来的那张照片给大家看。

照片上确实是一个大人站在一旁看一个小孩儿在草丛里上厕所，虽然拍照的距离不是很近，但大人的脸还是能看清楚的。

康楠看了照片，说："好，你把小孩儿打上马赛克，然后把照片发我。"

小红兴奋地回答："没问题，姐，你要怎么办啊？"

"心钰，把我也拉进那个小区业主群吧，我也当一回键盘侠。"康楠满脸正义地说。

康楠说话的时候，感觉一直有一双眼睛默默地看着自己，她回头一看，就撞上了老王的眼睛。四目相对，她突然有点儿不自在，甚至有点儿害羞。她不知道自己刚才说的话是不是有点儿夸张，是不是显得有点儿坏、有点儿不近人情。

可是，康楠毕竟比小红、小邱他们年长几岁，进入社会早几年，工作上遇到的人也多，什么类型的人、什么奇特的事都见过，遇到麻烦也有一套处理心得。有一次小薇被竞争公司联合起来坑得很惨，哭着找康楠求助，康楠了解完情况后，留下一句话："一定要比对你好的人更好，比对你坏的人更坏，反击的方法一定要想，至于用不用是你的选择，不然就等着永远被欺负吧。"

不过归根到底还是康楠的狮子座性格，正义感爆棚，极度英雄主义。

在现在这件事情上，康楠还是这样的原则。她认为老王的办法虽然很妥当、很正派，但还是有必要用点儿"非常规"的办法，她决定亲自下场"撕一撕""正一正"小区的风气，争取更多明理的人。

一切准备工作完毕，康楠也被拉进了小区业主群，她拿着手机开始埋头打字。老王家的客厅此刻异常安静，连狗都不敢叫了。大家都盯着手机，都在等着看康楠如何发起攻势。

大家的手机同时响起微信提示音，所有人都赶紧点进小区业主群看信息。

"各位业主朋友大家好，我是1号楼的住户小楠，我是两年前搬进来的，一直满意于自己能住进这样环境优美、邻里和谐、管理有序的小区。但近日因养狗而引发的一些言论令人失望，下午有人在群里指责有狗随地大便没人清理，不排除有这样的情况发生，但这就是全部真相吗？这是小区邻居前几天发现的情况，请看照片。"

康楠把小红打了马赛克之后的照片发到了群里，马上开始有人回复了，康楠没有理会，继续发言："照片上的这位男士就是下午激烈讨论因为对狗随地大便不满而要求清理宠物的人，他一边要求养狗人士讲文明，自己却一边做出同样不文明的事情。试问，在这样的时刻他发布极端言论是真的为了保护小区安宁，还是为了自己的私欲泄愤？他发的那几段文字就是想分裂邻里之间的关系，他是何居心？我希望这位男士能主动在群里道歉，不要让我 @ 你！"

看完这段话，小红激动地鼓掌："楠姐太棒了，真解气！"

康楠嘴角动了一下，马上又恢复了严肃，继续打字："还有人说小区里的狗咬人，请你拿出证据，说清楚时间、地点、当事人姓名、报案记录等，证明你说的是事实。如果没有证据，那就是造谣。现在造谣成本太低，但是现在有对网络文明的相关法律法规，如果谣言传播到一定范围，是可以被判刑的。如果没有证据，我劝你闭嘴！记住，网络不是法外之地！"

小邱看了，忍不住说："估计对方都吓尿裤子了吧？"

康楠没有回答，继续埋头发消息："还有，有人连续发了多段狗袭击人的视频，请问有一个是我们小区的吗？如果有，请你详细描述当时情况，如果没有，请你向所有受到惊吓的业主道歉。你这不是友善提醒，是传递恐慌，你把别人经历的灾难偷换概念地推到我们面前，暗示我们不支持你就会被攻击。散播负面情绪，你是什么居心？你这样的做法简直不仁不义。"

康楠打字打得手指发酸，她很久没有一口气打这么多字了。她缓了一口气，继续说："当然，我们一定要追求文明，我们已经开始组织养狗的住户办狗证、呼吁大家文明养犬，互相监督，积极配合物业和民警工作。大家都是有爱心的人，相信很快就会看到成效。但只要养狗的人文明了，小区就一定文明了吗？再给大家看几张照片。"

康楠又发了几张照片，小区里有人在草坪上私自搭建菜园，拆了原本的围栏；有人在运动器材上铺满了自家晾的衣服；有人随便停车占了人行道。几张照片发出去立刻有人回应，表示赞同，还有人也开始说小区里的其他不文明现象，比如垃圾不丢进垃圾桶、有人破坏单元门、广场舞大妈早上六点钟就开始放音乐打扰楼上休息等，群里一下热闹了起来，彻底变成了吐槽模式。

康楠继续在群里发言："所以，为了小区的环境，人人都有责任，不能把所有指责都指向一个群体，那样是欺负人。不造谣、不生事、包容、理解，从你我做起，这样才能让小区居民的生活变得更和谐。谢谢大家，请大家互相监督、有效沟通，而不是一味指责、漫骂、驱赶，这里是大家生活的地方，不是某一个人的。希望生活越来越好，希望大家忘掉不愉快，一切顺遂。晚安。"

全部发完之后，康楠一直僵硬的后背终于靠在了沙发上，随后老王家的客厅内一片叫好声，小红更是激动地冲过来，抱着康楠。康楠悄悄地看向老王，老王表情轻松，嘴角似笑非笑，默默地给她重新倒了一杯茶，递给她。康楠连忙接过茶杯，话到嘴边却不知道该怎么说，犹豫半天说了三个字："见笑了。"

老王摇头道："不会，酷。"

康楠瞬间有些不自在。

小白在一旁一边吃零食一遍欢呼："楠姐真棒，不愧是吃的盐比我们吃的饭还多！"

康楠觉得这话不像是夸奖。

一旁的小红捶了小白两下："你会不会聊天啊？楠姐是有备而来、老谋深算！"

这也不是好听的话！

康楠喝茶的时候又偷偷地看了一眼老王，老王已经起身给狗子们倒水去了。

至此，今天的会议在狗子们吧唧吧唧的喝水声中结束。临走的时候，老王递给康楠一包甘菊茶："你喜欢，送你。"

康楠刚才精神有些紧绷，这会儿还没完全调整过来，没来得及反应，手已经接过了老王递来的一包甘菊茶，反应过来之后，看着手里的茶，只能礼貌地说一声："谢谢！"然后迅速带狗回家。

康楠睡之前洗完脸，看着镜子里的自己，越想越后悔："本想深藏功与名，奈何时世造英雄。康楠啊康楠，你怎么就不能像个正常女的一样过个正常的日子呢？"

Chapter 6

20岁喝醉是小可爱，30岁喝醉是疯婆娘

1

自从康楠等人积极参与小区文明建设、积极宣传文明养狗之后，小区又恢复了一片和谐，康楠和 Lucky 一人一狗的小日子也算过得惬意。

这一日，康楠在公司斗志昂扬地做着一个结案报告，每个数字都像人民币一样亲切，她内心充满喜悦和感激。年终岁尾，没有什么比盼着一年的辛苦钱更让人充满希望的了。

康楠到了这个年纪，突然由衷地发现，自己赚钱这件事，对于一个女人的安全感来说，简直太重要了。她开始盘算着这个月 Lucky 的零食可以丰富了，还能带 Lucky 去做个美容，找宠物摄影师拍一套照片。正沉浸在喜悦中时，小薇神情紧张地跑进来，着急地凑过来，低声说："楠姐，出事了，快跟我来电梯间！"

电梯间是小薇抽烟以及和康楠聊八卦的地方，自从小薇换了电子烟，两人很久都没去过了。

"楠姐，出事了！咱们上次给客户做会展的方案，已经执行一半了，现在却被判定为抄袭。另一个品牌的会展方案，从 LOGO 到主视觉再到文案，跟咱们的方案几乎一模一样，关键是，他们的活动时间比我们的客户提前一周！现在客户翻脸了，要我们赔偿，正在给老板打报告。这个项目的执行经理是我的朋友，刚刚私下跟我说的，让我做个准备，搞不好我就要收拾收拾准备去财务结账了。姐，你看这是对方的方案。"小薇一口气说完，将自己的手机递过去。

康楠急忙接过小薇的手机，仔细对比了两个方案，除了名字之外，几乎一模一样。看完后，她倒吸一口冷气。

"楠姐，怎么办啊？这个要赔多少钱啊？出了这么大的事，我是不是要准备卷铺盖走人了？"小薇急得直跳脚。

"你别着急，先冷静分析一下。"康楠一只手扶着额头，另一只手拍了拍小薇的肩膀。

康楠仔细回想，这个会展方案虽然不是她亲自做的，但小薇跟进的每一步都详细地向她汇报过，整个过程并没有什么疏漏。要是说有疑问，这个项目确实有点儿天上掉馅儿饼的意思。

这个项目是这家公司主动找来的，康楠原本和这个客户并不熟。联系她的人叫袁范芳，是她在参加一次创意论坛时通过朋友介绍认识的，交情并不深。后来袁范芳主动找到她说要合作，她当时并未多想。

为了夺回业绩，康楠考量了整体预算和客户的要求之后决定合作，中间她还特意做了一下背调。袁范芳所在公司刚成立不久，投资方是国内一家知名电商企业，袁范芳这个人倒没有太多信息。

想到这里，康楠一时没有太多头绪，但内心有种强烈的预感，这件事可能不会是简单的创意剽窃。如果真是这样，细思极恐，康楠后背一凉。她看着小薇无辜的大眼睛，定了定思绪，缓缓开口："小薇，这件事躲不过去，我们必须面对，把损失降到最低。"她看着小薇一字一句认真地说，像是一种鼓励。

"好的，姐，我知道了，我现在就去找策划和设计团队，加急重新做一套方案准备给客户。"小薇说。她们毕竟在一起工作这么久了，彼此是有默契的。

"对，记住，把预算控制在之前预算的八成之内，但质量不能降低。然后你让人去调查一下另外一个产品的发布会创意是哪家做的，做一个全面的调查给我。"康楠补充道。

"明白！"小薇说完就一溜烟儿地回去工作了。

康楠调整了一下呼吸，走出电梯间，想了又想，决定先去见见老板。

康楠的老板叫赵浩，他十分讨厌官僚主义，让同事都叫他老赵。老赵今年 50 岁出头，1998 年辞了事业单位的工作下海创业，在商海沉浮快 20 年了，见过的世面比康楠穿过的高跟鞋还多，工作上的问题是瞒不住他的。康楠明白，如果这次真的是个雷，必须要她先引爆，才不至于乱炸。

老赵刚刚放下电话，看见康楠进来，一脸严肃地说："你就是为这件事来的吧？"

康楠站在老赵的办公桌前，没有要坐的意思，说："赵总，这个项目不算大项目，但也是我亲自盯的，设计是咱们自己的设计，培养多年，不会出现抄袭这种低级错误。小薇已经安排重新做方案了，我们先把客户的损失降到最低，不影响会展活动。损失肯定是会有的，由我个人来承担。"康楠有条不紊地讲完之后，看着老赵的反应，心里还是有些打鼓的，毕竟老赵这个人太不一般了。

老赵示意康楠坐下，自己点了一根烟，抽了两口才开口说话："小楠啊，你知道这个客户的投资背景吧？他们的投资老大上周刚刚找过我商量投资我们公司的事情，如果因为这个小项目，影响了我们融资，这个后果可不是一个人能承担的啊。"

老赵看来是真的有点儿生气了，康楠并不知道投资人和老赵还有这层关系，她的确该反思自己在哪个环节上大意了。

"赵总，您曾说过，任何危机只要利用得当都是转机，怎么承担我现在确实还没想好，但我已经想好了解决方案，等我把问题处理完，再找背后的原因，但我也要您一句话。"康楠斗胆在这个时候跟老板提要求，但她此刻并没有多想，她必须置之死地而后生。

"你说。"老赵挑眉。

"如果事情解决了，发现是有人在搞鬼，您一定得保护我。"康楠平静地说完，没有太多的情绪流露。

"如果有人搞事情，那就不是冲你，是冲我。"老赵终于弹了弹已经快断了的烟灰。

康楠和设计师开完会已经是晚上十点多钟了，她突然想起来，Lucky 还自己在家，但她暂时没有办法回去，还有新的预算要做。她正着急的时候，想起了可爱的"狗友们"。于是她打开"狐朋狗友"微信群。

康楠：@ 小红，妹子，我还在加班，能否帮忙照顾一下 Lucky？

小红：楠姐，今天小白的朋友过生日，我和小白刚出去蹦迪……

现在的年轻人怎么都那么爱蹦迪啊？

康楠继续问：@ 王心钰，妹子，我还在加班，能否帮忙照顾一下 Lucky？

王心钰：楠姐，不好意思啊，我和冷函带狗去顺义玩了，没在家。

康楠：@ 小邱，帅哥，我还在加班，能否帮忙照顾一下 Lucky？

小邱：姐，我在丈母娘家奶（照顾）孩子呢。

康楠看完小邱的回复，正心烦意乱时，群里来了一条新消息。

老王：我在，我去吧，怎么开门？

康楠的心好像被什么东西碰触了一下，忽然有点儿紧张。

要不要把自己家的门锁密码告诉他呢？这阵子观察下来，老王有些深藏不露，何况一个女人把自己家的门锁密码就这么告诉一个还没有那么熟的邻居，会不会有点儿心太大了？万一他是坏人呢？万一家里丢了点儿什么东西，都说不清啊！可家里能有什么东西可丢的呢？连人都丢了不止一次了，还在乎那点儿东西吗？

一切为了狗，这个理由让康楠迅速和自己和解了，然后认认真真地输入自家的门牌号，给老王私信了防盗门密码锁的密码。

这是康楠第一次把自己家的门锁密码告诉一个不算陌生但也不算那么熟的人。不知道为什么，放下电话之后，康楠的心反而踏实了许多。

康楠有一种能力，或者说是一种生存本能，她对人的直觉莫名地准，就像是动物的嗅觉一样。无论是同事还是客户，只要有过接触，她总是能清晰地划分出这个人是否要继续联系、和她的脾气是否相合等，这可以说是女人的直觉，也可以说是一种人与人之间的磁场规律。简单的举例就是，这个人是不是让她感觉自如。如果见个面都会给她造成很大的压力，那么这个人大概率和她相处的机会就不会很多，她也会下意识地选择绕着这个人走。

按这个道理来讲，康楠每次遇到老王都是"非常时刻"，他总是在她最窘迫的时候出现，她应该压力倍增才对。可实际上，她对老王从心底里并没有真的反感，相反，有一点儿害羞和亲切，很复杂，她形容不出更多的感觉。

不一会儿，康楠收到一张 Lucky 吃狗粮的照片，又接到一条信息：Lucky 已经上了厕所，我把 Lucky 带回家了，你回来可以接它，也可以让它住一晚。你先忙。

康楠看完，迅速回复一条：谢谢，麻烦了。便又再次陷入忙碌中。

康楠关上电脑的时候已经深夜十二点多了，她终于可以从一堆图表和数字中抽出身来。走出公司大楼，看见 24 小时的快餐店里还有人在吃饭，她才想起晚上小薇把订的快餐给她后，她当时随手放在了一边，然后就忘记了吃。这会儿肚子真的是饿了，她走进快餐店，点了一份单人套餐，快付钱的时候想了想，换成了双人套餐。

康楠站着自家楼下，犹豫了两分钟，还是拿出手机给老王发了一条微信：睡了吗？

她盯着手机，读了一遍信息，感觉这三个字显得有些暧昧，不太得体，正要补一条，老王回复信息：还没。

康楠马上回复：我现在去接 Lucky。

老王：好！

门牌号 1119，康楠站在老王家门前，深吸一口气，轻轻地敲了敲门。门里面先传来一阵狗的脚步声，随后门被打开，老王穿着一套整洁的藏蓝色运动服，一只手扶着门框，一只手抱着 Lucky，大熊在门口坐着。Lucky 看见康楠激动地摇尾巴。

康楠有些不好意思地说："辛苦你了！公司临时出了些状况。"

老王说："挺晚了，要不要住这儿？"

康楠瞬间感觉脸有点儿热，这人说话简洁不是毛病，但不加主语可真让人容易误会。

老王没有发现自己的话有点儿歧义，自然也没发现康楠稍微有些红了的脸。

康楠举起手里的快餐："我刚经过餐厅，饿了就买了东西吃，给你带了一份，不知道你有没有吃消夜的习惯，如果没有，也可以明天当早餐。"

老王自然地去接纸袋："谢谢！"

康楠才反应过来老王还抱着狗，就伸手去接狗，于是两人有些滑稽地交换了狗和套餐。交换完毕，两人都忍不住笑了。

康楠说："再次感谢，还有你上次送我的茶，改天请你吃饭。"

老王说："举手之劳，不足挂齿。"

康楠说："今天也太晚了，打扰你很久了，早点儿休息吧，明天遛狗见。"说完，她抱着 Lucky 准备离开。

老王说："好，需要照顾 Lucky，随时跟我说。"

康楠回身点头："再见！"

老王笑了，说："晚安！"

老王笑起来的时候眉眼像早晨的阳光，虽然年纪不小了，却还带着书卷气，有种叫少年感的东西在他脸上荡漾，特别明媚，嘴角的弧度刚刚好，露出两排大白牙，一看就是没有抽烟的习惯。康楠并没有意识到自己短暂的花痴，怀里的 Lucky 也含情脉脉地和大熊对视着。此刻，午夜楼道的空气中充满了粉色泡泡。

康楠回家吃了两口套餐，洗完澡，已经累得没有力气了，瘫在了床上，Lucky 也自觉地回了自己的窝里。

康楠迷迷糊糊地睡着了，又做了一个梦，梦见 Lucky 丢了，自己拼命地找，跑得筋疲力尽，也没有看见 Lucky 的踪影，哭得已经没有眼泪了。这时候，一个男人抱着 Lucky 站在楼下，康楠急忙跑过去，抬头看见那个男人是老王。

康楠从梦里惊醒，看看墙上的时钟，已经早上八点钟。她匆忙洗漱、下楼、遛狗。

康楠带着 Lucky 绕着小区小跑，这时小薇来电话了，她带着 Lucky 在路边停住。

小薇说："楠姐，我们的新方案和报价已经按你的要求发给客户了，发送时间也是按你说的早上八点钟，这样可以保证他们打开邮件后一定能优先看到我们的，我也给客户的对接人发了信息，在等他回复。"

这几年小薇在康楠的指导下越来越靠谱儿，康楠说："辛苦了，对方的创意公司查了吗？"

小薇回答："还在查，有些来路不明，感觉像野路子，但我问到负责项目的经理是个女的，原来做过投资，前几年转行过来的。"

康楠说:"确实有古怪,你继续查,别声张,客户回复之后还是我亲自跟,这次不能再出岔子了。"

康楠正说着,忽然感到手里的牵引绳被猛地拉动,她一个趔趄。眼前是之前被没收的松狮,此刻正对着 Lucky 龇牙。Lucky 丝毫不示弱,把牵引绳扯到承受力的极限,冲着松狮也龇牙低吼。松狮的女主人也牵着绳子,但绳子明显很短。

康楠眼看两只狗的战争一触即发,使劲儿拉着 Lucky 往后退,刚拉了两步,松狮突然挣脱女主人的牵引绳扑了过来。千钧一发之际,康楠用力把牵引绳拉高,Lucky 被牵引绳吊了起来。康楠伸手抱住 Lucky,同时对着松狮飞在半空的肚皮猛地踢了一脚,用力大吼了一声:"滚!"

康楠的举动不仅吓到了松狮,也吓到了松狮的主人,对面的人和狗都愣了三秒。康楠抱着 Lucky 指着松狮怒斥:"你再过来我就不客气了!"

康楠坚信狗一定听得懂,但她也知道,如果松狮再次扑过来,她也只能认栽。

这时,保安大刘从后面冲过来,用身体挡在了康楠和松狮之间。趁着这个空当,松狮的女主人赶紧捡起绳子,对着康楠破口大骂:"你个泼妇!敢踹我家的狗,你再踹一下试试!"

康楠很无语,刚想理论,保安大刘转身对她说道:"怎么又惹事,赶紧回家!要是不能养就别养了!养狗就干仗!"

康楠被大刘的话气得脸通红,对面的松狮女主人更加嚣张了,眼看就要撒泼。这一幕她是见过的,她今天就自认倒霉,还好人和狗都没事。她最近诸事不顺,正是攒人品的时候,她气鼓鼓地扭头就走!

早上的事气得康楠化妆的时候眉毛都画歪了,但很快遛狗风波就被她忘在了脑后,因为更大的难题在公司等着她。

接下来的三天，康楠几乎住在公司，除了工作还是工作，唯一能换个脑子想点儿别的事的时候就是给老王发信息：实在抱歉，Lucky还麻烦你继续帮我照顾，我加班。每次老王都会很快回一个："OK！"爽快得让康楠有些内疚，自己之前对人家那么凶。

在康楠与团队的不懈努力下，给客户制订的新方案终于做好了。康楠打了无数个电话道歉，进行了各种沟通，嘴皮子都快磨破了，终于，客户在收到新方案之后提出要面谈。康楠带着团队和设计师十几号人在客户公司接受了一番暴风雨般的折磨。好在新方案让客户的态度有些松动，康楠借机提出再让出一成利润，对方老板的脸色稍微好看了一点儿。康楠顺势拿出合同的补充协议，准备修改细节。又经过一天的枪林弹雨，这件事终于暂时初步解决。康楠马上提出请客户吃饭，同时私下让小薇按客户人头准备的礼品也安排妥当了。

得知和客户谈判顺利，老赵没多说话，但态度上算是满意。

晚上请客时，客户公司的老板和袁范芳都来了。坐好之后，客户公司老板率先发难，说自己不撤单都是因为相信赵总的实力，类似这次的失误希望之后能避免，不要影响以后合作。

康楠明白，不管这件事是冲着谁，她自己做的一切已经给足对方面子，也给了老赵去周旋的台阶，光凭自己是不能挽回大局的。想到这里，她不由自主地看了一眼老赵，老赵正在举杯和对方老板笑着说着什么，仿佛这一场风波从来没发生过一样。康楠终于找到一个说话的机会，于是连忙斟满酒杯，诚意道歉之后连干三杯。

要是一般应酬，小薇一定配合着上，但今天情况特殊，两方老板都在，压力之下，康楠只能自己扛住。

康楠上学的时候滴酒不沾，后来进入学生会，只要有酒局，孙超阳都会来学校看她，给她买一盒酸奶。孙超阳喝完酸奶喜欢舔瓶盖，康楠笑他像只小狗，每到这时，孙超阳就贱兮兮地把头凑过来对着康楠哼唧，说自己一辈子都是她的哈巴狗，不时地还学两声狗叫，逗得她一直笑。那时候康楠也才 20 岁的年纪，微醺的她将整个身体软绵绵地靠在孙超阳的肩膀上，感觉自己整个人都能飘起来，一边笑一边撒娇，像一只刚睡醒的小猫咪，可爱极了。

工作之后，酒局自然多了起来，康楠只能硬着头皮喝，每次全凭一股信念支撑自己熬到最后：我不能喝醉！我不能喝醉！我不能喝醉！

康楠在喝酒方面可能也有天赋，她或许得到了父亲的"真传"，竟然酒量还可以。在后天的"磨炼"中，她慢慢了解了自己的酒量：红酒一瓶，啤酒若干，白酒二两，基本可以做到心里有数。林潇来公司之后，康楠得知他不会喝酒，每次有应酬，她都会主动分担一些，尽量不让他多喝。有一次实在没办法帮林潇挡酒了，客户抓着林潇说怎么能让女人给一个爷儿们挡酒，林潇脸上挂不住，直接干了一杯白酒，之后直接倒在桌子上，把康楠吓得送他去医院打点滴，又在医院陪着他打完点滴后把他送回了家。同事都说：楠姐真是条汉子。

后来小薇来了公司，和康楠组成了完美搭档，谁都没被送进过医院。

可今晚康楠有些失算。今晚喝的是真露，韩国烧酒，口感很甜，康楠喝完三杯除了觉得胃有点儿烧之外，并未觉得有什么特别。她还记得，自己和客户每个人都干了一杯，一共十杯，然后和老赵喝了两杯，感谢老赵信任，接着心里突然有点儿委屈、有点儿难过。她又和自己的团队与设计师一起干杯……

之后，她就彻底断片儿了。

2

康楠醒来的时候，小薇正扶着她，车停在康楠家小区门口，她踉踉跄跄地从车里走出来，抬头一看，天已经那么黑了。

小薇关切地说:"姐啊,你醒得真是时候,这是你家吧?"

康楠揉揉眼睛,定了定神,看见小区门口熟悉的霓虹灯,点了点头。

小薇说:"应该没错,我们都不记得你家住哪儿,我用你手机给你叫的车。姐,你住哪栋楼,我送你上去。你喝得太快了,拦都拦不住,你和客户刚一碰杯就倒下了。"

康楠感到一阵眩晕,她是真的醉了,脑子里一直有个声音在说"我没事,我可以",但身体完全不听使唤,根本不记得小薇说的话。

小薇扶着康楠下车,康楠握住自己的手机,脚底像踩了棉花,扭着大秧歌般晃悠着大步朝小区里走。

"哎哟,姐姐,你慢点儿,我扶着你!"小薇瘦瘦小小的,根本搂不住康楠,强行挎着康楠的胳膊,弯着腰,紧紧跟着,从远处看还以为是康楠腰包上别了一个挂饰。

就这样,康楠总算带着小薇在一栋楼下站住,小薇抬头看,问:"姐,这是你家吧,几层啊?"

康楠依然没有说话,脑子里一片空白,但动作没有停止,她凭借人最原始的自我本能,大步迈上台阶,进了单元,接着进电梯,毫不犹豫地按了 11 楼。

小薇赞叹道:"我姐真行,喝这么大还记得自己家,要不说你能成功呢!"

小薇这时候还不忘拍领导马屁,也算是十分敬业了。

康楠出了电梯,直奔走廊尽头,小薇一路紧紧搀扶。突然,康楠在一户门口站住,小薇没刹住闸,撞了康楠一下,康楠没反应,果断地按了门铃。

1119。

没人开门,再按,再按。

小薇说:"姐,你单身你忘了?你家哪有人啊,你家就一条狗,它哪儿会开门啊？你钥匙呢？"说完，她准备翻康楠的包，包还没打开，眼前的门却打开了。

老王穿着一身浴袍站在里面，旁边坐着大熊。

小薇一惊，捂住嘴巴："呀，楠姐，你爸在家啊！叔叔，你好，我是楠姐的同事……"

老王愣住，看着小薇，问："你是谁？"又看了看她身旁迷迷糊糊的康楠："你怎么来了？"

康楠短暂的清醒再次被酒精打败，她身体瞬间向前倾，直接砸在老王的身上，把大熊吓得后退了两步。

老王稳稳地接住了迎面砸过来的康楠，只是他裹在身上的浴袍显得过于尴尬，他用尽手臂力量把康楠的身体支住，尽量不碰到她的身体。小薇被这完全意料之外的剧情惊呆了，怔怔地看着眼前发生的一切。

"快来帮忙！"老王忍不住求助。小薇这才反应过来，赶紧帮忙扶起康楠，和老王一起把她搀扶进屋，放到了沙发上。

老王擦了擦汗，不自然地裹紧浴巾："她怎么了？你们为什么会来我家？"

此刻，老王显得很窘，同时充满了疑问。

小薇尽量管理好表情，淡定地说："所以，这不是楠姐的家啊……那什么，楠姐喝醉了，我送她回来，但我不知道她家具体在哪儿，是她带我上来的。"

老王刚要说话，这时康楠一下从沙发上坐起来，睁开眼睛看着老王和小薇，缓缓地说了两个字："遛狗！"

老王恍然大悟："原来你找到这儿来，是想让我帮你遛狗啊。"

小薇差点儿一头栽倒在地，都什么时候了，还不忘遛狗。

康楠指着老王："对！你说过，你要负责！不能赖账！"

老王松了口气，擦了擦汗："好，我去，你休息一会儿。"

康楠猛地站起来，豪迈地说："我没事！对了，我康楠不靠男人！我自己去！"

小薇连忙拦住康楠："我的天哪，姐姐，你就别添乱了。"

康楠恍恍惚惚地站住了，盯着老王，看了半天，突然笑了，指着老王说："我带你去，谢谢你帮我，还帮狗！"说完就给老王鞠了个90度的躬，由于动作过猛，身体不受控制地向前倾，低着的头狠狠地撞向了老王，然后被反弹跪倒在地。

被撞的老王惨叫一声，不忘紧紧地按住身上要散开的浴袍，却实在无法同时腾出一只手去扶住康楠。而整个事件的罪魁祸首康楠女士，此刻却一只手紧紧地抓着老王浴袍的一角。由于受到了强烈的撞击，胃里瞬间翻江倒海，康楠吐在了老王灰色的棉拖鞋上。

即使这辈子见过不少世面，也没有这短短的三分钟之内发生的事情精彩，更何况是涉世未深的小薇同学，她吃惊地站在旁边，和她一起惊呆的还有坐在地上的大熊。

当事人老王一滴汗滴下来，浑身尴尬，但还尽量绅士地对小薇说："你先扶她起来，我去穿件衣服。"情急之下的老王语言流利了许多。

小薇这才反应过来，把康楠扶起来，拖到沙发上。

老王迅速回屋换了一身运动服出来，简单地处理了一下被康楠弄脏的地板，回头看见康楠正直勾勾地看着自己，老王实在无奈，说："一起去吧！"

于是老王和小薇一左一右扶着摇摇晃晃的康楠回了自己的家。

康楠站在自己家门口，却怎么也打不开门，指纹试了几次都不对，急得直跺脚。老王实在看不下去了，用之前康楠给的密码，熟练地打开了门。

今晚的事情信息量都太大了，小薇全程张大了嘴巴，眼睛放光，酒精快退去得差不多了，她觉得自己好像知道了一些秘密。

老王打开门后，憋了一天的 Lucky 激动地扑向康楠，康楠一把抱起 Lucky 就往外面走，嘴里念叨："走，妈妈带你去遛遛。"

老王一只手扶着康楠，一只手牵着 Lucky，小薇则在另一侧扶着康楠，三人一狗走在小区里。康楠此时的醉意显然已经上升到另一个阶段，异常兴奋，不停地念叨："我没事，我自己可以，这么多年我都可以，这次我也可以，你不用管我！"

老王一路都没有说话，小薇搭腔安抚："嗯，是，你可以，你最棒！"

刚一转弯，保安大刘正拿着手电巡逻，看到远处有一男一女架着一个女的，觉得异常，走了过来。Lucky 见到大刘，开始警惕地低吼，大刘靠近，Lucky 就开始叫，吓得小薇酒又醒了一大半。

老王赶紧握紧 Lucky 的牵引绳，告诉 Lucky："别叫！ Lucky！ NO！"

Lucky 收敛了叫声，但依然警惕，大刘用手电照照老王和康楠，询问："怎么回事？"

老王回答："没事，喝多了，带狗转一圈就回去。"

大刘认识老王，看了看康楠："一个女孩儿怎么能喝这么多？"

这句话像一根火柴一样一下点燃了康楠肚子里的酒精，康楠整个人都精神了："我喝酒关你什么事！管好你自己！"

大刘无奈地笑了，但忍不住嘴碎："还挺厉害啊！"

小薇知道康楠的脾气，连忙冲大刘使眼色："你别说话！"生怕康楠耍酒疯。

老王连忙解释："喝多了，没事，你回去吧。"

小薇的担心果然没错，康楠一把推开老王，仔细看了看大刘，认出了大刘就是前几天吼自己的保安，她的火一下就蹿上来了，连带着这几天自己遭受的憋屈，所有情绪全部被带起，指着大刘怒吼："我记得你！之前就是你说'能养狗就养，不能养就别养！'我问你，我养狗怎么了？我碍着你什么事了？我依法养狗！你有本事欺负我，你怎么没本事去抓坏人啊？欺软怕硬！"

老王赶紧拉住康楠，往回走，边走边说："好了，好了，不说了，回家，回家！"

小薇也一脸苦笑地冲着大刘道歉。

康楠却越劝越来脾气："我不回，我就是要跟他说清楚，凭什么都欺负我！看我是一个女人好欺负是吧？欺负我又想欺负狗！有事当面来！别背后搞手脚！不服过来打一架！你尿你就是孙子！我尿我就是孙女！"

小薇尴尬地看了一眼老王，连忙打圆场："你看我姐不愧是知识女性，跟人约架的时候措辞上都不忘注意性别这些细节！"

大刘被说得莫名其妙，全当康楠在耍酒疯。但显然康楠是把工作上的不满和生活里的不满一股脑儿混在一起了，只有情绪，没有逻辑，趁着酒劲儿，借题发挥。醉意已经让她控制不住自己了，她一边和大刘对抗，一边冲着周围的楼喊："你们都有自己喜欢的东西，凭什么别人喜欢你不喜欢，你就不让别人有？你们是谁？你们有什么资格剥夺别人的快乐和权利？养狗就有罪吗？就因为我们知道自己喜欢什么，才暴露了自己的弱点被你们利用，受你们要挟！还要撒毒药！你看着像人，禽兽不如！嫌小区不好，有本事住别墅啊！别光跟狗较劲啊！"

康楠这一喊不要紧，前面原本漆黑的楼渐渐亮了起来，好多人家开灯往外看。

"姐，骂得好！看镜头！"小薇血液里好不容易压下去的酒精被康楠慷慨激昂的演说点燃了，不知道从什么时候开始拿起手机给康楠录像。

老王的脸色更难看了。真是够添乱的。

老王不停地向大家道歉，费了九牛二虎之力才把康楠拉回她家楼下。康楠被酒精激发出来的精力还没用完，心里像被火烧，用力甩开老王的手。她突然安静下来，回头盯着老王，盯了一会儿，说："我认得你！你耍流氓！"

小薇听了立刻警惕地看着老王，这两个人的关系还真是扑朔迷离啊。

老王一脸黑线："你喝醉了，你说的是我家狗！"

康楠脚都站不稳，但脑子依然在转："你们家狗耍流氓也肯定是你教的！不然它懂什么！"

老王不会跟一个酒鬼辩驳，只能想办法送回她家："我错了，我道歉，我去你家给 Lucky 道歉。"

康楠摆出浮夸的胜利者的姿态："你承认就好！我康楠最记仇！我可不一定原谅你！如果道歉有用的话，要道明寺干吗？我要看你表现！"

老王没见过这么混蛋的女酒鬼，只能认栽："你说得对，我上去道歉，你看我表现。"说完他拉着康楠上了电梯。康楠说着说着有些累了，在电梯上竟然迷迷糊糊地靠着老王睡着了。

到了康楠家，老王把康楠小心地放到卧室的床上，在床头柜上放了一杯水，打开冰箱只找到两个西红柿和一盒酸奶，也放在了她床头。他离开前，想了想不放心，带上 Lucky，擦了擦满头的汗水，终于关门离开了。

小薇因为也喝了酒，此时也困到不行了，但想到明天还得上班接着执行客户方案，强撑着准备回家。小薇临走前朝老王挤眉弄眼，拍了拍老王的肩膀说："辛苦了！"说完就迅速撤了，走时还不忘留下一张名片，"我姐有事给我打电话。"

第二天一早，康楠睁开眼睛，脑子里一片空白，她意识到这一点，顿时坐起来，警觉地看着周围环境，发现是自己家，然后就去找手机。打开手机看微信，努力回想自己昨晚都经历了什么，看到最后一条微信是小薇发来的，她立刻拨通了小薇的电话。

"喂，姐，你醒了啊，我已经在公司了，你昨晚喝得太大了，你今天就在家休息一天吧，工作的事我们来搞定。"小薇像连珠炮一样说了一串话。

康楠这会儿酒还没完全醒，脑子慢，反应半天，才一字一句地问："我昨晚，都干吗了？"

小薇在电话那头笑了："哈哈，姐，你昨晚干的事不少呢，你想问哪一段？"

康楠想了想，喝酒那段隐约有点儿印象，后面就不知道了，问道："我是怎么回家的？"

"我送你回去的，不对，是我和你邻居送你回去的。"小薇故意加重了"邻居"两个字。

"邻居？"康楠惊讶道。

"对，养金毛的那个，"小薇嘻嘻地笑，又补充说，"你一直让人家负责任！"

康楠只觉得头疼，喊了两声 Lucky 也没有回应。"我家的狗呢？"

"也被你邻居带走了啊，"小薇又是一阵坏笑，说，"姐，你真得好好谢谢你这个邻居，你还记得你昨晚耍酒疯要单挑保安之后又大闹小区吗？"

康楠更加惊恐了，紧张地问："啊？怎么回事？"

小薇简明扼要地说了一下，又说："对了，我还有一段录像，你要吗？我发给你……"

康楠实在没脸听了，直接挂了电话。

完了，这次丢人丢大了。

康楠这会儿酒算完全醒了，她看见床头柜上的水、西红柿和酸奶，想着小薇肯定没这么细心，那就是老王了。然后又捂脸想哭，往后怎么见人啊？

　　这时候小薇传来了昨晚录的康楠大闹小区的视频。康楠看完后静静地坐在床上一动不动，丢人是肯定的了，更关键的是她被这样的自己吓到了，视频里大吼大叫的人根本就是另一个人！

　　20 岁喝醉是小可爱，30 岁喝醉是疯婆娘，这一切究竟是怎么回事？自己到底经历了什么？

　　心如死灰的她啃完两个西红柿，思来想去，狗还在老王手上，躲是躲不过去的，于是她硬着头皮给老王发了一条微信：你好，昨晚真的对不起！我喝醉了……

　　不一会儿，老王回复：没事，来喝粥。

康楠拖着宿醉后像灌了铅的脑袋和被掏空的身体一路飘去公司。这一路她仿佛经历了取经路上的九九八十一难，身心俱疲。到了公司，刚刚坐下，小薇立即把最新的会展资料整理好交给康楠，等着康楠进行阶段验收。她把资料递过来的时候不忘冲康楠挤眉弄眼，同时把一杯热巧克力放在康楠的桌子上。

要不是看在这杯热巧克力的面子上，康楠恨不得把小薇"灭口"。看着眼前厚厚的一沓工作资料，她必须承认，小薇在工作上真的是领导贴心的小棉袄。

康楠年轻的时候也能做到这些，永远把工作做在前面，任何时候都能帮上司分忧，服务意识和时间管理都非常强。别说是宿醉，在医院拔牙的工夫还能回客户的邮件。可此刻的康楠难免感到自己年纪大了、身体跟不上了，那个永远"打不死"的劲头在不知不觉中慢慢逝去，偶尔觉得就算不及时回邮件对方也不会死，事情总会解决，自己把脚步放缓也挺舒服。换句话说，她开始觉得自己可以试着与世界和解了，她需要换一种面貌自洽。

康楠喝了一口热巧克力，精神了些，回想早上厚着脸皮去老王家接 Lucky，顺便喝了两碗刚煮好的八宝粥。老王把粥盛在碗里放在一边，等凉得不那么烫嘴了才端到她面前。

康楠想起自己好像很久都没有受到过这样"高规格"的待遇了。小时候每次生病时，老爸上班前都会煮粥给她吃，下班回家时会给她带回一罐黄桃罐头，她吃了罐头病就好了。也许是这些年康楠太缺少这种关怀，偶尔被人暖了一下，让她倍加珍惜。

康楠长出一口气，把有限的脑子投入到了工作中，对着新方案快速向团队指出问题并提出修改。

老赵经过会议室，透过玻璃看了一会儿，和康楠对了眼神，微笑着点了点头。看来老赵这关算是过了，剩下的就是给客户执行了。康楠在心里默念：让老娘年底省点儿心吧，千万别出问题了。

发布会在朝阳区的一个美术馆举行，康楠一大早就赶到会场，一身黑色套装全副武装，看着小薇和同事们有条不紊地进行着。各个环节已经提前彩排过了，客户的产品也提前到位了，一切就绪。

康楠已经记不清参与过多少场类似活动，但每次活动她还是紧张。在她还是职场菜鸟的时候，第一次执行活动，她战战兢兢、努力地和设计师对视觉方案，设计师特别不屑地跷着兰花指打断她，轻蔑地对她说："我特别不喜欢你们这些人，外行指导内行，你就是一个销售，你要做的是搞定客户，而不是教育我的审美。"设计师说完转身就走了。

这句话像刺一样扎进康楠的心里，纵使这么多年过去，她依然记得那种疼，所以她一直很努力地学习，很怕那位设计师的话成真，自己被别人指着鼻子说是个外行。

小薇一溜风地小跑过来说："楠姐，袁范芳来了。"

康楠稍微整理了一下，说："好，迎上去。"

康楠远远地就看见袁范芳拎着硕大 LOGO 的名牌手提包，扭动着被紧身虎皮裙紧紧包裹着的身体，外面套着一件大撞色的外套，在人群中十分显眼。

"亲爱的，辛苦啦！"袁范芳离得老远就喊了一嗓子，跟公园大爷大妈吊嗓子似的，引人注目，还真是个爱出风头的主儿。

"芳姐来啦，您今天好耀眼啊！"康楠习惯性的开场白，但她的商业吹捧还是有底线的，对着这个大姐，她来不及给自己做心理建设夸对方"美"。

"芳姐，我们已经准备好了，随时等您验收。"小薇笑容甜美地说完，挥手唤来一个帅气的小伙儿："小安，待会儿你跟着芳姐，有什么事随时来告诉我。"

小薇这一点让康楠也十分满意，特别懂得异性相吸的道理，知道自己的美貌在姐姐客户面前不吃香，就特意安排了帅哥陪同，就算有什么不满，看到养眼的面容也不好直接发脾气。

人都是看脸的。

"在这么短的时间里就能做出这样有水准的展览也只有你了，我就说我的选择不会错。"袁范芳心花怒放地看了一眼小安后回头跟康楠说。

"芳姐这么信任我，是我的荣幸。"康楠笑着说，想着此刻的袁范芳和当初质疑方案抄袭向老赵投诉的样子简直判若两人。

"小楠啊，我们还有一个小要求，我们老总刚刚给我打了电话，临时想多增加一套产品，是外国设计师全新设计的，马上就到，你看怎么安排一下，既不能抢了其他产品的风头，又不能显得太简单丢面儿，我知道你一定可以的，对吧？"袁范芳一边说一边轻轻地握住康楠的手。

康楠和小薇的表情几乎同时凝固了，今天的发布会都是按照之前袁范芳的要求设定的,展出的产品都是提前就定好的,哪有说增加就增加的道理?

康楠顺着袁范芳的眼神,回头看见工人搬着一个比人都高的大纸箱进来了。可是在这个节骨眼儿上,再掰扯这些也没什么意义了,产品已经到了,说明袁范芳早就想好了要这么干,不然怎么会刚接到老板指示,下一秒钟产品就到了呢?

康楠仿佛听到了小薇在心里骂娘的声音。她怕小薇冲动,笑着让小安带袁范芳去其他地方看看,自己来想办法。

距离活动开始不到半个小时了,康楠看着手机上的时间,责怪自己掉以轻心了,没想到袁范芳这女人会出这么一招,真想不明白自己哪里得罪了这位大姐。此刻她觉得穿的西服有点儿紧,呼吸不畅,就干脆脱掉外套,浅黄色的衬衫完美地包裹了她的身材。她下意识地深吸一口气,又缓缓吐出去,感觉下一秒钟就要爆发了。

"怎么办啊,楠姐?"小薇犹豫再三,明知康楠此时正烦着呢,但还是憋不住地问道。

"那东西多大?"康楠问。

"刚让工人量了,如果要展出,现在的场子肯定不够,除非撤一个产品的占位。"小薇说。

"撤是不能撤的,去问问这个场地主管,能不能再开一个房间,我记得昨天布置场地的时候,后面有一个大门锁着,隔壁是做什么用的,能不能借用?"康楠冷静地说。

小薇听完飞奔出去,不到两分钟就回来了:"问了,隔壁是一个画室,私人租赁的,要用必须得到画室主人的同意。"

"那去问画室的主人啊!"康楠似乎看到了希望。

"画室的主人联系不上啊,咱们马上就要开始了,来不及了啊。"小薇紧蹙着眉头,急得直跳脚。

正当康楠一筹莫展的时候,远远地听见狗叫,她循声望去,大熊竟神奇地出现在大门口，正对着自己叫，再一抬头，看到老王站在大熊身后。康楠三步并两步过去："老王，你怎么找到这儿来了？我家的狗又开门了？狗丢了？"

大熊激动地试图站起来和康楠打招呼，被老王按住："安静！"大熊乖乖地坐下。"没事，狗也没事，我来上班，我的工作室在这儿。"

"你的工作室在这儿？"康楠心中希望的火苗瞬间被点燃。

"对啊。"

"不会就是这个展馆隔壁的那间吧？"康楠尽量控制自己的音量，但还是比之前高了不少。

"是啊。"老王乖得像个小学生，挠挠后脑勺儿，有些可爱。

"太棒了！快借我们用用！"康楠顾不得自己霸道得十分不礼貌。

"江湖救急，邻居哥哥，事后楠姐必有重谢！"跟着过来的小薇双手合十，乞求地看着老王。

"哦，你用吧。"老王一口答应。

康楠接过老王递来的钥匙，一溜烟儿地跑了，赶紧安排人去重新布置。

老王看着康楠忙碌的背影笑了笑，牵着大熊走了。

活动异常顺利，一天圆满结束，康楠算是又勉强过了一关，送走袁范芳等一群甲方爸爸后，想起一直在附近咖啡馆里等待活动结束的老王，她匆匆和小薇交代收尾工作后就转身出去了。

老王这棵稻草关键时刻真的能救命啊，康楠又欠了老王一次人情，她心里盘算着怎么履行"必有重谢"的诺言。

老王开着车，康楠坐在副驾驶位置上，大熊坐在后排探出一个头靠在老王的肩膀上。康楠上一次坐老王的车还是哭哭啼啼的，现在完全换了一副乖巧可人的面孔，十分有诚意地感谢老王对自己的帮助。

"我都不知道该怎么谢你了，接二连三地麻烦你。"康楠说的是真心话，自己从小到大除了亲爸亲妈，从来没让谁这么操过心。

"确实，麻烦。"老王的脸上似乎笑了一下。

别说，老王这个人看着有点儿显老，可笑起来眼睛眯着，眼角些许皱纹倒是增添了几分和善，一排大白牙也很抢镜。康楠想起《云水谣》里牙医父亲的台词：牙齿好的人，心就好。

康楠不敢多看收回了目光，也不知道一向惜字如金、不苟言笑的人这时候腼腆个什么劲儿。她很怕老王讲起自己喝醉的事情，想快速再找个话题，不让气氛尴尬。正想着，老王先开口了："小邱说想周末组织大家带毛孩子们去顺义爬山，你有空吗？"

"好啊！"康楠意识到自己回答得有点儿快，几乎老王还没说完就答应了，好像有点儿不矜持，急忙又补了一句，"难得周末，可以出去走走。"

说实话，如果不是因为养了狗，以康楠"周末宁死不出门"的生活准则，她是绝对不会答应这种社交活动的。

"那好。"老王依旧笑眯眯地说。

"老王，你今天画室没有开业没关系吗？"康楠见老王永远都一副悠闲自在的样子，忍不住问道。

"没关系，反正今天也没什么重要的事情。"

"之前听小邱说你是艺术家，我还以为他在开玩笑呢，原来你真是艺术家啊。"康楠想借机恭维一下老王，这样自己心里也好受一点儿。

"夸张了，没天分，成不了'家'，你以为我是干吗的？"

"无业游民。"康楠说完就意识到自己口不择言了，刚才还想恭维呢，怎么就把实话说出来了，马上又补充道，"我的意思是，看你每天谁的忙都帮，哪有困难都随时出现，以为你的工作就是助人为乐呢。"

"你说的是超人。工作很重要，带来成就感和物质满足，但生活是自己的，再忙也要留一个空间给自己，快乐和自由是最宝贵的。"老王看似轻描淡写的回答，直接扎了康楠的心。

"生活"这两个字很久都没有在康楠的字典里出现了，除去工作，她的生活等同于在家躺着，看剧、看书，活动范围不超过五米。

康楠这个人最矛盾的地方就是，她永远以为自己知道自己想要什么，其实她从来没有真的得到过。

经过在"狐朋狗友"群里热烈讨论，狗子们第一次野外大联欢在周六如期举行。

康楠终于搞完了棘手的发布会也难得一身轻松，她身穿黑色保暖冲锋衣、运动裤，给 Lucky 也配了同款的背带和牵引绳，人和狗都很兴奋。

小邱开车载小红、小白一家四口；王心钰、冷函姐妹自己开车；老王和康楠自动分到一个车上。三辆车，七个人，六只狗，欢歌笑语，一路向东，来到了位于顺义的某处山脚下。

群山绵延，颜色层次分明，这样的冬天让人喜欢。

一下车，一群狗聚在一起开始撒欢儿，这些被关在城市高楼里的小家伙们终于可以放肆地奔跑嬉闹了，这广阔的天地此刻是属于狗的。

"我们要走到山上有农家乐的地方，中午在那儿吃饭，狗可以在那儿玩，我们出发吧！"小邱指着山上的某个位置，大家就一起出发了。

小邱走在前面开路，黑色的恺撒一路威风凛凛，一副巡山的做派。小白和小红各牵着一只狗，你追我赶地紧随小邱和恺撒身后。王心钰和冷函一边走一边和贝拉玩球，开心得不得了，剩下老王和康楠像老干部一样走在队伍最后。

康楠对于包括爬山在内的所有运动的基本态度就是简单的五个字——"输人不输阵"。装备永远是最好、最全的，人生重在形式感。所以远远望去，整个登山队伍里只有康楠背着一个重重的登山包。看见大家都轻装上阵，康楠有点儿后悔背这么"隆重"的包，却也不能说出口，毕竟狮子座是要面子的，只能咬牙坚持，委屈自己负担重一点儿。就像小时候冬天坚持不穿秋裤，坚信只要自己不说就没人知道自己冷。

队伍稳稳地前进，小邱在前面高喊："大家注意脚下，这儿有一条河沟，小狗可以抱起来。"

小白、小红听话地把狗抱在怀里。大家都默契地放慢了脚步。

河沟里的水冻了一层薄薄的冰，康楠看着河沟还是有点儿深，小心翼翼地站住了。她估算了一下需要用多大力气能一步跃过去，正想着，Lucky 为了追赶前面的小伙伴，兴奋地一跃而起，跳到对岸，回头看着康楠，好似在鼓励她。

康楠在心里数着："一、二、三，走！"她一只脚成功地落到了对面，另一只脚刚要落下，谁知整个重心被背包拉到后面，前脚一滑，随着一声划破山谷的尖叫，整个人滑倒，即将跌进河沟里。

康楠在跌进河沟的那一刻，理智地松开了手里的牵引绳，避免把Lucky 一起带下河沟。这样一个举动类似母爱的力量，十分感人。

跌落的过程很快，但在康楠的意识里变成了慢动作，她想着"老娘见过大风大浪，却在阴沟里翻了船"，可现实已经无力回天，只求落地的时候不要让脸先着地。

就在她要落地的一刹那，一个身影从后面跳下来，把她整个人拎了起来。

当她反应过来的时候，发现自己一只脚踩碎了薄冰，浸泡在冰冷的水里，她的冲锋衣帽子被老王一只手拎得老高，让她不至于全身都着地。老王从身后支撑着她，她整个身体的重心都压在老王的怀里，两个人的动作有点儿类似高尔夫教学，十分滑稽。

众人听到声音纷纷回来帮忙，受了惊吓的 Lucky 和救主心切的大熊对着河沟叫了起来，引来其他狗子们的加入。这一幕实在是太滑稽了，小邱没忍住笑了出来，大家也跟着哈哈大笑起来，顿时感觉整个山谷都跟着一起"鸡飞狗跳"。

还没笑够的小邱和小白还是很有人性地在水沟旁伸手合力把康楠和老王拉了出来，小红也赶紧过来看康楠有没有受伤。

"楠姐，你没事吧，怎么还跳河了呢？"小红关切地边看康楠的腿边问。

"腿没事吧？裤脚好像被落在河里的树枝划破了。"王心钰、冷函也过来问。

"没事！没事！没摔着，裤子没事。"康楠尴尬死了。

康楠上一次摔跤还是上大学时去水房打水，冬天地滑，她一个屁股蹲儿把灌满开水的水壶摔了出去，划出一道完美的抛物线之后，"砰"的一声，水壶碎了一地，引来走在她后面的男生的注意。男生急忙过来搀扶，康楠觉得实在是太丢人了，第一个动作不是借着男生的手站起来，而是把头上戴着的针织帽整个儿往前拉下来，扣在头上完美地挡住了整张脸，打死也不能让别人知道摔倒的人是谁。

"老王练过啊，这一套动作说是成龙我也信啊。"小邱笑得眼泪都要出来了。

"你没事吧？"康楠关切地问老王。

"没事，就是鞋湿了。"老王看着自己的脚。

康楠这才发现刚才在河沟里老王为了救自己双脚都踩在了冰水里，鞋子都湿了。

"楠姐，看看你的脚腕和小腿没被划破吧？"小红说。

康楠低头去看，撸起运动裤的裤脚，看见脚踝处有两道划破的伤口，这才感觉到隐隐的疼。"是被树枝剌的，不碍事。"

"你们先继续往上走，我们还没走多远，我和康楠折回车里，我车里有小药箱，我们换一下鞋，再去那个农家乐找你们。"老王对大家说。

"行，Lucky和大熊先给我们牵着，你们走路没事吧？"小邱说。

"我没事，你呢？"老王回头问康楠。

"我也能走。"康楠原地活动了两步。

"那咱们先回去，脚湿着容易生病。"老王关切地说。

"那就这么定了，你们俩小心点儿，待会儿在上面的农家乐会合，随时打电话联系。"小邱说完三步一回头地带着其他人和 Lucky、大熊一起朝山上走去。

老王拉着康楠的袖子小心地往山下走。

"你包里背着什么啊，给我吧！"没走几步，老王突然开口对康楠说。

"啊？就是上山用的东西，狗零食、玩具和给大家买的零食、餐具什么的。"康楠有点儿不好意思地说，她现在说出来才发现包里没有一件关键时候能派上用场的东西。

老王笑了笑，伸过手，说："拿下来，给我吧。"

大包压得康楠肩膀早就酸了，下山又不好走，但她嘴里依旧要强："没事，不沉，我可以的。"

"不沉怎么重心不稳了？给我吧！"

康楠尴尬又不失礼貌地笑一笑，这时候其实完全没有必要硬撑了，但她嘴上还是不认输："我有力气的，就是脚没站稳。"但说话的声音似乎没有什么底气。

老王笑着把康楠肩上的背包"抢"了下来，背在了自己肩上，似有似无地掂了一下："嗯，不沉，不是一般的沉。"

康楠被当面拆穿后，脸瞬间红了起来。

康楠走在树林里，这么被老王拉着，有点儿出神，想到了小说《山楂树之恋》，老三和静秋也是这样走在山里，不同的是，他们手里握着一根树枝，距离不近不远，刚刚好。想到这儿，康楠的脸莫名地有点儿烫。

两人终于走回车旁，进了车里。老王拿出药箱，康楠很不好意思地脱掉踩进水里的鞋子，把裤脚拉起来，露出受伤的地方。她本来皮肤就白皙，显得两道伤口更红。老王从药箱里拿出酒精棉蘸了红药水，顾不得自己的鞋还湿着，蹲在地上，小心翼翼地帮康楠处理伤口。

"我自己来！"康楠怎么好意思让老王帮她处理伤口，她在老王面前已经丢尽脸了。

"我来吧，我手法比较好，大熊在外面受伤都是我处理。"老王悠悠地说。

康楠听了一愣，给大熊处理伤口？"这个药箱是给大熊准备的吗？"康楠问。

"开玩笑的，这个是特意带来的，就是担心万一有人受伤会用得着，谁知道还真的用得着。"老王笑着说。

康楠不再多说话，很怕自己再露怯，她此刻的心态已经很卑微了，恨不得变成隐形人。

老王确实没有说谎，他处理得很仔细，样子很认真。

康楠第一次注意到老王的眉毛很浓，睫毛也很长。他年轻的时候一定是个美男子。康楠想到这里，觉得自己有点儿毒舌，老王现在也不至于多老。她不敢再多看了，怕待会儿老王抬头撞到她的目光。也不知道为何，之前她每次偷看老王都能被老王发现，导致现在有些心虚。索性她只看自己的伤口，又看到了老王的手指。老王手指纤细，难怪是画家的手，骨节明显，是一双干净好看的手。

这一幕让康楠觉得似曾相识。曾几何时，她一定也经历过同样的场景，她努力地想着，是在什么时候呢？

对了，是初二的体育课，接力比赛，康楠是最后一棒，一向缺少运动细胞的她左脚绊右脚，身体在半空中静止，然后重重地落地，接力棒从她手里被甩出了老远，她整个人趴在地上哭起来。刚刚进入学校实习的体育老师把她扶起来，搀到台阶上坐下。实习老师是个尚未大学毕业的体校学生，从口袋里拿出两个创可贴，小心地撕开，贴到她的伤口上。也是和现在同样的角度，也是这样干净好看的手。

那一刻，世上有一个少女的心扉被打开，飞出一只蝴蝶。

后来康楠对男生的第一印象不是脸，而是手，这是她的小秘密。

康楠不知不觉脸红了，完全没意识到自己到了这把年纪竟然会不自觉地露出了少女般的娇羞。

老王帮她擦完药水，抬头说："好了，你一只鞋湿了吧，怎么办呢？"

老王的话把康楠拉回现实，她意识到自己的脑子溜号太远了，赶紧回答："哦，还好，鞋子防水，进到鞋里的水不多，没全湿。你的鞋都湿了吧？"

老王说："嗯，我自己处理一下，你等一会儿。"说完，老王打开后备厢，拿出一个包，不一会儿就换上了新袜子和新鞋，走了过来。

"还好，我为打球准备的鞋和袜子都在车里。这儿还有一双新袜子，男士的，你嫌弃吗？"老王说着递来一双没拆包装的男士运动袜。

康楠接过，不知道怎么回答，这个情景实在超出了她的社交经验，一个男士递过来一双男士袜子给自己，还问自己嫌不嫌弃。

老王意识到了康楠的尴尬，笑着说："穿在鞋里没人会看见，但舒不舒服你自己知道。"

康楠觉得很有道理，自己也应该适当地收一收所谓的面子。她回了老王一个笑容，接过袜子："谢谢你，老王。"

整顿好的两人重新出发，一前一后上山。出发前老王递过来一根光滑的树枝："抓紧，就不会再摔了。"

康楠缓缓地握住树枝，抓紧，跟在老王身后走着。

《山楂树之恋》的桥段竟然梦幻般地成真了，老王究竟是个什么神仙，能听到她的心里话？康楠默默地低下头，没人发现她羞红了脸，像情窦初开的少女。

老王英雄救美之后，康楠之前对他的"讨厌"彻底消失了，准确地说，从来就没有真的讨厌过。康楠躺在沙发上想着，自己对老王到底应该是一个什么感觉呢？一般人遇到这样的人和这些事会有什么反应呢？这时候 Lucky 走过来趴在了她旁边，眼睛圆溜溜地看着她，好像有话要说。

"你觉得呢？老王是个什么样的人？你客观一点儿，不要因为吃了人家的狗粮、给人家当了儿媳妇就对他的评价有所偏颇，我还是你妈呢，你摸着良心说！"康楠两只手捧着 Lucky 的狗头，很是严肃地问。

Lucky 伸出舌头舔康楠的手，似乎并不想回答这个问题。

"你也说不上来，对不对？你除了吃喝拉撒睡，还会什么啊？"康楠轻轻地在 Lucky 的头上敲了敲。

Lucky 歪了歪头，冲康楠叫了一声，用爪子拍了拍她的手，仿佛是在抗议："我还会咬高跟鞋和口红，还会开门坐电梯。"然后一脸不屑地一溜烟儿跑去吃狗粮了。

康楠突然意识到自己很搞笑，自从养了狗，自己有事没事就和狗说话，似乎人和狗之间没有任何语言障碍。也许人本来就是说给自己听的，狗就给个面子随便听一听。

Lucky 吃完狗粮，开心地追着自己的尾巴转圈，撞到了书架，一本小册子从书架上面掉了下来。康楠走过去捡起来，那是她初中时写的一本日记，封面上贴着孙燕姿、陈奕迅的贴纸。打开第一页，纸张已经泛黄了，但字迹依然清晰，是用彩色笔写的一句歌词："有时候爱是一种眼神，赶走所有苦闷，是你让我记得自己不是一个人，有你在什么都有可能，因为彼此信任，真的爱情不需要保证。"

这首歌叫《眼神》，孙燕姿《Leave》专辑里的一首歌，康楠还记得，是 B 面第二首，不知道为什么当时会写这首歌的歌词。

也许冥冥中都有映射，20 岁的时候把 A 面所有写给少女的主打歌都听过了，现在过了 30 岁，非主打歌开始唱起来。这个时候不再心高气傲，不再抱有不切实际的幻想，这个时候听更有耐心听出歌里的滋味。

也好，没有人可以一直是少女，但可以是老少女。

Chapter 8

连狗都怀孕了，你还是单身呢

冬日暖阳，照得人心也痒痒的。

小薇看着康楠今天的打扮来了兴趣，说："老姐姐，今儿口红色号够正的啊。"

"再叫一声'老姐姐'试一试？这个月的绩效给你打C！"康楠故意头也不回地盯着电脑，她怕转过头去被小薇发现自己的眼影色也是新的。

"不叫，不叫，我就是关心你啊！你周末干吗去了？妆可以化，但气色可盖不住，姐你今儿这状态少女感十足啊。"小薇喋喋不休。

"用不着你瞎关心，赶紧该干吗干吗去。对了，让你打听的事你打听了吗？"康楠故作严肃。

"这事我正想跟你汇报呢，是这样……"小薇刚凑过来要说话，林潇不知什么时候站在了康楠和小薇面前。

"楠姐，恭喜啊，这么棘手的问题都顺利解决了，前辈就是前辈，真的还是要向你多学习啊。"林潇笑着说。

自从林潇公布恋情之后，康楠很少再和林潇说话，能躲就躲，可这会儿这没眼力见儿的还主动找上门来了。

"你就别拿我开玩笑了，谁愿意解决这种问题，侥幸过关而已。"康楠无可奈何地说。

"楠姐，你就别谦虚了，还是你能力强。如果有什么能帮忙的地方，你别客气，随时叫我。"林潇说得干脆利落。

"嗯，你现在自己带团队也很忙，咱们多沟通。"康楠十分客气地回答。

林潇点点头，笑着走了。

小薇再次凑过来："楠姐，我刚才就是要跟你说他，我打听到，林潇跟抄袭我们创意的那家公司前一段时间有过一次接触，据说他们来高薪挖过林潇，但不知道为什么林潇没有同意。"

康楠没有急着回答，停顿了一下，说："市场就这么大，有人员走动也是正常的。"

"话是这么说，但有这么巧合吗？而且咱们组和林潇组用的设计团队这么重合，如果是不小心泄露……"小薇故意把"不小心"三个字说得很重，但话只说了一半，没有继续说下去。

"我知道了，但我还是不太相信。"康楠轻轻地揉了揉眼睛。

"防人之心不可无，教会徒弟饿死师傅的例子在这个圈子里可不少见。"小薇撇撇嘴说。

"你也是我徒弟，你打算什么时候饿死我？"康楠转过头挑眉看着小薇。

"呀，姐，你这眼影也是新的。"小薇像踩了电门，又像发现了新大陆。

"唉，不被你饿死也早晚被你气死。"康楠更加无奈。

和小薇聊完之后，康楠静下来好好想了想，林潇是自己一手带出来的，他能有今天的成就，一是凭借他自己的天赋和努力，二是康楠确实没少给他资源，很多客户和报价都没有防备他，不然他也不会基础打得这么好。他现在不至于来搞自己吧？没有理由啊。

想到这里，康楠还是觉得自己多疑了，何况小薇一直不太瞧得起林潇。小薇不喜欢林潇身上那股努力的劲儿，好像自己背负着全世界的债，而且她觉得林潇"假正经"，表面潇洒，但骨子里自卑又急功近利。康楠说小薇是嫉妒林潇业绩好，小薇一脸不屑地说自己根本不想和他比。

生活总是一个大雷接着一个闪电，让人猝不及防。康楠得到一个意外的消息——Lucky 怀孕了，她当姥姥了。

这事是她带 Lucky 去宠物医院体检时发现的。自从上次化验知道 Lucky 肾功能差之后，康楠就定期带 Lucky 去医院体检，谁知这次体检竟给她这么大的惊吓。这几天看 Lucky 还以为它只是被养胖了，谁知道是怀了宝宝。

养一只狗已经让康楠觉得头大了，真不敢想象自己以后出门遛一群狗是什么样。她不禁想起了电影《101 斑点狗》，想到一群狗拉着自己往不同方向跑，场面简直像五马分尸。狗子们自己在家也是问题，一个狗是拆迁办的，一群狗就是一个拆迁队啊，康楠想起被咬坏的高跟鞋，汗毛都竖起来了。

她激动地拨通了老王的电话。

"喂，老王，在忙吗？跟你说件事。"康楠假装很冷静。

"不忙，你说，怎么了？"老王的声音一如既往的低沉、温和。

"是这样，咯咯……刚刚在医院给 Lucky 体检，发现 Lucky 怀孕了。"康楠咳嗽两声，说得十分小心。

电话那头停顿了一会儿："那个，恭喜 Lucky，是大熊的？"

"你什么意思？我家家教很严格，Lucky 在外面跟别的小公狗连句话都不说，天天跟你们家大熊在一起。怎么着，你还想赖账啊？"

康楠立马要翻脸，果然男人都靠不住，大猪蹄子！

"咯咯，我不是那个意思，我就是替大熊确认一下。"老王咳嗽两声，赶紧解释。

"呵呵，这个你放心吧。"康楠不高兴地说。

"所以，你打算让 Lucky 生宝宝吗？"老王接着问。

"我问了医生，Lucky 身体状况可以，我觉得还是要征求男方的意见，所以打电话问问你。"康楠回答。

"我尊重你，如果想生，"老王意识到自己这话有歧义，就换了一个说法，"想让 Lucky 生宝宝，我支持。我真没想到大熊这把年纪还能当爹，也是好事。"老王也很认真地回答。

"好，我知道了，我再考虑一下。"康楠说完挂了电话，有一种亲家之间因为儿女婚姻吵架的错觉。

自从上次爬山老王帮她处理伤口之后，她每次见老王都觉得怪怪的，思来想去，她把原因归结于事件本身太奇特了，绝对不是自己的原因。

接下来的几天，康楠家里收到各种狗粮、狗窝、狗零食的快递。小薇也送了好多营养品来，送礼的同时还不忘打趣康楠："姐，你看看 Lucky，这才来了多久啊，就当妈了，你这个当姥姥的怎么还不努力呢？不给崽儿们找个姥爷吗？"说完就赶紧闪人了，生怕挨打。

康楠气得直翻白眼，却又无力反驳。

晚上，老王带着大熊来敲门，康楠应了一声，随意捋了捋头发，打开了门。

大熊和 Lucky 小两口儿一顿腻歪，大熊一脸宠溺地舔舐着娇妻，Lucky 一脸傲娇，很享受的样子，康楠看不下去了，去给老王倒水。

"别麻烦了，我是来给 Lucky 送东西的，最近它吃东西要注意，一般两个月就能生了，我们得准备了。"老王说着从包里拿出几罐营养品。

"谢谢啊，不用再买了，小邱、小白他们知道之后都送了很多了。"康楠端着水出来递给老王。

老王接过，看了看旁边的大熊和 Lucky，不禁笑了。

"你说，大熊知道自己当爹了吗？"康楠问。

"我跟它说了，也不知道听没听懂，但看样子，应该有所感应吧。"老王说。

"大熊是第一次当爹吗？"康楠去摸大熊。

"是，守身如玉大半辈子，没想到老来得子。"老王笑着说。

康楠听完也笑了："都是缘分吧，爱情来得太快，就像龙卷风。"

"Lucky 最近可能会比较焦躁不安，都是正常现象，要注意的问题我已经整理好，微信发给你了。你要是最近工作忙就把 Lucky 送到我家，我来照顾，我的时间比你灵活。"老王说。

"好的，谢谢你啊老王。"康楠一扫之前的不快，没想到老王同志还挺负责任的。康楠就凭她那不拘小节的性子还真有点儿搞不定这么大的事。

"客气什么，我们这都是亲戚了。"老王笑着说。

"这也算啊？"康楠也不好意思地笑了。

"算吧，对吧，大熊？"老王把大熊叫过来。"你早点儿休息，我们先走了，有事随时联系。"说完，老王带着大熊离开，Lucky 恋恋不舍地走到门口送别。

夜里，康楠又做梦了，梦见自己躺在一堆狗崽儿中间，狗崽儿们嗷嗷待哺，康楠手忙脚乱，不知道该先喂哪一只好。手里的奶瓶被接过去，是老王。神奇的是，老王拿过奶瓶后，狗崽儿们都不叫了，并并有条地排着队等着老王喂，场面十分温馨和谐。

自从知道 Lucky 怀了宝宝，康楠恨不得下班就飞回家，谁耽误她下班她跟谁急，简直跟之前恨不得住在公司加班的她判若两人，搞得同事都很不习惯。小薇打趣说康楠第一次当姥姥过于紧张，孩子它爸都不着急。

孩子它爸着不着急康楠不知道，但孩子它爷爷非常优秀。

老王几乎每天都带着大熊来给 Lucky 送各种东西，都非常精致。特别是自制的营养餐，胡萝卜、鸡蛋打碎，和玉米面和在一起，做成小馒头，蒸熟后闻起来特别香，康楠看着都觉得饿了。细心的老王发现了康楠羡慕的眼神，索性随手蒸了一些更精致的小点心，单独给康楠装在饭盒里。康楠最大的毛病就是嘴馋，经不住食物的诱惑，只要有吃的，面子是可以先不要的。

康楠在餐桌上大快朵颐，Lucky 在桌子下吃个干净，老王看着这一人一狗吃得一脸满足的样子，会心一笑。

老王看了一眼康楠家一贫如洗的厨房，问："你之前的日子都是怎么过的？你不做饭吗？"

康楠被一口点心噎到，连灌两杯水才顺下去："咯咯，我会做饭，只不过一个人的饭没法儿做，一个菜寒酸，两个菜吃不完，每次都浪费，干脆就不做了。而且你没发现吗？做饭其实更大的意义不在于自己吃，而是在于别人吃，别人吃才有成就感，所以你看那些喜欢在朋友圈晒美食的，都是在寻找一种让别人羡慕和期待的成就感。所以我现在吃你做的东西，不是因为我真的饿或者想吃，我饿了可以叫外卖的，主要还是为了给你面子，让你有成就感。"

"谢谢你的一番好意，不过做饭给别人吃自己也很开心。"老王点头同意。

"老王，你一直都这么优秀吗？"康楠笑眯眯地问老王。

"优秀？言重了，我根本算不上，就是时间比你多，所以才有时间去做生活里一些琐碎的事情。"老王谦虚地回答。

"生活细节最能体现一个人的品位和情趣，你是一个有情趣且高雅的人。"康楠吃人嘴短，不说几句赞美的话实在过意不去。

"没想到就凭这一点儿手艺还能得到楠姐的表扬。"老王笑着说。

"别别别，别叫我姐，我还年轻，您成熟稳重，都能当我老舅了。"

"我无力反驳。"

"哈哈哈，开玩笑的，我夸人从来都这么猛烈，夸人还含蓄就没意思了。对了，老王，你是什么星座？你等等，让我猜一下！"康楠终于放下了手里的点心。

"你还懂星座啊？"老王问。

"略知一二，我猜你是巨蟹座吧？"康楠一脸期待。

"你怎么知道？"老王惊讶。

"你很明显好嘛。"康楠一脸傲娇。

"你猜错了！"老王笑着说。

"你不是巨蟹座吗？那你是什么星座呢？"康楠好奇。

"狮子座。"老王如实回答。

"我也是狮子座！"康楠仿佛在敌营里找到了同盟一般惊喜。

"挺好。"老王对星座真的不熟悉，也说不出什么道理来。

"哈哈，真没想到，你也是狮子座，狮子座优缺点都很明显，但在你身上没看出有什么缺点啊。"康楠打量着老王，回忆着和老王相识的这段时间里他的表现。

"怎么可能没有缺点，是人都有缺点，你也太会夸人了，看来点心我还是得继续做啊。"老王大笑道。

康楠有点儿不好意思，她在老王面前第一次放得这么开，说了这么多话。

"这个时间刚刚好，楼下人不多，我们去遛狗吧。"老王提议。

"好啊，我去给 Lucky 穿件衣服。"康楠起身。

康楠家楼下，两人两狗并排而行，大熊有意地走在稍微前面的位置，好像在保护大家。

在小区角落的矮树墙后面发出窸窸窣窣的声响，大熊和 Lucky 立刻警觉地看着那个漆黑的方向，老王和康楠也站住了，下意识地握紧了手里的牵引绳。两人都隐隐约约地看见一个蹲着的身影。

"是谁啊？"老王开口问。

不一会儿，从矮树墙后面站起来一个人，透过月光，老王看清了，是保安大刘。

"是大刘啊，这么晚了，你在这儿做什么呢？"老王问。

康楠看大刘有些眼熟，但不记得了，她就一直盯着大刘看，仔细回想到底在哪儿见过这个人。其实康楠不记得大刘一点儿都不奇怪，因为原本她就很少热心地观察自己周边的人和事。那天她喝醉了冲大刘发火，因为是断片儿的状态，所以根本不记得。

"几天前，有人在垃圾堆里发现了两只刚生下来的小奶狗，送到物业办公室来了，物业有规定不能养动物，所以只能白天把它们放在这儿，晚上趁物业办公室没人把它们放到地下停车场的办公室里，那里暖和些，不然这两只小奶狗就要被冻死了。"大刘指着树根下面说。

康楠和老王走过去仔细看，才发现树根下面有两双亮亮的眼睛一眨一眨的，两只黑色的小狗紧紧地依偎在一起，被旧衣服包裹着。

"这狗也太小了。"老王看着小狗说。

"是啊，我都怕养不活。"大刘说。

"它们这几天都吃什么啊？"康楠问。

大刘这才认出康楠，表情有些异样，还对那晚康楠发酒疯有些心理阴影。

"买了点儿奶粉，冲开了给它们喝。"大刘回答。

"你这么养着行吗？"老王问大刘。

"实在没办法啊，一时半会儿找不到人养。"大刘说。

"嗯，明天我带它们去洗洗澡检查一下，看能不能找到人领养。"老王说。

"行，那我先带回去了，不早了，明天再说。"大刘用旧衣服裹着两个小黑球走了。

"这个保安你熟吗？看着很眼熟啊。"看着大刘离开，康楠问老王。

"还行，他在这个小区工作得有一年半了吧，你应该认识啊。"老王笑着看着康楠。

"为什么？"康楠一脸疑惑。

"你那天醉酒，追着人吵架。"老王说完自己往前走去，留下康楠一个人在后面风中凌乱、后悔莫及。

老王看康楠没跟上，站住等她。康楠走近了，老王说："之前你误会他了，他是个挺善良热心的人。"

"我错了。"康楠自我检讨。

"没关系，我们总是只能看到一个人的某个时刻，不能完全了解一个人，误会和被误会经常发生，现在知道也不晚。"老王温柔地说。

"嗯！"康楠点头。

白天，康楠坐在办公室里一只手摇着原子笔，一只手敲着办公桌。不知道现在小区里的两只流浪狗有没有被送去宠物医院检查，但有靠谱儿的老王在应该不用担心吧。

这时"狐朋狗友"群里老王发来消息：小区里新来了两只流浪狗，大黑和小黑，是一对兄弟，之前白天被藏起来，晚上住在地下车库的保安室，刚刚带去医院做了检查，身体健康。保安大刘在照顾它们，但也不是长久之计，我们找人领养吧。

然后老王发了两张大黑和小黑的照片，两个小家伙还在熟睡。

群里立刻热闹起来。

小白：我问问我同事。

小红：好小啊，像是田园犬和边牧的混血。

冷函：我家太小，养不了两只狗，我问问朋友。

王心钰：我编辑一条信息，配上照片，大家发微博和朋友圈吧。

小邱：我也养不了，家里已有恶犬和老婆，再养一只我就不要活了。

老王：@王心钰，你把编辑好的文字发我，我和宠物领养的公益组织联系。

王心钰：好的。

康楠不由得想起遇到Lucky的那天，一个毛茸茸的小家伙出现在自己面前，喂了点儿吃的就跟着自己回家了，单纯又可爱。她把照片递给正在喝咖啡的小薇。

"你看，这是我们小区里新来的流浪狗，可爱吗？"康楠问。

"呀，还是对双胞胎啊。老姐姐，你不会同情心又泛滥了吧？"小薇看着康楠，一脸不可思议。

"你想不想养一只啊？做个伴儿呀。"康楠眉飞色舞地问小薇。

"可是我不缺伴儿啊。"小薇无辜地看着康楠。

"算我没说。"康楠把头转回来接着转笔。

小薇凑过来："老姐姐，你可别养啊，你家里已经有一只狗了，还惦记外面的狗，你这样不好！"

"我知道了！我在找领养的人。"康楠说。

"自从养了狗，你真是越来越……越来越，内心柔软了。"小薇捂嘴偷笑。

"你这词儿在哪儿学的？"康楠问。

"我最近在看书了，张嘉佳、大冰，什么畅销看什么。"小薇捋了捋发梢。

"怎么？不蹦迪，弃舞从文了？"康楠好奇地问。

"做一个有气质、优雅的女子，不能让一颗心永远漂泊，早晚要找到避风港靠岸的。"小薇转起文采来了。

"哟呵，这书不白看啊，有点儿浪子回头的意思啊。"康楠上下打量小薇。

"是，你就是我的一面镜子，我要未雨绸缪。"小薇继续咬文嚼字。

"喂，你什么意思？我怎么了？"康楠听出不对劲了。

"你赶紧多想想自己的事吧，还帮狗找家呢，你的家呢？"小薇瞬间变脸，仿佛《鲁豫有约》，下一秒钟就该煽情了。

"行了，别说话了，我怀疑你和我妈一直在通微信。"康楠作势不理小薇。

"阿姨也这么说？"

康楠打开微信，把和妈妈对话的语音放给小薇听："楠楠，听你爸说你家那只小破狗还怀孕了？你怎么回事啊？一只都不该养，现在还怀孕了，这要生一窝可怎么办？你说说你！连狗都怀孕了，你还单身呢，你不去反思一下吗？"

小薇听完笑得合不拢嘴："阿姨说话够犀利的啊，你要听妈妈的话，快反思一下！"

"赶紧干活去吧！最近怎么这么讨厌啊？"

"姐姐，我一直都这样啊，怎么偏偏最近觉得我讨厌了呢？是不是你遇到比我更温柔、更体贴、招你待见的人了？"

"快去工作！"

小薇笑着走了。

康楠自然不会真的讨厌小薇，一般的同事不会像小薇这样胆子大，敢这么和康楠说话。小薇是真的把康楠当成姐姐，康楠也一直把小薇当成自己的妹妹。职场上能有这份真情实属不易，两人都很珍惜。

"对了，今天看样子下班早，老赵去深圳出差了，我有两张《复仇者联盟》的电影票送你，你不最喜欢钢铁侠吗？"小薇又折回来，从包里拿出两张电影票递过来。

"你怎么不去？"康楠接过票问。

"听说最近我不去蹦迪，场子里有人造次，我要去看看。"小薇一本正经地说。

"不是要看书吗？做优雅的女子。"康楠打趣小薇。

"劳逸结合！"小薇回答。

眼看快四点钟了，康楠对着电影票发呆，感觉自己有点儿失败，来北京这么多年了，现在想找个和自己一起看电影的人都没有。微信里常联系的大多是同事和客户，偶尔有几个大学同学和她联系，不是代购广告，就是结婚请柬，偶尔还夹带要求给孩子的各种比赛作品点赞。平时能一起出来吃饭的朋友少之又少，不是嫌远就是嫌空气不好，关键大家都忙，周末倒是有空，可康楠周末都是宅着啊。

康楠想了半天，拿起电话，发了一条微信：老王，你晚上有事吗？

老王很快回复：晚上没事，怎么了？

康楠看到这几个字心脏不由得跳快了，她自己没注意，回复：这么长时间一直麻烦你，请你吃顿饭，朋友给了我两张电影票，《复仇者联盟》。

老王：几点？是不是要考虑早点儿回家遛狗？

康楠迅速看表，回复：我知道，八点之前能到家。

老王：好，给我地址吧。

康楠拍了一张电影票发过去。

老王：先看电影，然后回家吃饭吧，我已经煲了汤。

康楠看到"回家吃饭"四个字莫名地有点儿脸红，她从来没有想过，这四个字竟然如此治愈。

康楠赶到电影院时，老王已经抱着一桶爆米花在大厅等着她了。

"你比我还早到啊。"康楠有些不好意思。

"地铁，快。"老王依然惜字如金，康楠原来还觉得这人是在装，现在也习惯得差不多了。

"时间快到了，我们去检票吧。"康楠从包里拿出电影票。

老王跟着康楠进了放映厅，找到位置坐好，朝四处望去，周围大多都是成双入对的情侣。

气氛有些尴尬，康楠开口说："我是漫威的超级粉丝，你呢？"

"我也是，你喜欢谁？"

老王难得有互动性的回应，康楠有些激动，说："钢铁侠啊！我喜欢小罗伯特·唐尼一样的男人！"她一脸花痴状，说完觉得自己有些失态了，轻咳了一声，坐直了身体。

老王笑了，然后把爆米花放到了两人中间。

电影开始了，康楠激动得不行。

开场不到十分钟，前排的情侣一直在讲话，女生不停地提问，男生不停地给女生剧透，顺带解说剧情，回顾上一部的某些桥段，两个人说个没完没了。康楠一忍再忍，努力提醒自己要在老王面前做一个淑女，坚决不能再放肆彪悍，可奈何前面两个人说话的声音不断传进她的脑子里，像两只马蜂飞来飞去，吵得她整个人都要炸了。康楠刚把身子探出去，一个性感低沉的声音忽然从她头顶发出："你俩闭嘴！"

康楠万万没想到老王竟然先于自己开口，她惊讶地抬头看老王。老王一脸严肃，眉毛上挑，示意康楠看电影。

康楠面向前方，目光撞上了前排扭过头来的情侣，女生娇滴滴地说："怎么这么凶啊，看不懂还不让问啊？又没问你！"

康楠故意用手遮住自己靠近老王的半边脸，狠狠地瞪了那女生一眼，说："你一女的连漫威都看不懂，你还能干点儿啥？"

康楠完全没有意识到自己的话有什么问题，倒是理直气壮的样子把对方说晕了。女的看懂漫威是天经地义？所有女的都应该看懂？也不知道对方想没想清楚这个逻辑，反正是闭上嘴了。

小插曲告一段落，康楠安心投入地看电影，一边看一边伸手拿爆米花。

康楠完全看着迷了，不自觉地一下一下抓着爆米花。一片漆黑里，她和老王不约而同把手伸进了爆米花桶，一只大手和一只小手，碰到了一起。

康楠触电一般要把手收回来，不料却被老王的大手紧紧地握住。

康楠的手指冰凉，她常年手脚冰凉，妈妈说这是她小时候在东北冬天出去玩落下的毛病。这一刻，冰凉的手指被老王温热的大手握得紧紧的，却不会紧得那么疼。

紧张的康楠碰倒了爆米花桶，爆米花撒到她的衣服上，她来不及抖掉散落的爆米花，只觉得自己的脸上有点儿发烧。

两只手一直紧紧地牵着，康楠不敢放松，后面的电影情节她什么都没记住。

Chapter 9

到了这个年纪，来即是客人，

北京的冬天总是过得很快，每天都睡不够、起不来，昏昏沉沉的，又是新的一天。

早上是康楠非常忙碌的时候。她遛狗的时候全副武装，专用遛狗的棉衣棉鞋、口罩帽子，一样不落，回家后马上浓妆艳抹，遛狗前后完全是两个人。她已经习惯了这样忙碌的早晨，也习惯了和老王一起遛狗。

这天，她神清气爽地早早出现在办公室里，把装了两菜一汤的一套保温饭盒小心地放好，一边等着电脑启动，一边看表，计算还有多久可以吃午饭，好像人生的前三十年都没吃过午饭一般。

小薇一路叽叽喳喳地走进来，打断了康楠的思绪，小薇看到康楠很是惊讶："呀，姐姐，你今儿怎么来得这么早啊？昨晚又失眠了？"

"早睡早起身体好。"康楠气色红润地给了小薇一个标准的微笑。

"怎么了，姐？不聊美妆，开始和我聊养生了？"小薇嬉皮笑脸地说完，坐回了自己的工位。

"你欠收拾吧？你绩效可还没提交呢！"康楠威胁小薇。

"姐，我是夸你啊，我真的发现你最近很不一样。"小薇一脸谄媚地说。

"怎么不一样了？气色变好了？"康楠笑着说，眉梢透着一丝傲娇。

"这倒是真的，而且作息规律，你现在上班、下班都特别准时，特别是下班。你看你，又自己带小饭盒了！中午都不'与民同乐'一起吃外卖了！"小薇指着桌上的保温饭盒说。

"你少来，我这几次带饭哪次没给你带一份？"康楠反驳说。

"今天还有我的呀？那我就放心了。我去给你冲咖啡。"小薇说着蹦蹦跳跳地走去茶水间。

小薇离开后，康楠仔细想着小薇刚刚说的话，自己现在的生活习惯确实和以前不一样了，比如最近自己竟然可以早起去菜市场买菜了。和大爷大妈们站在一起跟菜摊主讨价还价时，她完全忘了自己是身在大都市叱咤职场的精英，早起买菜不是她该有的人设。

康楠能有这样的改变，完全是由于老王和小邱的撺掇。小邱不上班，是职业家庭妇男，负责照顾妻儿和狗的一日三餐，还要精打细算，所以定期去一趟早市可以储备好几天的食材。老王稍有不同，用小邱的话说是："年纪到了，早上自然醒得早，不找点儿事干不行。"康楠偷笑，她觉得老王去买菜的行为有一种带有烟火气的诗意，最近最流行这种"熟男"，经过了时间的历练，沉淀了有趣的灵魂，更懂得生活的情趣。

王心钰也会跟着去一次两次，因为王心钰在家复习，除了自己做饭吃，还要给冷函做晚饭。

康楠去早市则带着一种心血来潮，还有就是她想积极融入生活中去，毕竟一个女人不能和 PPT 过一辈子，生活也是需要学习的。

康楠骨子里喜欢改变。她从小在温室里长大，大学毕业后顺利进入职场，一路磕磕碰碰，一心上进要强，为了业绩，根本没有多余的心思考虑生活情趣这件事，也从未真正生活过。康楠甚至一度觉得自己是互联网时代的受益者，什么都快捷方便，除了吃饭睡觉，其他都不需要自己亲自动手，慢慢地，连基本的生存技能都退化了。所以，早起和邻居一起逛早市这件事，让她嗅到了一丝新的生活气息，她暗暗地有些兴奋。

何况小邱和老王都太会生活了，老王几乎对附近所有菜市场都了如指掌，知道哪儿的鱼新鲜，哪儿的菜便宜，哪儿的早点正宗，用小邱的话说："老王在菜市场里就是个万金油，跟着他绝对不会吃亏，做画家真的可惜了。"老王并不反驳，每天笑着开车接送小邱和康楠去买菜，一边逛一边介绍，乐此不疲。康楠从来没见过这么有朝气的两个家庭妇男。

买菜是一回事，做菜是另一回事。康楠会做饭，但要做得又快又好对她来说有点儿难度，而且她还要急急忙忙地赶去上班，所以她买的基本都是半加工食物，只要用微波炉加热或用水煮一下就好。邻居们很善良，体谅康楠生活不易，做点儿好吃的基本都能带她一份，一早一晚遛狗的时候手里都带个饭盒。于是就有了康楠这段时间的午餐爱心便当。

土豆炖牛肉是小邱昨晚送来的，干锅菜花是王心钰早上送来的，冬瓜排骨汤是老王炖好送来的，顺便还带了一盒白米饭，只有饭盒里的两颗水煮蛋是康楠自己煮的，拌凉菜是早上在市场买的。康楠面对这非常像样的午餐便当，由衷地感叹自己真是多亏了这些好"狗友"，要不是这些善良的人养狗之余不忘投喂自己，自己可能还是整日与速食快餐为伴。

"狗友提高生活质量"，这是康楠今年说过的唯一正面的话。

北京正值寒冬，到了一身肉也无法御寒的时节。

康楠是个例外，她坚持踩着高跟鞋，穿着九分裤，裹着一件时下

111

最流行的大地色风衣，奔走在各个会议之间。她觉得自己开始对生活有规划之后，反倒没有活得那么用力了。之前她会因为客户的一句话加班几个通宵，会因为方案里的一张图和设计师争论得面红耳赤，直到有了新方案为止，现在她却轻松了许多。她顿悟很多人都不会真的走进自己的生活，那些对自己指手画脚的人大部分都是生命里的过客，没人真的关心你过得好不好、快不快乐，他们甚至连你住哪个区都不知道。

明白这一点之后，康楠不再钻牛角尖，此刻她更愿意主动和邻居们接触，去了解他们的生活，观察他们是怎么过的。当然，这几个小伙伴里，让她最想了解的还是老王，特别是几次亲密接触之后。

"一个成熟的男人，独自带着一只狗，如今柴米油盐，必定曾经风花雪月。"这是康楠冥思苦想后的结论。

直到小薇生日这天，老天爷给了康楠一次暴击，这次不管老王有没有故事，反正康楠的故事老王可是知道了七七八八。

小薇把生日 Party 定在了国贸某 KTV，小薇是这里的常客，每次应酬客户，只是吃饭不够尽兴，必到这里再巩固一下感情。

小薇天生一副好嗓子，没有她不会唱的歌。先唱几首最流行的歌热热场子，如果客户年长，就唱林忆莲、王菲的歌，提高一下自己都市女性的格调。几瓶威士忌下肚，和客户携手一曲凤凰传奇的歌，情感必定得到升华。这一系列套路小薇驾轻就熟，乐此不疲。

小薇是康楠见过的少数真心喜欢热闹的人之一，除了和客户应酬，小薇常把朋友聚到一起，只要在朋友圈发个定位，就能在三十分钟内凑满一个大包厢，朋友带朋友，老朋友、新朋友都能被小薇招呼得开开心心。

这家 KTV 就是小薇的一个主场，从上到下没有她不熟悉的人，从经理到保安，全让她培养成了自己人，特别是大堂经理和两个帅哥服务员，见到小薇就屁颠儿屁颠儿地跑前跑后，一口一个"薇薇姐"。每次小薇来这里都热情地对他们嘘寒问暖，就好像是自己的亲弟弟，然后还不忘指着康楠告诉人家:"叫楠姐。"于是一排人同时喊:"楠姐好!"搞得康楠好像《古惑仔》里的大姐大。

当然,KTV 也是最能暴露年纪的地方,康楠曾经一度对 KTV 很抗拒,因为只要点歌,她就会发现自己和小薇这群小朋友之间最直接的差距。康楠最喜欢的歌手是叶倩文,《潇洒走一回》《黎明不要来》《永远》这些歌都是她最爱的歌曲。香港歌星风靡校园的时候,还五音不全的康楠就被叶倩文的大气优雅吸引,甚至对叶倩文和林子祥轰轰烈烈的爱情都带着几分崇拜。这几首歌康楠唱起来有模有样,台风复古,很有叶倩文的几分味道。

康楠提前一周就给小薇准备好了生日礼物,是 LV 最新款的包。当她带着生日礼物走进小薇订的 KTV 包厢时,一开门便感到热情迎面而来,一群年轻人把酒言欢,又唱又跳,年轻的荷尔蒙扑面而来,藏都藏不住,令康楠不禁感叹年轻真好!

小薇看见康楠进来,直接扑过来抱住她:"姐姐,你怎么才来啊?"

"你要勒死我了,妹妹,给你生日礼物!"康楠伸手把礼物递给小薇。

小薇接过礼物:"谢谢姐!么么哒!"说完在康楠脸上亲了一口。

康楠环顾一周,席间有几个关系不错的同事,还有几个没见过的美女帅哥,小薇一一介绍,都是她的闺密。在小薇的指引下,康楠坐下,康楠和大家有一搭没一搭地聊天喝酒。

两轮游戏下来,桌上的威士忌快喝完了,康楠越喝越热,恨不得把杯里的冰块拿出来嚼,不禁感叹自己年纪大了,跟不上节奏了,想点一首歌,缓一缓。

借着微醺,她点了一首李宗盛的《晚婚》,当音乐响起,周围的人都安静了,大眼瞪小眼,不知道这是什么歌。这群 90 后是听苏打绿长大的一代,自然没经历过滚石的辉煌年代。其实,康楠也并没有完整经历过那个歌坛的全盛时代,她只赶上一个末尾,但已经觉得三生有幸了，毕竟那种群星璀璨的歌坛之后不会再有了。

康楠喝完酒就会变得很感性，眼睛带着些许雾气，眼神略带迷离。她缓缓地拿起麦克风，优雅地放到嘴边，此刻她觉得自己兼具林忆莲的妩媚和叶倩文的端庄。

> 情让人伤神，爱更困身
> 女人真聪明，一爱就笨
> 往往爱一个人，有千百种可能
> 滋味不见得，好过长夜孤枕
> 我不会逃避，我会很认真
> 那爱来敲门，回声的确好深
> 我从来不想独身，却又预感晚婚
> 我在等，世上唯一契合灵魂
> 让我擦去脸上脂粉，让他听完全部传闻
> 将来若有人跟我争，他答应不会默不作声
> 他能不能，能不能
> ……

李宗盛大师的几句歌词像刀子直接戳进了一个大龄单身女青年的内心，酒精不知不觉发挥了作用，康楠的心随着音乐起伏撞击着每一句歌词、每一个字，醉得一身清爽，她下意识地把麦克风握得更紧，唱得更深情、更用力。

划拳声、酒杯撞击声、笑声都仿佛不曾发生过，整个包厢被康楠的"自白"感动了。

一曲作罢，一个已经喝得五迷三道、穿得花里胡哨的男子冲过来激动地抱住康楠："姐，我知道你心里难过，我最懂你！"

康楠被这突如其来的情感共鸣搞精神了，连忙安慰这位感同身受

的"歌迷"。

小薇一把拽开这个男子，将自己的头靠在康楠肩上："姐，他懂个鬼啊，我才懂你呢！"

康楠抱住小薇："傻妹妹，你的日子精彩得跟凤凰传奇似的，你懂我啥啊？"

小薇抬头，伸手拿过两个酒杯，倒满酒："姐，你对我最好，让我这么不爱工作的人都能努力工作了，你就是了不起！所以男人啊，都是早晚的事，你别急！来喝酒！"

康楠一只手接过酒杯，另一只手敲着小薇的头："你是不是不想干了？什么男人是早晚的事，说得我好像特别轻浮！"

小薇摇手解释："不是这个意思，没有跟你灵魂契合的坚决不要，我懂！我就不行，因为我这个人就没什么灵魂，楠姐，你不一样，你是见过大风大浪的女人，我要向你学习！来！干杯！"

两人干杯，一饮而尽。

酒进入康楠的胃里再次烧了起来，尽管酒精刺激得喉咙有些干涩，但挡不住她的万丈豪情，脑子此刻比平时活跃好几倍。她正准备再次高歌一曲的时候，包厢的门被打开，老赵率先进来，后面跟着林潇和他的女朋友。康楠看见他们进来，身体微微坐正，睁了睁有点儿发直的眼睛。

"赵总来了！"小薇站起来迎接，故意忽略林潇，明显对这位不请自来的主儿有点儿硌硬。

"听说你们在这儿聚，我们正好在楼上谈完事，顺便下来看看。生日快乐啊！"老赵说完，就用微信转了一个大红包给小薇。

小薇的声音立刻提高了两个八度："谢谢赵总，您太客气了，年底给我升职加薪就行了，怎么还给转账啊？"她嘴上这么说，手已经点开了转账信息。

"好好干，升值加薪都不是问题。"老赵笑眯眯地说。

"林总呢，没带礼物吗？发红包也行的，现金我也收，光带自己女朋友了？"小薇揶揄了一句。

"确实匆忙，失礼了，我回头补上。"林潇大方地笑着说。

老赵看见康楠，康楠站起来打招呼。老赵找了一只空杯，倒了一杯酒，对小薇说："祝寿星生日快乐！"喝完放下酒杯，又说，"我还有事，你们好好玩，我在这儿你们也玩不开，我有自知之明，先告辞了！林潇，你们也在这儿玩吧，不用管我，今晚开销找我报销。"

大家热烈地欢送这个懂事的老板。

林潇牵着女朋友在康楠旁边坐下。康楠努力地往旁边挪了一个位置，让自己离林潇远了些。

小薇继续张罗："来，咱们继续唱歌。"

林潇按了呼叫服务，很快进来一个服务生。服务生重新开了一瓶威士忌，挨个儿杯子倒满。

"林总，咱们玩游戏吧，摇色子，输了喝酒。"说着，小薇示意服务员准备好酒。

"楠姐一起玩吧！"林潇一如既往地潇洒。

"好啊。"康楠拿起桌上的色盅。

一阵哗啦啦，几局下来，康楠乌云盖顶，一把也没赢，连续喝酒。每次喝完，服务生都给康楠倒满酒。小薇心疼康楠，说："我替楠姐喝！"

"不用，我可以！"康楠好胜，特别是此刻面对林潇，她之前差点儿在这个男人面前栽了面儿，今天必须争回一口气。

又过了三局，康楠气运不佳，连干三杯，此刻胃里翻江倒海，心中怒火中烧，她已经不理智了，失心疯地想赢一次！

小薇暗中和服务生交换了一个眼神，服务生不动声色地换了一个酒杯递给康楠。

游戏继续，康楠还是输，她接过酒杯一饮而尽，杯里的酒是甜的，她喝出了不对，举起酒杯问："这是什么？不是酒啊！"

小薇在旁边一把搂过康楠，让服务生接过酒杯："姐，你喝醉了，来休息一会儿。"

"我没喝醉啊，来来来，接着玩！"康楠舌头已经开始打结了。

喝醉的人都说自己没喝醉。

小薇倒了一杯热水给康楠："姐，今天咱唱得差不多了，喝完这杯酒咱们就到这儿了，爱你哟！"

"怎么就到这儿！我还没喝够呢！"康楠不满道。

"宝贝，咱们都得回家了！明天还得上班呢！"此刻小薇的酒醒了一半了，像哄孩子一样哄着康楠。

"那我们换一个地方喝！走！"康楠猛地站起来，酒却上了头，一时脚软，又跌回沙发上。

小薇了解康楠的性子，硬要拉她，她肯定不走。在林潇面前，她不能让康楠没面子，便说："姐没玩够，那咱们接着在这儿玩，来，服务员，去拿酒！"

服务员心领神会地出去了。小薇示意其他人接着唱歌，不要冷场，马上有人接过麦克风唱起了《沙漠骆驼》。

小薇真是个人精，这个服务员至少跟她三年了，特别了解她的节奏，不管遇到什么情况，这个服务员都能和她巧妙配合，像刚刚偷偷换酒是最小的把戏。

不一会儿，这个服务员就拎了一筐啤酒、一盒酸奶进来。

小薇打开酸奶，递给康楠，康楠像喝酒一样豪迈地喝掉。

酸奶不会立刻解酒，最多只是心理作用。康楠拿出手机，打开微信，手指灵巧地划到了老王的头像——是和大熊的合影。她借着酒劲儿，果断地点了进去，打字："在做什么？"

删掉。

重新打字："睡了吗？"

删掉。

又打字，又删掉，几个来回，这是一场冲动与理智的对抗。

最终，理智获胜，康楠把手机扔到一旁，又给自己倒了一杯酒。

小薇在一旁实在看不下去了，悄悄拿起康楠的手机出去了，趁手机还没有锁屏，走到门口安静一点儿的地方，拨通了老王的微信语音通话。

此刻已经是晚上十一点半了，被放到老王家里的 Lucky 和大熊都已经睡着了，老王洗完澡，正捧着一本书翻来翻去。看到康楠来电，老王坐了起来，这么晚了出什么事了吗？他赶紧接通。

"你好，我是康楠的同事小薇，我们之前见过。我今天过生日，楠姐喝得有点儿醉，您能来接她吗？"小薇尽量保持口齿清晰，有礼貌地说。

"你们在哪儿？"老王暗暗地松了一口气。

看到小薇发来的地址，老王穿好衣服，走到狗窝前，摸了摸大熊，又摸了摸 Lucky："你那不省心的妈又喝多了，我去接她回来，你安心睡觉，乖！"

Lucky 歪着脑袋眨了眨眼睛，舔了舔老王的手。

老王开车过来，当他走进包厢时，康楠已经喝光桌上的一打啤酒，紧握麦克风唱着叶玉卿的经典歌曲《挡不住的风情》（粤语版）。这首压箱底的歌在场的人都没听过，普通话版叫《得不到你的爱情》。康楠唱得颇有几分复古的风情，只是实在喝得太多了，全靠意念找调。

小薇看见老王像见到了救星，连忙伸手招呼老王来接管他的邻居。

老王看到小薇和康楠，径直走过来，看着康楠："怎么又喝这么多？"

"今儿我生日我姐高兴嘛！"小薇说着让出来一个人的位置，和老王一起扶起康楠，"我也撑不住了，就麻烦哥了。"

小薇给康楠穿上外套，康楠已经站不住了，浑身瘫软地靠在老王身上，貌似睡着了。老王叫了几声，康楠都没反应，老王实在扶不住她，索性直接用公主抱把她抱了起来。

林潇问小薇："这是谁啊？"

小薇马上做了一个特别夸张的表情："这是追了楠姐好多年的富豪男友！"

小薇顾不上看林潇意外的表情，紧跟在老王身后跑出了包厢。门口服务生和大堂经理看见康楠被抱出来，一起凑过来："呀，楠姐喝多了啊！""楠姐没事吧？""楠姐怎么又喝多了？"

小薇气得使劲儿瞪了这几个没有眼力见儿的东西，这时候假热情个什么劲儿，搞得好像康楠总来这里喝大似的，会给老王留下什么印象？她小手一挥："快散开了。"

老王体力不错，一路都没喘，走了几步回头对小薇说："外面冷，你回去吧，我开车来的，放心吧。"

小薇满脸堆笑，帮着康楠解释："楠姐很少喝成这样，就这么两次，还都被你看见了，有你这样的邻居，楠姐真是太幸福了。"

说着话时，两人走到了 KTV 门口，门口一排保安看见小薇跟着被抱出来的楠姐，愣了几秒钟，然后一起鞠躬，异口同声地高喊："楠姐走好！"把小薇气得差点儿栽个跟头，今晚这些人都打鸡血了吗？她眼角余光隐约看到老王脸上的肌肉颤抖了两下，赶紧把康楠的包放到老王的手里："哥，姐的包。"

小薇看见老王穿过马路，把康楠放进车里，才回身骂几个保安和跟出来的大堂经理："你们都跟着起什么哄！都有没有眼力见儿啊？"

大堂经理没皮没脸地凑过来："薇薇姐，接楠姐回去的是谁啊？"

小薇没有好脸色地说："小孩儿别啥都问！"

"我这不是关心楠姐安全吗？"大堂经理嬉皮笑脸地回答。

服务生也凑过来接茬儿："有什么不安全的，对于楠姐这种情况，'来即是客'！"

小薇反应一会儿，然后指着服务生骂道："你找揍是不是？"

一群人一哄而散。

Chapter 10

就是喜欢的人 喝醉的时候想见的人

康楠再次喝多被老王"捡"回家的第二天早上，她醒来之后努力恢复前一晚的记忆，找到手机，看到小薇和老王的信息。

小薇：姐姐，昨晚是老王送你回去的，不用谢我。（鬼脸）

老王：醒了来喝粥。

康楠在心里骂小薇，这该死的丫头又让自己在老王面前出糗，简直是造孽。

想了片刻，她回复老王：都不知道该怎么感谢你，上午开会，来不及了，晚上请你吃饭。

康楠走进卫生间，抬头被镜子里的自己吓了一跳，她的妆花得一塌糊涂。昨晚除了老王没有吓到别人吧？幸亏Lucky不在家，不然连狗都认不出来她。

康楠洗完澡，换了衣服，顶着宿醉后昏沉的脑袋出了门。冷风透过她的衣领灌了进来，她忍不住打了个哆嗦，提醒自己不能再喝了。女人到了30岁，熬夜和慢性自杀可以画上等号。

　　小薇顶着黑眼圈坐在工位上，看见康楠进来，乖巧地拿出一份早餐放到她的桌上，说："姐，你怎么没在家休息一下啊，这么早就到了？"

　　"我是来收拾你的！"康楠接过早餐仍然一脸严肃。

　　"别啊，我这为了您鞠躬尽瘁的，怎么还要挨收拾啊？"小薇故作委屈。

　　"少来这套，我又不是第一次喝醉，你找老王来接我干什么？"康楠一想昨晚老王来接酒鬼模样的自己就羞愧不已。

　　"我为什么您还能不知道吗？我可是一片苦心啊。怎么？老王对您有所逾越？"小薇一脸坏笑。

　　"你真是没大没小了，老姐姐的玩笑你也敢开！"康楠拿走刚放在嘴里的汉堡，瞪着小薇。

　　"姐姐息怒啊，我的意思是老王真是个靠谱儿的老王。"小薇求饶道。

　　"所以昨晚到底有多惨，比上次还惨吗？"康楠还是没忍住，问出了最在意的问题，想想上一次酒后闹事她真的是后怕。

　　"这个嘛，也没什么，睡得挺安静的，但是吧……"

　　"但是什么？"康楠一个激灵凑过来，抓住小薇的手。

　　小薇挑拣着说了昨晚保安和大堂经理看见康楠被抱出去的反应，康楠全程瞪着眼睛听完。

　　"完了，彻底完了，我的淑女形象全被你那些小弟兄抹黑了，开记者招待会也洗不白了。"康楠拍着自己的脑门儿，这时候头更疼了。

　　"上次就已经没有形象了。"小薇嘀咕。

　　"你还说！"康楠指着小薇说道，小薇做了一个噤声的动作。

　　康楠胃疼得再也吃不下去早饭了，满脑子都是小薇描述的昨晚的场景，老王会怎么看自己啊？一个嗜酒成性的疯女人！

　　小薇看出了康楠的焦虑，上前安慰说："姐，放松，可爱的女人怎

121

么都可爱，不要被刻板印象绑架。笑一笑，爱笑的女孩儿运气都不会太差。"

"这会儿少给我灌鸡汤，我现在运气差得笑不出来。"康楠哭丧着脸，只希望昨晚自己没有无理取闹。

事实上，昨晚康楠并没有小薇说得那么安静，她刚上老王的车就开始吐，老王停车把她扶到路边吐了半个多小时，才重新把她扶回车里。期间康楠几次头都差点儿撞到玻璃上，老王就把她的头靠在自己的肩上，刚靠上没多久，她又吐了老王一身。好不容易两人到了小区广场，老王简单地清理了一下自己的衣服，扶着康楠往前走，康楠却抓住广场旁边的长椅不走了，老王无奈只能坐下陪她吹风。

被风吹醒的康楠，一个鲤鱼打挺站到了长椅上，老王赶紧站起来扶着她。

"我，康楠，堂堂宾夕法尼亚大学的高才生，嘘，我不是，我瞎说的，那是李宁玉（《风声》中的人物），哈哈哈！我不是名校出身，但我来北京之后从基层做起，一路升职加薪做到现在这个位置，每年业绩都是最好的，我吃了多少苦，只有我自己知道！"

老王听着康楠的酒后真言，没有打断，静静地听她说着。

"人，只有真的努力过，才知道天赋的重要！有的人，你看他顺风顺水，其实他背后，真的就是顺风顺水！我不行，我只能靠努力！我最怕碌碌无为，还要自我安慰平凡可贵，我不要！我要风生水起，我要天翻地覆！"康楠音调太高，把自己从长椅上震了下来，"扑通"，栽进了老王的怀里，话却没有停，"我不敢生病，不敢迟到早退，不敢有半点儿懈怠，这么努力也不过就是活成一个普通人，普普通通的人，普普通通的女人！"

康楠越说越难过，眼泪顺着她的脸蛋儿往下淌，假睫毛早已飞出来，眼线被自己抹得像熊猫。

老王没有打扰她,只是一直安静地搂着她,等她把肚子里平日不能说的话都说完。

康楠又一个鲤鱼打挺站了起来,重新站到了长椅上,指着月亮:"我问你!为什么女人在这个世界上这么难?特别是我这种过了 30 岁的女人!我工作上前有狼后有虎,下属急着顶你的位置,同辈忙着搞你的业绩,上级也防着你,怕你功高盖主。好不容易干出点儿成绩了,那些人又在背后嘀嘀咕咕,好像一个女人干事业非得坐男人大腿才行,我呸!老娘干事业不靠男人!因为老娘就没遇到过好男人!"

康楠手举累了,又换了一只手,接着"骂"月亮:"你看什么看!你是不是在看我热闹?我没男人怎么了?我不是一直没有,我是这几年才没有!我懒得跟他们花时间吃饭、聊天、看电影,我懒得花时间让他们了解我,他们还挑三拣四,只愿意喜欢我的好,不愿意接受我的不好,他们是谁啊?我还得放下身段跟他们演戏?"

康楠的嘴巴被风吹得有些干,下午补的妆已经花了,下睫毛上还沾着水汽。

"老王,你说我该怎么办啊?我会不会越老越没人要了?可是我改不了啊!"康楠终于放下手,放过了无辜的月亮,她从长椅上下来,却又抓住老王的衣角,连扯带拽。

"你不老,你还很年轻,还是个小姑娘。你也不用改,不能和你在一起是他们不好。"

老王的这句话像一针镇静剂,让康楠安静了下来,她盯着老王棱角分明的喉结看。小时候她在爸爸的怀里,看到爸爸的喉结很好奇,用手轻轻地戳,问这是什么,是不是积木卡进了脖子里,爸爸笑着说这是只有男子汉才有的东西。康楠忍不住伸出一根手指,轻轻地戳老王的喉结:"你是男子汉,你这里发出的声音真好听,再说几句给我听。"

老王被康楠莫名其妙的一句话逗乐了,温柔地哄着她:"你想听什么？"

"给我讲故事。"

"好，但这里太冷了，我们会被冻死的，我们回家讲好不好？"

"嗯，我知道，卖女孩儿的小火柴就是被冻死的，对不对？好可怜，我不要被冻死，我要回家……"

康楠嘴里又嘟囔了几句，声音越来越小，她大概是累了，靠着老王又睡着了。老王轻轻地把她又抱起来，把她送回了家。

康楠一直惦记着请老王吃饭的事，一整天都心不在焉。她一直要求自己做一个自强自立自爱的姑娘，可偏偏总在老王面前丢人现眼。小薇看出了康楠不在状态，放下涂了一半的指甲油，过来问："姐，你这是怎么了？你家的狗又偷吃你高跟鞋了？"

"不是狗，是人。"康楠虽然有时候挂不住面儿，但小薇是她在这件事情上可以倾诉的人。

"人？不会是老王吧？"小薇的八卦之心准备开启。

"你说话怎么跟骂人似的！"康楠不满地道。

"对不起，对不起，说 wang 不说 ba，文明你我他！"

"一套一套的你。你说，为什么我总是麻烦人家啊？人家是不是得特别烦我？"康楠看着小薇问。

"嗯，虽然你每次见他都非常夸张，但能遇到这么靠谱儿的人，说明……"小薇思考着道。

"说明什么啊？"康楠很期待结论。

"说明他命中注定有此一劫！"小薇一脸诚恳地说。

"去去去！涂你的指甲油去！"

康楠在心里琢磨了一遍小薇的这句话，乍一听还真有点儿道理，老王遇到这么爱找麻烦的邻居可真是够倒霉的了。

但老王"倒霉"的日子还没完，后来的一段时间里，只要康楠喝醉，都会来敲老王家的门。老王也非常懂事地每天都主动问康楠是否晚上会喝酒，是否晚上需要帮忙遛狗。一开始康楠还不好意思，后来也习惯地主动报备，并保证自己绝对不会喝醉，可每次都丢盔卸甲地去敲老王家的门。

有一次她喝醉回来，站在老王家楼下看着老王家的窗户，微弱的灯火从窗帘的缝隙里透出来，她伸出手指了半天，张张嘴巴，什么也说不出，两行眼泪就落了下来。然后哆哆嗦嗦地找出手机，给老王打电话，老王很快就下来接她。

反复几次之后，康楠非常费解，不知道为什么每次自己喝醉都要去找老王，后来有一次和小薇闲聊，小薇的一句话点醒了她："人喝醉的时候想见的那个人，就是他（她）喜欢的人。"

Chapter 11

要分手，先分狗

小区故事多，充满喜与乐。

康楠在家里正在埋头做表格，急得头发都要扯光了，小邱不合时宜地发来信息。

小邱：呼叫楠姐，小红退群了。

康楠离开电脑，站起来揉揉眼睛，看了"狐朋狗友"群，小红真的退群了。

康楠：怎么了？

小邱：我刚才问小白了，他们俩吵架了，要分手，小红把小白的微信都拉黑了，我们要不要劝一劝？

康楠伸了个懒腰，想到平日小红、小白对 Lucky 关怀备至，如今两人闹到分手的地步，自己不能不管，于是给小邱回消息：知道了，我联系一下小红。

康楠和小红坐在小区的花园里，小红把自己裹得像个面包，眼睛发红，表情严肃，有种视死如归的劲头。

康楠关切地问："怎么回事？快说说，有姐在呢。"

小红立马像被触动了开关，话一下子从嘴里噼里啪啦地放出来，把康楠搞得措手不及。

事情的起因发生在一个月前，小红换了工作，公司离家较远，所以每天都很早出发去挤地铁，早上只能小白一个人遛狗。一个周末，小红一个人在小区里遛狗，发现他们家黑豆和格格对小区里一个养泰迪的姑娘很热情，每次见面都兴奋地主动去让人家姑娘抚摸，又是握手又是趴下，好像认识了很久的样子。

小红开始只是觉得奇怪，并没多想，还和这个姑娘聊了几句。可没几天，她意外地在小白发在微信朋友圈里的公司集体照中发现了端倪，这位养泰迪的姑娘也在照片里，也就是说这个姑娘是小白的同事。但小白从来没有说过他有一个同事也在这个小区里住。而且小白一定是在她不在场的情况下，单独带自己家的狗和这个姑娘多次见面，所以自己家的狗才会认得她。

小红说，自己家的狗和男人什么样自己最清楚。

黑豆和格格最贪吃，平时很高冷不主动理人，但只要喂过好吃的，它们俩就一定记得，下次再见面绝对会主动打招呼，热情地讨要，使尽花样。小白呢，最喜欢有酒窝的女孩儿，他前任女友就有酒窝，可天公不作美，小红偏偏没有酒窝，这是小红心里的痛点，但这个泰迪姑娘的酒窝大得可以装下一杯酒，小红有充分的理由怀疑小白一定背着自己搞东搞西了。

听到这儿，原本一直溜号的康楠打起了精神，这简直就是福尔摩斯啊，不由得竖起了耳朵听。

不过这一切也只是小红的猜测，苦于没有实锤。正当小红为此事焦虑之时，事情出现了拐点。小白带回来一台全新的苹果电脑，说是在公司年会上所中的奖，但旧的那台苹果电脑不知去向，小白说送给同事了。小红一百个不信，但没多说。

夜里，小红翻来覆去睡不着，因为无聊就打开手机，顺手点开了二手物品售卖App，App智能推送了小红附近正在售卖的二手货，一台二手苹果电脑出现在屏幕上。

小红一个激灵，直觉告诉她这很有可能就是小白的电脑。她匆忙点开查看详情，放大了图片，想找到蛛丝马迹，放到最大后，果然看到电脑的左下角有一道明显的划痕。她对这道划痕很熟悉，是黑豆淘气咬电脑电源线，把放在桌角的电脑扯了下来，电脑摔在地上造成的，为此小白还狠狠地教训了黑豆。小红内心激动，恨不得立马就坐起来质问小白，让他说个清楚，但她还是控制住了自己，她需要证据，她又点开了卖家的头像，头像是一只泰迪。

小红一夜未睡，她一直在想该怎么办。小白在睡梦中翻身，她看着熟睡的小白，心里很不是滋味，不知道该爱还是该恨。

第二天小红早早起床，她妈妈说过晚上不要轻易做决定，于是在吃早饭的时候她打定了主意，一定要拿到十足的证据，让小白无法狡辩才行，不然以小白的性格一定打死不承认。

此刻，康楠听完小红的讲述，只觉得不可思议，心潮澎湃，她只见过职场上的腥风血雨，从未想到这么年轻的小情侣也有谍战片一般的博弈。

"你打算怎么办？"康楠十分好奇。

"答案就在这个快递里！"小红从包里拿出一个折叠的快递文件。

"这是什么啊？"康楠问。

"我联系了卖家，把电脑买了回来，但是我要求有发票。"小红紧握着快递。

"要发票干吗？"康楠还是不解。

"因为电脑的发票在我手上，果然那天小白下班回家后就翻箱倒柜地找发票，我把做了记号的发票不经意地拿出来，看着他把发票放进了自己的包里。"小红面无表情地说。

康楠恍然大悟："所以，小白是把发票给了卖家，也就是那个姑娘，姑娘又寄给了你，如果打开文件，发票里有记号，就能证明……"

小红点头。

康楠屏住呼吸，等待小红打开快递。看着快递被撕开，一张发票被拿出来，康楠和小红都瞪大了眼睛仔细看，发票的角落用铅笔写着一个"白"字。

世界安静了一分钟。

"小红。"康楠握住小红的手，轻轻地摇了摇。

"我没事，楠姐。"小红用力挤出一个微笑。

"你看，姐这恋爱经验还没你丰富，真不知道该怎么劝你。走，去我家吧，家里还有酒，各种颜色的都有，喝完哭一场就好了，我最近总喝。"说到这儿，康楠有点儿心虚。

康楠把小红拉到家里，把冰箱里没有过期的食物全都摆在了餐桌上，顺手码了一排酒，红酒、啤酒、洋酒、清酒全都有。这些酒基本上都是康楠带回来的，她只要见到瓶子好看的酒就往回带，积少成多。

小红挑了一瓶红酒，康楠拿出一个漂亮的红酒杯，给小红倒上，然后自己开了一罐啤酒。她最近喝得确实有点儿猛，30 岁之后每喝一次都伤一次，在自己家喝点儿啤酒暖暖胃就得了，目的是陪小红。

小红第一杯还有点儿矜持，从第二杯开始就有点儿上劲儿了，开始要掏心掏肺了。正说着，老王抱着 Lucky 在外面敲门。康楠打开门觉得很尴尬，为什么最近和老王见面时自己大多都是在喝酒啊？这不是女酒鬼吗？能给人留下什么好印象？

康楠连忙解释，但又不好把小红和小白的事讲得太清楚，正想措辞的时候，老王很有眼色地说："我走了。"

老王想走，却被小红叫住："老王，你走不了了，你回去肯定会和小白说我在这儿，你来一起坐一会儿，喝一杯。"

康楠无奈摊手，给老王加了一把椅子。Lucky 乖乖地躺在自己的小窝里，看着家里的三个人围在一堆酒和零食的周围。他们相互对看，康楠忍不住笑了。

"楠姐，你说男人到底算个什么东西？"小红干了手里的酒，放下酒杯问。

"不算东西！"康楠回答完就后悔了，老王还在呢，她赶紧诚恳地跟老王说："我是为了安慰一个受伤的灵魂，不是说你啊。"

老王点头沉默。

"楠姐，那你说我们为什么还要跟他们在一起啊？"小红又给自己倒了一杯。

康楠被问得有些尴尬，特别是在老王面前，她后悔把老王放进来了，她心里有鬼。

"妹妹，你这个问题有点儿哲学，我也回答不了，都是缘分吧。"康楠举杯想糊弄过去。

小红和康楠碰杯，喝了一口，明显没有要结束这个话题的意思："缘分？有缘分为什么还会出轨啊？"

"嗯，说明他跟别人也有缘，问心无愧就好，有些事情本来就不能左右。"康楠努力调动脑海里的词汇，希望说出一点儿鸡汤式的话，就像情感节目里的主持人。

"姐，你谈过几次恋爱啊？"小红认真地问。

"妹妹，这个问题超纲了。"康楠假装不经意，悄悄瞄了老王一眼。老王正在喝酒，没有看她。

"姐，那你还相信爱情吗？"小红的脸红得像西红柿。

"相、相信吧。"康楠轻描淡写，努力掩饰内心的尴尬。

"姐，你这么优秀还单身，你到底喜欢什么样的啊？"小红完全没看出康楠在老王面前的尴尬。

"我啊，我喜欢，宋仲基那样的，韩国小鲜肉。"康楠说完喝掉手里的酒，然后打了一个响嗝儿。

白天康楠在公司里的各个会议室里穿梭，闲下来喝咖啡的工夫想起昨晚小红当着老王的面问自己喜欢什么类型的男人，康楠脸都红了。如果小薇知道了，一定会说她是老阿姨羞红了脸。又想起了今早从她家出门的小红，不知道怎么样了，想着下班后赶紧回家问问情况。

终于下班了，康楠在路上就收到了"狐朋狗友"群里小红发出的召集令：请各位朋友今晚八点到我家一聚，有事情宣布。

不知道这两孩子葫芦里卖的什么药，康楠不由自主地加快了脚步。

"麻烦大家了，召集大家来，是有事情要宣布，也请大家做一个见证！"小红抱着黑豆站在客厅里，"狐朋狗友"群里的同僚们各自带着狗，围坐在一起，人和狗都抬头盯着小红，等着小红宣布。小白蹲在客厅的角落里摸着格格，沉默着，整个人都被黑暗笼罩了。

"我和小白今天正式分手，顾及旧情，原因就不说了。谁也不用劝，劝也没有用。"小红认真地看着大家说。

在座的人都面面相觑，王心钰刚要开口，被冷函拦住。小邱看向小白，小白依然没有说话。只有知道事情缘由的老王和康楠最淡定。但毕竟是第一次经历——情侣分手还举行见证仪式，康楠感觉这两个小孩儿太有趣了，总感觉他俩像闹着玩。

"下面的事情才是重点，我的东西都已经收拾好了，房租我也结清了，我明天就可以搬走，但格格和黑豆小白不让我带走，所以请大家来评评理，离婚是不是孩子都应该归妈？"

小红说完，大家都笑了。小白急了，终于从角落里站出来，急得直结巴："凭什么离……离婚，孩子都归妈？"

"因为它们有个不负责任的爹！"小红怒瞪小白。

"爹怎么不负责了？"小白反驳。

"它们的爹是白眼儿狼！"

131

"你说谁是白眼儿狼？"

"就是你，负心汉！"

"你够了！"

"怕被说就别做啊！"

眼看两个人要打起来了，大伙儿纷纷站起来把两个人拦住："好好说，好好说，别吵架。"

"我没吵，是她先吵的。"小白说。

"你痛快地把狗给我，我才懒得跟你吵，负心汉！"小红寸步不让。

"你少来劲儿，我和雨凝就是同事关系！"小白终于说到了重点。

"还雨凝？呸，就是绿茶！就是同事？谁信啊，你可真好意思当着大家的面儿撒谎，别侮辱大家的智商了。连电脑都帮你卖，信你我是个锤子。"

"你说话文明一点儿，人家雨凝人挺好的。"

小白说完这句话，康楠看小邱和老王都忍不住捂住了脸，这就是老男人和小男生之间的差距。小男生不会理解女生对女生的敌意，特别是当女友质疑自己身边的女性朋友时，站出来替她说话简直是最错误的行为。老男人经历得多了，自然有标准答案。

此时，除了康楠和老王，其他人终于听出了点儿来龙去脉——原来是小红怀疑小白出轨。

"你让小白解释一下，有可能真是同事，你误会了。"王心钰劝小红。

"好啊，那让他说，我看他能说出什么花儿来。"小红冷笑着说。

小白缓了一口气，说："雨凝真是我同事，住在前面那栋楼，我也是前一阵儿才知道的，遛狗的时候遇上的，她也养狗，只和黑豆、格格玩过两次。我家的狗你们也知道，认人，见过就记得住，小红就因为这个非说我给狗找后妈。"

"嗬，狗这么自来熟就是随你。再说狗都是看主人脸色，你要不跟人家亲近，狗怎么会主动跟人家玩？"小红不依不饶。

"你这么说就没意思了，那我说什么都没用了。"小白气得脸色发白。

"不打断，让他接着说嘛。"王心钰继续劝。

小红哼了一声。

小白接着说："然后还有一个电脑的事。我从公司带回来一台新电脑，旧的电脑就放在公司了，雨凝看见就问为什么不卖了，有人买二手电脑，我说太麻烦，她说她在一个二手物品出售 App 上有账号，可以帮我。我就把电脑给她了，没两天她找我要发票，说有买家了，我就把发票找出来给她了。谁知道，这都是小红设的局！"

"你要卖电脑是我设的局？你为什么不带回来找我给你卖？"小红质问。

"我不是嫌带回来麻烦吗？"小白解释。

"还有遛狗，我之前怎么没见过她？"小红继续问。

"姑奶奶，早上都是我出去遛狗，你怎么会见到她？"感觉小白快哭了。

"反正你总有理由，你有女朋友了还跟女同事不清不楚，就是心里有鬼。不废话了，黑豆是我要养的，格格也是我买的，都应该给我！"小红完全没有消气的意思。

"格格只不过是你出的钱，是我去宠物店看上的，是我要买的，我把钱给你，狗给我！黑豆跟我最好，每天都是我遛我喂，不会跟你走的！"小白据理力争。

"你放屁！黑豆跟我最好，都是跟我一起睡，格格的名字都是我起的！你出轨，你要给它们找后妈，它们跟我才行！"小红态度坚决。

"你才是要给它们找后爹！狗应该跟我，我赚钱比你多！"小白的脸从白变红。

"你赚钱多了不起啊！"

"就是比你多，我养得起两只狗！"

眼看两个人越吵越凶，各自怀里的狗开始试图拉架，不安地叫着，引得在场的其他狗跟着一起叫，场面一度混乱。

"哇……"小红突然大哭起来，吓坏了周围的人，大家安抚好各自的狗，狗子们安静了下来，屋里只剩下了小红的哭声。

"当初说好了一起养狗，就是因为你不好，才要分手，才要分狗！"小红哭着口齿不清地说，大家仔细听才听清内容。

小白愣在原地，十分难过。小邱从后面推了他一把，示意他去安慰，小白才反应过来，走过去，一边给小红擦眼泪，一边道歉："我错了，我不该和女同事有来往，我以后只跟你交往，除了你之外家里没有别的异性，别哭了，太让人笑话了。"

"走开！"小红躲着小白的手。

"好了，我都认错了，不分狗了，也不分手了，好不好？"小白说得很诚恳。

"不行，我都公布了！"

大家听完都忍不住笑了。

"公布什么？我没听见，你听见了吗？"小邱问。

"没有，没有，什么都不知道。"王心钰和冷函附和道。

"你看，他们都没听见。"小白继续哄小红。

"那我也没原谅你呢！"小红伸手抹了一把鼻涕。

小白有些束手无策，看着大家求助。

"那就看你的本事了，能不能让小红消气。"小邱说。

"我们都走吧，我们在这儿，人家怎么说悄悄话。"冷函说。

"走！遛狗去喽！"大家一哄而散，留下了抽泣的小红和难过的小白。

康楠一边走一边想，年轻真好，谈恋爱还能这么折腾，真让人羡慕。想到自己已经过了 30 岁，再经历一次这么闹哄哄的恋爱的可能性几乎没有了，想一想真是不甘心啊，唉！

Chapter 12

彻底忘掉初恋是
30岁成熟女人的
基本素养

1

康楠带着小薇临时去上海出差。一个老客户突然在马上要签合同的阶段提出终止合作，年底正是做第二年预算的时候，事发如此突然，一定有蹊跷。

康楠临走的时候一大早把 Lucky 送到老王家，匆忙地留下几句话就提着行李要走，可是一直叫不到出租车，老王二话不说，把在路边等车的康楠送到了机场。

飞机开始滑行的时候，康楠想着停车给自己拿行李的老王，心里不由得一颤。

小薇检查了一下安全带，打了一个哈欠，用胳膊碰了康楠两下："可以啊，发展很迅速，都开车送你出差了。"

康楠这次没有再急着澄清，也打了个哈欠，揉揉头发，问小薇："你说，老王为什么对我这么好啊？"

小薇听完"扑哧"笑了："姐，你觉得他怎么对你好了？不同的男人对不同的女人可有不同的好，我给你分析一下。"

康楠知道小薇难免打趣自己，但她不再难为情，她也很需要一个人帮她指点一二。"具体来说，其实也没什么大事，都是生活上的事，帮我照顾狗，也顺便照顾我，给狗送粮，给我送饭，我喝多了送我回家，狗生病了送狗去医院，但就是让我觉得很靠谱儿、很踏实，很久都没有这种感觉了，这么说来他有点儿像我爸。"

小薇转了转大眼睛，睡意减了些许，说："听着很好啊，生活就是要真实啊，去哪儿找一个会照顾人又愿意照顾人的男人啊。正好阿姨不是在催婚吗？这下不用担心了，有主动送上门的了。"

"你这孩子说话怎么越来越不着调。不过你说的也是，你猜我妈前天发微信跟我说什么了？让我赶紧找对象，我说我不需要，她说哪怕找一个帮你遛狗的也行啊！"

说到这儿，康楠感到哭笑不得，真是亲妈，为了催婚什么理由都能想出来。

"阿姨说得有道理啊！你肯定不能和狗过一辈子啊！老王多符合阿姨的要求啊，会疼人，能遛狗！"小薇不像开玩笑。

"你不觉得老王过于成熟了吗？"

"你就直接说岁数比你大呗。姐，这都什么年代了，老少配很正常啊，再说你得这么想，你这么多年都单身，为什么啊？"

"对啊，为什么啊？"这个问题康楠自己也好奇。

"你除了工作忙，阅历也越来越丰富，眼界也越来越高，所以自然就淘汰了一些人啊。所以啊，像老王这个年纪的，看过了世界的复杂，经历过了人间百态，才懂得生活的奥义，真正的生活就是简单、平常。"小薇一口气说完。

康楠瞠目结舌地看着小薇："小薇，你竟然能说出这么有道理的话？"

"我冰雪聪明呗，这段时间我可没白看书，这都是书上说的。"小薇一脸傲骄。

康楠在心里重复了一遍小薇的这些话，感觉有几分道理，是自己想听到的答案，心里踏实了一些。

上海是一座太有魅力的城市，有着和北京完全不一样的气质，精致、时髦，像个充满风情、等待男人主动来跟自己喝一杯的女子。康楠有点儿喜欢上海。

酒店里，康楠换了一身简单黑色套装，干练了不少，和小薇直奔客户公司。

"你好，我们是北京乐达公关公司的，这是我的名片，我们约了市场部的张总。"小薇笑着和前台小姐说。

前台小姐接过名片，看了一眼，抬头一边打量小薇和康楠，一边说："你好，张总今天不在公司。他这周都比较忙，不好意思。"

"我们有预约。"小薇很礼貌地说。

"不好意思，他不在公司。"前台小姐看着是在笑，但脸上的冷漠是多厚的粉底都藏不住的。

"没关系，那我们在这儿休息一下，我们刚下飞机。"康楠礼貌地说完，没给前台说话的机会，就走到了门口的沙发上坐下，打开电脑，让小薇订外卖，要了两杯咖啡，她打算打持久战了，今天必须堵到这个张总。康楠笃定他就在公司，因为她走进这座大厦的时候就和张总的下属联系了，她两句话就套出了张总正在公司开会。他的下属没必要骗她，一定是张总不想见难缠的自己。打了这么多年的交道，康楠很清楚张总的处事风格。

一直坐到下午，康楠把手头的工作全部处理完了，抬头看了看墙上的时钟，她觉得时间差不多了，就带着小薇收拾东西离开。

"姐，咱们都等这么长时间了，现在走了，岂不是功亏一篑？"

小薇在康楠身后问。

"先走。"

康楠和前台说了声："谢谢，再见！"就带着小薇坐电梯下楼，电梯到了一楼，康楠并没有出去，反而又坐电梯上去了，小薇一脸问号地看着她。康楠说："如果运气好，立刻就能见到张总了。"

果然，她们刚折回客户公司的门口，就和一直避而不见的张总打了个照面。张总看到康楠像见到鬼一样惊讶。

康楠从容地笑着说："张总，好久不见，本以为今天见不到您呢，要不是我有东西落在沙发上，我们就错过了，真是功夫不负有心人啊。"

小薇又长了一次见识。

张总尴尬了几秒钟，脸色就恢复了，说："康总，你怎么来了？"

"我要再不来，张总明年一定会怪我的。"康楠依然笑着说。

"怎么说？"张总也一头雾水，不知道这个难缠的经理又有什么花样。

"商业机密，咱就别在大门口说了吧？"

"那请到我的办公室来吧。"

张总领着康楠和小薇往里走，经过前台，前台姑娘一脸的不可思议，小薇似有似无地瞪了前台一眼。

坐下之后，康楠打开电脑，把屏幕推到张总面前。

"张总，您都不知道，我们刚刚拿到各个渠道最新的报价，一手资料，我就赶紧来找您了。您看，不仅没涨，而且总数还比去年低了一成，别家拿到的报价都涨了一成，这意味着什么啊？说明我们家比别家低了两成。您可一直是我们的大客户，这个占便宜的机会我肯定得第一个送您这儿来。"康楠边说边指着报价单，示意张总看。

张总看得仔细，没有说话。

"当然了，创意公司打价格战没有意义，您公司不缺资金，缺的是好创意和靠谱儿的团队，最重要的是步调和您一致。我知道你们一直在新媒体上发力，我还有两套专门给您做的新媒体的资源包，这可是量身定做的，您在别家公司，可看不到这么具体的报告。"说着，康楠把昨晚连夜赶出来的资料打开递给张总。

张总看完，慢慢地说："康总果然能干，思路清晰，但我们今年的预算确实有所调整，也想和其他的公司尝试合作，我也有上面给的压力，希望你理解。"

康楠听完笑着说："我当然理解，张总，您可以和领导说一下我们的报价和资源包，我们是服务行业，从不给客户压力，都是朋友，不能让您为难。但是张总您也得体谅我，我来上海不能空手而回，来完您这儿我还得去见一下林总，就是您认识的那个林总。"

提到林总，张总脸色一变，说了一声"稍等"，就转身出去了。

小薇凑过来对康楠低声说："姐，你真的太厉害了，林总可是张总的行业劲敌，要是把这么好的资源包给林总，张总一定后悔，他刚刚脸色都变了。"

康楠做了一个嘘声的动作，这时候她也只有百分之五十的把握，她在价格和策略上已经尽力了，给客户的都是干货，是实打实的利益，如果还是不行，只能在上海再多待几天想办法了。

正想着，张总带了一个下属进来，客气地说："谢谢康总，我们进一步沟通一下合作细节吧。"

小薇立刻从包里拿出一份草拟好的合同，笑着递到了张总面前。

康楠和小薇走出大厦的时候天已经黑了，她们这一天披荆斩棘，成功抢回了这一单，合同稳稳地装进了小薇的包里。康楠心里却不能完全踏实，她一直在想临走前张总跟她说的一句话："康总，最近市场艰难，做项目讲究天时地利人和，有时候人和更重要。等你到了我这个年纪，你就会明白，人要在事前面。"康楠本想问个究竟，但张总戛然而止，不再多说。康楠没再逼问，但和张总接触这么久，张总一定是在提醒她"人和"。

在人际关系上，康楠工作起来虽然雷厉风行，但从不主动树敌，即使是竞争关系，她也讲究公平竞争，她相信天道酬勤。如果真的有人在做手脚，一定是身边的人，会是谁呢？

康楠一路琢磨，回过神来的时候人已经被小薇带到了路边的一个橱窗前，透过橱窗看着里面的布置像是一家复古的理发店。

"这是哪儿啊？"康楠问。

"走，进去就知道了。"小薇大步往里走，走到一堆瓶子前，指着瓶子，"姐，拿起来一个。"

康楠不知道小薇又在搞什么把戏，随便拿起一个瓶子，意想不到的是，对面的墙竟然反转出一道门，门里面竟然是一个热闹的酒吧。

"哈哈，姐，我们搞了这么一个大单，当然要喝一杯庆祝一下了！"

康楠暂时放下了刚刚的疑虑，没有一杯酒解决不了的事情。

康楠和小薇坐到吧台旁，各自点了一杯鸡尾酒，两人碰杯。酒经过舌尖顺着嗓子一路流进胃里，胃瞬间烧了起来，酒香从嘴巴灌进脑子，康楠整个人精神了。

正当康楠陶醉的时候，她隐隐感到斜对面有一束目光注视着自己，她顺着目光的方向寻过去，那是一张四人的桌子，一个坐在中间的位置、身穿灰色西服的男人正在看着她。

那人是谁呢？有些眼熟，又有些模糊。

小薇凑过来："姐，可以啊，刚坐下这么一会儿就有爱慕者了啊，那人可一直在看你呢。"

康楠又喝了一口酒："这人我好像认识，但有点儿记不清了。"

"会不会是客户啊？"

"上海的客户很固定，不会不记得啊。"

140

"上了年纪记不住人很正常的，没事，姐。"

"我的天！"

"想起来了？"

"嗯！"

"谁啊？"

康楠把杯里的酒一饮而尽，缓慢地说出三个字："前男友！"

准确地说，是初恋。

康楠一进门就被孙超阳发现了，他一直在观察康楠。自从大学毕业之后两个人就再也没见过，一晃都快十年了。两个人在一起的时候还用 QQ，两个人的微信也是通过大学同学微信群加的，但几乎没说过话。

康楠忍不住观察了一下孙超阳，他比上学的时候胖了一些，但变化不大。唯一变化比较大的是气质，那会儿的孙超阳意气风发，白衬衫、牛仔裤、匡威帆布鞋，一身清爽帅气。她永远都记得孙超阳站在辩论比赛的舞台上舌战群雄的气势，也记得孙超阳站在自己寝室楼下的丁香树下打着喷嚏等自己出现——他花粉过敏。她只知道孙超阳后来出国了，然后去过很多地方，她收到过孙超阳从新西兰寄来的明信片，后来还有圣彼得堡、马德里、威尼斯。最近的消息就是收到孙超阳的婚礼请柬，还着实刺激了她一下。

酒有点儿上头，康楠又叫了一杯。

"姐，你前任长得可以啊，宋仲基算不上，但说像玄彬不过分。"小薇过来碰杯。

康楠喝了一大口。

"姐，我之前一直不知道你为什么单身那么久，现在见到你前任，我终于懂了，你就是起点太高，所以后面不肯降低标准，我理解。"

"怎么就起点高了？你都不认识他。"

"姐，你看见他那块表了吗？金劳！"小薇说着差点儿伸手去指，被康楠一把拦下来。

"你要干吗？怎么还上手呢？"康楠责怪小薇。

"一身名牌啊，这一身可以了，很有品位，又低调又贵。"小薇继续点评。

"人不能只看外表，很有可能是假的呢。"

"真的还是假的马上就知道了。"

"什么意思？"

"人来了！"

康楠抬头，孙超阳已经站到了她面前。

"真的是你。"孙超阳说话的时候眼睛里好像闪着光。

"你好，好久不见。"康楠尽量平复自己的情绪，努力保持平静。

说实话，康楠在和孙超阳分手之后，有过一段灰暗的时光，但很快就"发愤图强"，把孙超阳抛在了脑后，再也没有想过这个人。她不知道自己是不是有些绝情，但她一直忙着往前走，没有回头看过。但从分手后的第四年开始，她偶尔会想起自己大学时候的恋爱，毕竟两个人不是因为不和而分手，没有狗血的偶像剧剧情。她开始想如果当初没有那么心高气傲，愿意和孙超阳一起出国，自己现在是不是就会不一样了？

这种想法也只是一个闪念，康楠从没和孙超阳联系过。当初两人就是因为一个不愿离开、一个不愿留下才会分手，尽管后来康楠无数次在夜里哭醒，那段时间总是梦到自己掉进冰凉的水里，孙超阳站在岸上，两人的手拉在一起，又一点一点地分开。但无论如何，康楠觉得既然当初做了决定，以后就不要后悔，不要打扰就是最好的纪念。可是此刻当孙超阳真的再次站在自己面前，康楠还是有些慌乱，没有想象中的那么从容不迫。

"好久不见，你来上海出差？"孙超阳问。

"对，不知道你也在上海。"

"我在上海定居了。"

康楠这才想起孙超阳婚纱照里的背景是东方明珠。

"你太太没和你一起来啊？"康楠问。

"她不在。"

"我收到你们的结婚请柬了，但我那几天特别忙，没时间参加，下次有机会我再去。"康楠说完，一旁的小薇呛到眼泪直流，康楠才发现自己说错话了，连忙补充，"抱歉，我不是那个意思。"

"哈哈，没事，你说话还是这么有趣。"孙超阳也笑了。

康楠觉得很尴尬，想赶紧结束这次意外的见面，拉着小薇说："你不是还有事吗？我们先走吧。"

小薇显然还没看够热闹，有些意犹未尽。

"你们去哪儿？上海不好打车，我送你们吧。"孙超阳很主动。

"不用了，我们自己叫车，不打扰你了，你回去跟朋友接着玩吧。"

"没关系，我们已经结束了，我送你们。"孙超阳坚持。

"那就麻烦你了。"捡到这么大的瓜，小薇差点儿就要拍手叫好，说完就结账带着康楠走出来。

等孙超阳去开车的时候，小薇却临阵脱逃："姐，你前任明显要跟你多待一会儿，我有眼力见儿，我就先避一避，你有事随时 call 我，我撤了哈。"

没等康楠反应过来，小薇已经像小鹿一样跑了。康楠正着急呢，孙超阳开车过来了，无奈，她只能硬着头皮坐上去，报出了自己住的酒店。

孙超阳一路开得很快，透过车窗，上海撩人的夜色在康楠眼前一帧一帧地滑过。她刚刚喝下的两杯酒的酒气有些散了，剩下一点点的香留在嘴里。康楠沉默着，孙超阳也不语。

路灯一排一排地闪过，康楠想起了王菲的一首歌——《乘客》，这是她和孙超阳恋爱的时候听过的歌。"坐你开的车，听你听的歌，我不是不快乐"，那时候孙超阳最爱唱这两句，还说等以后赚钱了第一件事就是去买车，以后他开车接送康楠上下班，康楠是他唯一的乘客。

"小楠，我有一件事情想问你。"孙超阳突然开口。

"啊？"

"我想问，我那年生病，你是不是来西安看过我？"孙超阳很认真地问。

康楠这才想起，确实有这么一回事。那是他们分手后的第五年，有一天突然收到大学同学的信息，说孙超阳在国外生病了，去医院检查发现肺部长了一个肿瘤，很可能是恶性的，他现在已经回国，正奔走于各地求医，还没约到手术，过年的时候会回老家在家休养。

康楠知道这个消息的那天，刚刚拖着一个大行李箱从中国传媒大学附近租的房子里出来，上了地铁去看房子。她对着手机，脑子里一片空白，莫名其妙在天安门东站下了地铁，一路走上了长安街，看着来来往往的人，她想起孙超阳说过以后带她来北京看升旗。她有点儿想哭，又想起孙超阳说过谁也不能让她哭，等他们有自己的房子后就养一只大黑狗，他不在家时就让大黑狗保护她，没人敢欺负她。想到这里，康楠开始在街上号啕大哭。

她想孙超阳是不是快死了，如果她和孙超阳一起出国，或者留住孙超阳，他是不是就不会得病？都是她太自私了，结果现在两个人谁过得都不好。快过年时，康楠就订了一张去孙超阳老家西安的票，联系了另外一个同学，陪着她找到了孙超阳的家。但在他家楼下，她不敢上去，请同学带了两篮水果独自上去，自己躲在出租车里又哭了一次。

"啊，我正好到西安办事，听说你病了，本想去看你，但临时有事，就让同学稍点儿水果给你。后来听说你身体没事了，你现在怎么样？"康楠尽量编圆了谎话。

"我现在没事了，上天眷顾吧，死过一次之后，我更加珍惜现在的生活。"孙超阳说。

"那就好。"

说着，车已经停在了酒店楼下。

"我到了，谢谢你啊。"康楠说。

"我还有很多话想跟你说，请我上去坐一会儿？"孙超阳看着康楠的眼睛。

康楠很喜欢孙超阳的眼睛，他的眼睛弯弯的，笑起来像一座桥，眼睛里总有亮晶晶的东西，很干净，康楠总是能在他的眼睛里找到自己。

她前一秒钟还想着要痛骂不仗义的小薇，义正词严地告诉她，彻底忘掉初恋是 30 岁成熟女人的基本素养，用实际行动教她做人，可这一秒钟面对孙超阳好似何书桓一般的表白，她有些手足无措。

正当不知所措时，孙超阳的脸靠了过来，轻轻地说："小楠，我想你。我这辈子做的最后悔的事情就是没有留下来，没有和你一起去北京奋斗，你能原谅那时候的我吗？"

康楠仿佛有一滴眼泪从眼角滑落。

孙超阳用手轻轻地擦掉康楠的眼泪，手顺着她的眼角滑到下颌停住，温柔地抬起她的下颌，看着她红润的嘴唇，缓缓地靠近。

康楠的脑子几乎停转了，却又忍不住地胡思乱想。她感觉孙超阳捏着自己下颌的手有些用力，她想上个月刚刚被小薇拉着去医院打了两针玻尿酸的下颌应该不会被捏变形吧？孙超阳真的要亲下去了，他到底想干吗？我应该有什么反应才对？他说想我，但我已经不想他了啊！

正当康楠一脑袋糨糊的时候，手机铃声响了起来，她吓了一跳，连忙推开孙超阳。

"不好意思，我电话。"

是老王，康楠接起："喂，怎么了？"

老王愧疚地说："对不起，康楠，Lucky 和大熊丢了。"

"什么？"康楠简直不敢相信自己的耳朵，老王照顾它们比自己尽心，怎么会丢呢？

"查监控看到它们趁我不在家的时候打开了门，坐电梯下楼了，在小区里玩了一会儿之后出了小区，就没再回来。"

康楠能感受到老王此刻的自责和焦急，赶紧说："你先找着，我马上订票回去。"

康楠挂了电话，瞬间被拉回现实，她解下安全带准备下车，意识到孙超阳刚刚还在对自己表白，回头对孙超阳说："不好意思，我得回北京了。今天见到你很高兴，但我们以后不要再见了，我们都有新的生活了，除了祝福，不要有多余的念想了。"

说完之后，康楠冲回酒店，订了一张最早的机票，通知小薇，自己先回北京了。

2

康楠赶回北京，整个人裹在羽绒服里，拖着行李箱，心急如焚。她已经来不及去想孙超阳了，对于现在的孙超阳，她不恨也不爱。到了一定年纪就不再较真儿了，能在一起早就在一起了，何必等到现在？有些东西就随风而去吧，吹得越远越好。

康楠走进小区，告示栏上醒目地贴着寻狗启事，Lucky 和大熊在照片里笑着。康楠看了一阵心酸，忍着眼泪拨通老王的电话。

"狐朋狗友"群已经响了快一天了，小红、小白骑着单车在附近小区里转，喊得嗓子都哑了。小邱去物业查监控，王心钰和冷函也发动了小区里的其他邻居一起帮忙找狗，地毯式搜索。

得知康楠回来了，大家决定先在老王家集合，汇总一下寻狗情况。

王心钰说："小区地库、停车场、花园、楼道，我们都找过了。"

小白说："附近的小区我们也都找过了，也贴了寻狗启事，见着遛狗的就问，也都没看见。"

小邱说："我在同城狗友互助群和微博上也发了信息，有人看到会联系我。"

小红说："老王，大熊之前丢过吗？它们俩是怎么开的门呢？"

"大熊没丢过。"老王说着拿出手机，把家里的监控录像打开，回放，"看吧。"

大家围过来看。视频上，Lucky 一直在门口徘徊，很焦虑的样子，大熊一开始一直安静地趴在地上，后来站起来，过去舔 Lucky，应该是在安慰 Lucky。但 Lucky 突然叫了起来，跳起来去够大门的把手，随后大熊也站起来，用力拍了两下门把手，大门的锁被打开了，Lucky 率先跑出去，大熊紧跟在它身后。

"这是团伙作案啊。"小邱说。

康楠看完视频有似曾相识的感觉，Lucky 是一个惯犯，之前就开过她家的门，就是和大熊搞在一起的那次。这次升级了，不仅越狱，还怂恿大熊，自己都不亲自动手了。

"那它们怎么会坐电梯呢？"小红不解地问。

"肯定是在电梯门口等着，电梯门开了就进去了，它们决定不了上去还是下来，只不过它们运气好，有人坐电梯下楼，它们搭了顺风车。"老王分析说。

"应该是这样，这要是还会按电梯，以后都不用人带下楼了，自己就能遛自己了。"小白说。

"大熊怎么会开门呢？"小邱问。

"应该是 Lucky 教的吧。"康楠说。

小邱伸出一根大拇指："牛！"

"牛什么牛，只学会了开，没学会关，我回家的时候，门是开着的，吓我一跳，以为是进贼了，看了监控才知道。"老王被气得第一次说话这么流利。

"对不起啊，老王，真没想到 Lucky 在你家还能密谋越狱，家里没丢东西吧？"康楠问老王。

"东西倒没丢，可是这两个祖宗去哪儿了呢？"

"是啊，一个孕妇能去哪儿啊？"康楠急得快哭了。

大家一筹莫展，心急如焚，白天地毯式的搜索毫无进展，都在想办法，心里在祈祷狗狗没事。

"小楠，Lucky 除了小区还有没有经常去的地方？"老王问康楠。

康楠想了想，说："小区之外？没有啊。之前的那个菜市场已经拆掉了，它会去那儿吗？不太可能吧。"

"但看视频，Lucky 很焦急的样子，它平常都很温驯、很乖巧，一定是有什么对它很重要的事情，会不会因为你没回来，在找你？"老王说。

"找我？"康楠心里一惊，老王的这个想法有一定的道理。如果 Lucky 真的是为了找自己才跑丢的，她的心更像被针扎一样疼。

"如果 Lucky 真的是为了找你，会去哪儿呢？"王心钰问。

康楠想到一个地方，她第一次遇到 Lucky 的地方——下班回来时经过的一块草坪，离小区不到一公里。康楠腾地站起来："我知道了，是附近的一处草坪，被树挡着，我去看看。"

大家都下楼，老王开车，康楠指路，其他人继续等消息。

很快，康楠来到了第一次和 Lucky 见面的草坪，指着那里跟老王说："就是这儿，我在这儿捡到 Lucky 的，捡到它之前它应该在这儿流浪一阵子了，地方比较熟悉，会不会到这儿来找我了？"

"很有可能，我们去看看。"老王和康楠并肩大步朝前走去。

"Lucky！"

"大熊！"

两人不停地叫着两只狗的名字，都没有得到任何的回应。

这时天已经黑透了，冬季的白天都很短，今年一月份的北京比往年都要冷。康楠手脚冻得冰凉，鼻子通红，眼泪在眼眶里打转，她觉得自己每喊一声身体就少一口热气。

老王把脖子上的围巾摘下来递给康楠："戴上吧，会冻坏的。"

康楠接过，在脖子上绕了两圈，挡住了一些吹向自己的风。

两人来回走了一圈，都没有看见两只狗的半点儿影子，康楠的心更凉了，也许是自己想多了，Lucky 根本就没来过这儿。是不是已经被人抓走了？康楠想到这里，开始忍不住地抽泣。

老王连忙安慰她："一定没事的，别哭，有大熊在，Lucky 一定不会受到欺负。"

正说着，两个人仿佛都听到一声狗叫，声音是从附近传来的。康楠停止抽泣，屏住呼吸，仔细寻找声音的方向。

"在那里！"老王突然指着树后面。

康楠只看到一大一小两只毛球快速向他们这边移动。

"是 Lucky 和大熊！"康楠几乎尖叫着，喊着两只狗的名字。

Lucky 和大熊充满了久别重逢的喜悦，兴奋地扑向两个人。

康楠一把将 Lucky 抱进怀里："Lucky，你跑哪儿去了啊？担心死我了，你知不知道？"

旁边的老王也搂住站起来到自己胸前的大熊，心疼极了。

经历了担忧、焦虑、绝望、失落之后终于寻回亲爱的伙伴的两个人把两只狗带回车里。路上康楠检查了两只狗的情况，Lucky 身上有点儿湿湿的，大熊身上很脏，头上的毛好像少了一块。老王直接把车开到了宠物医院。

宠物医院的宋医生还没下班，仔细地帮 Lucky 和大熊检查了身体，

Lucky 没有大碍，肚子里的宝宝也很正常，大熊身上有几处轻伤，应该是和别的狗打架被咬的。

"一定是大熊在保护 Lucky。"宋医生把化验单递给老王时说。

大熊可怜地趴在地上，Lucky 在旁边舔着大熊的头。

得知两只狗已经找到了的消息，"狐朋狗友"群里的伙伴们又恢复了往常的热闹，大家纷纷发来问候。

老王先送康楠和 Lucky 回家，康楠仍有些惊魂未定，一路都没有说话。

天上一颗星星也没有，昏黄的路灯照着干枯的树干，今晚格外的安静。

两个人、两只狗走到了康楠家楼下。

"到了。"老王说。

康楠看着眼前的老王，鬼知道她这两天都经历了什么，再强大的心脏也有些超出负荷。但眼前的老王，即使是在最慌乱的时刻仍然镇定，让她安心，那是一种难以言喻的力量在鼓励着她。

康楠鼓起勇气，踮起脚，给了老王一个结实的拥抱："老王，谢谢你！"

康楠的头只能到老王的胸前，这是大熊站起来差不多的高度，老王的外套上有淡淡的烟味和宠物洗澡液的味道。但是这都不重要，康楠此刻没有那么多顾虑，心里敞亮得很，什么订单合同、什么初恋重逢、什么职场暗涌，经过了这些鸡飞狗跳，仿佛只有此刻被她紧紧抱住的老王才是真真切切的，是离她身体里那颗滚烫的心距离最近的。

Chapter 13

把表白说成军令状，注定败得片甲不留

1

男追女隔层山，女追男隔层纱，康楠现在也不知道究竟是谁在追谁，老王一如既往地遛狗送饭，倒是康楠每次都小鹿乱撞，一点儿也不像见过世面的女人。

自从 Lucky 和大熊发生"私奔"事件之后，康楠和老王对这两只狗就格外上心，老王几乎不去工作室了，专心在家照顾孕妇。沾了 Lucky 的光，康楠每天都能名正言顺地到老王家蹭饭了，也算是一种福利。

老王的手艺真是没得说，就连拌个咸菜都能做出五星级饭店的感觉。康楠在美食的滋补下竟然圆润了不少。

"我不能再这么吃了！"康楠干了一碗鸡汤之后把碗往前推了推。

"不好喝？"老王放下筷子看着她。

"就是因为太好喝了！你没发现我最近都胖了吗？早饭就这么吃可真是过分了！"

"不胖。"老王言简意赅，手里却没停，两勺鸡汤把康楠的碗装满，还特意加了一块鸡肉。

"你不懂，这个社会对女人要求太苛刻。你看我的脸，确实圆了不少，摔个跟头，脸能在地上轱辘一圈。"

老王认真地看了看："和鸡汤没关系，喝。"

"那跟什么有关系？"

"嗯……圆是因为被社会磨平了棱角。"

老王第一次开玩笑，把康楠逗乐了。这个男人怎么这么可爱，真是越来越可爱了。于是她美滋滋地接过老王递过来的碗，喝了一口，鸡汤从舌头一直暖到胃里，也暖了心。

要留住一个人的心就要留住他（她）的胃，这句话对于康楠来说简直太恰当不过了，不知不觉中，老王家已经成了她的私人小厨房，她幸福得像只狗。

汤还没喝完，康楠的电话响了起来，是小薇。

"姐，刚刚收到消息，林潇不知道从哪里拿到了一份上海客户的名单，昨晚连夜做了一份工作计划和报价方案发给了老赵，今早老赵就召见了林潇，他们组的销售都在赶来公司。"

"客户名单？这孙子又起什么幺蛾子啊？马上要过年了就不能消停几天吗？让我过个好年行不行？"

康楠对着电话大骂，忽然想起老王还在对面，尴尬地咳嗽了两声，做了一下表情管理，接着说："你不用着急，一份名单而已，大部门合同还在我们手里，任他们如何异动，兵来将挡，水来土掩，待会儿公司见。"

康楠放下电话，看了看老王："又是因为工作，不然我平时很温柔的，嗯。"

老王听完笑了，回想了一下每次康楠出现在自己面前的样子，还是吵架、耍酒疯、歇斯底里偏多一些。

"你笑什么？你不信啊？你不会觉得我是个撒泼打滚儿的泼妇

吧？"康楠很认真地问。

"做自己。"老王笑着收拾碗筷。

"我……"事已至此，康楠百口莫辩。

康楠离开老王家后，赶到公司，又经历了破马张飞的一天。

临近过年，街道两旁很多地方都挂起了彩灯，从远处看星星点点，映得整个城市很有生气。

康楠坐在小薇的车里，看着窗外疾驶而过的灯光，难掩心事。

小薇一路把车开上了四环，才发现身边的这位老姐姐一直没说话，于是开口："姐，你怎么了？林潇那边我盯着呢，你放心！"

康楠漫不经心地"嗯"了一声。

"那还担心什么呢，Lucky 不是找到了吗？"

康楠轻轻咳嗽一声后说："嗯，没事了。"

小薇说："这只狗真是命好，遇到了这么负责的人，从上海打飞的回北京找她。"

说到 Lucky，康楠有了点儿精神："不敢想如果我回来晚了会怎么样，它见到我的时候冻得全身发抖。"

小薇说："养狗真跟养孩子似的，姐你一个人带着狗也真不容易，幸亏你身边还有个万能的老王。"她说完笑着瞥了康楠一眼。

说到老王，康楠的心紧了一下，这种感觉就像上课时候老师提问，明知道自己不会，却偏偏被老师点了名字，心虚又惊恐。康楠想了想，让小薇把车里的音乐调小，说："小薇，你之前一直拿老王开我玩笑，你真觉得老王这个人很好？"

小薇感受到了康楠的认真，和工作态度一样认真，用不是特别有灵感的脑子简单组织了一下语言后回答："楠姐，你既然这么问我，说明你已经开始认真思考和老王的关系了。"

"我也不知道我们算什么关系，他也不说。"

"说什么？在爱情面前，所有的语言都显得苍白无力，行动最重要，心动接着就是行动。"

"但他不说，我哪里知道他心里是怎么想的啊？"

"姐，咱又不是十几岁的小孩儿了，还要写情书表衷肠吗？"

康楠想了想："算了，先不说这些了，先把今晚的事办了，今晚这酒我是真喝不下。"

"没事，姐，有我呢！"小薇笑着，加塞儿把车停下。

两人晃悠着坐电梯走向纯 K，今晚是老赵请客，请了公司里的骨干和重要客户。

老赵今年发福不少，康楠走进包厢的时候，老赵正端着酒杯站在落地窗前看着夜色里五光十色的 CBD，不时地喝一口酒。老赵看见康楠和小薇进来，放下酒杯，指了指旁边的位置，邀请康楠坐下。其他人都还没到。

"恭喜啊，康总，披荆斩棘，拿下合同。"老赵笑眯眯地说。

"赵总，您别拿我开玩笑了，这不都是因为有您的支持嘛！"康楠也笑着回答。

"我早就说过你不会让我失望的。过完年，我们公司就会融资成功，你们的未来就是公司的未来。"老赵说得风平浪静，暗指这次融资之后会有人升迁。

一旁的小薇听得心潮澎湃，但康楠没有表态，小薇只能压抑着内心的雀跃。

本应开心的康楠却显得有些严肃："全靠赵总栽培。"

正说着，包厢的门被打开，林潇带着几个客户走进来。林潇看见康楠和老赵正在说话，脸上稍微怔了一下，马上又恢复正常，笑着打招呼。

大家陆续到齐，几杯酒之后，老赵拿起麦克风，说了几句感谢的话，然后给在场的人都发了红包，提前庆祝新年，整个包厢喜气洋洋、一团和气。

跟客户喝完一圈酒，康楠默默地坐到了角落里，喝了一杯水，看着眼前觥筹交错的景象，整个人有些抽离。小薇眼尖，注意到康楠一个人坐着，就端了一份果盘过来，递给康楠一个番茄乌梅："咋了姐？你好像不太高兴啊！"

康楠接过小番茄，看见里面夹着的乌梅，放进嘴里。乌梅是酸甜，番茄也是酸甜，但两样东西放在一起吃，却组合成不一样的酸甜，沁人心脾。

"没有，挺高兴的。"

"那是怎么了，KTV 里的酒太假，不舒服？"小薇关切地问。

"不是，还没开始给老王打电话，就说明我没醉。"

本来是一句开玩笑的话，康楠说完却愣住了，她从什么时候开始变得这么依赖老王了？好像喝醉的自己和老王之间是一种必然联系。

"姐，其实你没喝酒也可以给老王发微信打电话啊。"

小薇的话提醒了康楠，她没说话，继续听小薇说完。

"姐，你呀，就是太得体了，把自己放在条条框框里，看着好像是个先锋人物，但对待感情太被动了，你要真喜欢老王，你就主动追啊！他不敲你门，你就敲他门。前几次酒后闹事是意外，那也是老天的安排，既然这样你就应该顺应天意，也犯不着酒后壮胆，你就好好地站在他面前，问他喜不喜欢你，喜欢就在一起，就这么简单！"小薇一口气说完。

这段话每个字康楠都听得懂，但一时难以消化："就这么简单？"

"对！就这么简单！"

"可我还不太了解他是什么样的人啊！"

"在一起了再慢慢了解啊！再说你看那些情侣和夫妻，他们都真的了解自己的另一半吗？等他让你了解完了，他早就被别的小野狗、小野猫叼去了！"

康楠沉默片刻，她觉得小薇说得有道理，为什么自己不敢主动了呢？是因为年纪大了，还是单身久了？

这时候不知道是谁应景地唱起了《勇气》，爱真的需要勇气，来面对"六眼飞鱼"。

康楠望着落地窗外川流不息的车流，陷入了沉思，度过了众人皆醉我独醒的一晚。

第二天一早，康楠元气满满地出现在了小区楼下的广场上，Lucky打着哈欠，等着其他小伙伴。不一会儿，小邱带着昂首挺胸的恺撒小跑着过来。

"楠姐，今儿你怎么这么早啊？老王呢？"小邱睡眼惺忪地被康楠微信叫到楼下遛狗。

"我这不是很久没跟大伙儿一起活动了吗？今天有时间就出来透透气。"

"哦，咱前几天不是刚刚一起吃过饭吗？"迷迷糊糊的小邱一边逗Lucky一边说。

"不重要，我问你点儿事啊，小邱。"康楠清了清嗓子。

"姐，你说！"

"你和老王认识多久了？"

"哟，那可好多年了，我结婚时候搬进来的，那会儿老王就住这儿了，现在我孩子都这么大了。"

"老王一直自己住？"康楠试探着问。

"也不是啊！"

"啊？"康楠心里一紧。

"还有大熊啊，一直陪着老王，好多年了。"小邱挠着头说。

"弟弟，你说话能不大喘气吗？吓我一跳。"康楠松了一口气。

"怎么了，姐？"小邱依然一头雾水。

"没事，就是闲聊嘛！那除了大熊，除了这些邻居，老王身边就没什么……"康楠思索着准确的词汇。

"没什么？"小邱瞪大了眼睛，"哦，我明白了！你也和我一样！"

"啊？你和我一样？"康楠刚刚放下没两分钟的心又被提得老高，"不不不，我们肯定不一样！我是……你是……"

"姐，你不用不好意思！你肯定和我一样！怀疑过老王！"小邱斩钉截铁地说。

"怀疑老王？"现在换康楠一头雾水了。

"之前我和冷函她们也怀疑老王，是不是取向……嗯，你懂的！"小邱挑眉看着康楠。

"啊？不会吧？"康楠悬在高空的心被狠狠地揪住。

"你分析啊，老王，单身，暖男，多金，没有绯闻，还能保持这么多年，很有可能啊！"小邱这会儿来了精神。

"然后呢？"康楠觉得自己眼前一片黑。

"然后我就去试了试老王。嘿嘿。"小邱笑得有些猥琐。

"怎么试的？"康楠这急性子快受不了小邱这大喘气的折磨了。

"以身试法，过程就不跟你说了，有点儿长，哈哈哈哈。"小邱事情没讲完先笑了起来。

"小邱，你说事情能一下说完吗？什么有点儿长啊？"康楠要疯了！

"试法的过程有点儿长，但老王经受住了我的考验，并且很快看出了我的意图，义正词严地澄清了我的猜疑，搞得我还有点儿不好意思。但通过这事我发现老王真是个好人，性格真好，都没跟我急眼。"

听完小邱一段离谱的讲述，康楠长长地出了口气。

"你可真行，还以身试法，就不怕玩大了，他让你无法脱身？"

"都是男人，怕什么，再说了，就算他真是，我也不会歧视他，好人就是好人，哥们儿就是哥们儿。"小邱说话时语气还挺骄傲。

"那我就放心了。"康楠说。

"什么放心了？姐，你今天有点儿不对劲啊，你到底想问什么啊？"小邱到现在还没反应过来。

"没事，没事，时间差不多了，我该去上班了，晚上再约你们一起遛弯儿啊，拜拜！"康楠说完，没等小邱反应过来就带着 Lucky 走了，留下小邱一人在原地挠头。

早上被小邱的大喘气吓得够呛的康楠，坐在电脑前仍心有余悸。她琢磨着，老王果然一直都是自己住，和他关系这么近的多年邻居都能为他证明，可信度非常高了。想到这里，她心里敞亮了不少，拿起电话给老王发了微信：要过年了，我想换一套家具，你帮我参谋一下呗，你是艺术家，你的品位我放心。

老王：好，去朋友店，打折。

老王的回复从来都是关键词，很少一个主谓宾都齐全的句子，康楠看了就想笑。

康楠：老王，你简直是宝藏男孩儿。

老王：宝藏大爷。

怎么跟骂人似的，康楠挑了半天表情包也没找到一个合适的，急得够呛，最后回复了一个笑脸的表情，勉强算满意。

康楠把工作交了小薇之后，就高高兴兴地跟着老王去了家具城。路上收到了小薇发来的几十个最流行的表情包，一个一个保存。

一把年纪了连个没过气的表情包都没有，怎么在情场上混？聊天没有表情包，就像上战场打仗没有弹药一样。

老王拿出一张图纸递给康楠，摊开一看，是她家的房间平面图。

"你怎么有这个？"

"物业。你要买什么？"

"床！我要换一张大一点儿的床！"

老王问了她预算、喜欢的风格、喜欢的颜色之后，带着她先后挑好了床、沙发、衣柜、书柜，并对照房间的图纸，告诉她这些家具应该摆放的位置，还贴心地给 Lucky 留出了放狗窝的空间。康楠很是满意，老王又找朋友打了个八折，安排了送货。一切搞定之后，老王开着车载康楠回家，整个过程只用了不到一个下午。

"老王，我还有点儿没回过神呢，你就全都搞定了，你简直是人类的天使！"康楠坐在车里感叹。

"金毛吗？"

"哈哈哈，你比金毛还优秀！至少你不掉毛！"

"感恩！"

老王虽然话少，但笑起来的侧脸很好看，不光是脸，握着方向盘的手指修长干净，整个人都散发着一种荷尔蒙，介于男人和大男孩儿之间。

康楠忍不住偷偷地用鼻子吸气，她想起有人说过，喜欢一个人是可以用鼻子闻到的，就像狗一样，狗能闻出另一只狗的信息，人也可以，虽然没有那么具体，但喜不喜欢是可以感受到的。康楠借着车子转弯的惯性，自然地把身子凑得离老王近了一些。他身上有很淡很淡的烟草味，夹着一点儿沐浴露的味道，还有一点儿温热的气息，康楠有点儿脸红，这种少女才在乎的事情，她一个老阿姨竟然在光天化日之下冒险试探，简直是不要面子的。

第二天，康楠下班回家，打开门，以为自己走错了，整个家几乎全部是新的，新的家具、新的窗帘。康楠回头检查门牌号，确定是自己家，才小心地往里走。老王戴着一顶帽子、白色手套，一身工装，从阳台出来。

康楠才反应过来："天哪，家具今天就到了？"

"嗯，我给工人开的门，还行吗？"老王伸手指了指家具。

"简直太行了！你是田螺姑娘吗？"

"不，我是人类的天使。"

"哈哈哈，老王，你又暖到我了！"康楠顾不上害羞，一不留神说出了心里话。

老王没什么反应，问："旧家具需不需要帮你处理了？"

"有新的谁还要旧的，你看着办吧。"

"那请人回收了。"

"你办事我放心！"康楠瘫在沙发上，恨不得打一个滚儿，突然想起老王还在旁边，整理了一下衣服坐了起来，"你要不要坐一坐，很舒服。"

老王在沙发的另一头坐下："是不错，放在这里正合适，而且这种皮质的沙发好打理，Lucky 上来也不怕。"

老王的话康楠都没听进去，此刻她很想去主动抱抱老王，但理智一直克制着她的身体，她只能定定地坐在那里，既不敢抬头看老王，也不敢轻易开口，怕自己又失态。

如果自己还是 18 岁，她一定敢去，但现在她瞻前顾后，生怕自己好不容易找到的蝴蝶受到惊吓飞走了。

康楠不经意抬头，发现沙发对面的墙上多了一幅画，画的是一个女孩儿抱着一只小白狗，色彩饱满，女孩儿的眼睛炯炯有神，小白狗的样子可爱极了，机灵得像只小狐狸。画的落款写着老王的名字。

"你画的？"康楠惊讶地问。

"嗯，像吗？"

"太像了，老王，你真的是才华横溢的艺术家！"

"言重了。"

"你别谦虚了，你太值得被夸了！画了多久？"

"一周。新年礼物。"

康楠激动得说不出话，老王在她心里的形象变得更高大了。

2

康楠坐在工位上，对着一沓客户资料，翻来翻去，没心思看。

"楠姐，资料有什么问题吗？"小薇很紧张地问，她很清楚，最近正是康楠事业关键的时刻，往前一步就是前途无量。这个时候要是被林潇抢去了机会，康楠以后的工作将不好做，康楠不好过，就是全组不好过。

"没事，我昨晚已经看过了，就是核对一下。"康楠合上资料，喝了一口咖啡。

"哦，姐，最近可是关键时刻，你有什么不满意的，一定要跟我说，我去办。"小薇很是乖巧。

"嗯，辛苦你了，压力也不用这么大，顺其自然。"

"顺其自然，这个词可很少从你嘴里说出来啊，你一向鼓励我们要保持狼性，你为了一单生意能带着整组人连续熬几个通宵，什么时候佛系了？"小薇诧异地问。

"最近发现，人活着不能只为了工作，生活质感也非常重要。"

"这是受老王影响？"

"来，我考考你，你说，30 岁之后的恋爱该怎么开始谈？"

"姐，这个问题对于二十几岁的我来说显然已经超纲了，但以我的经验举一反三推断，该怎么谈怎么谈。"

"你这不废话吗？"

"那么，姐，你的困惑是？"

"如果我先开口，会不会不得体？"

"有什么不得体的。如果你是 20 岁，我会告诉你先开口的就输了，但你现在已经 30 岁了，你有多少时间搞弯弯绕绕、心理斗争那一套？你现在不是小白兔，你可是女战士，小怪兽都不怕，还怕一个养金毛的大叔？"

"你少一口一个 30 岁 30 岁的，我自己能说你不能说！"

"对不起，对不起，我这不是爱之深责之切嘛，想赶快点醒你。"小薇说着撒娇似的用一根手指戳康楠的肩膀。

"原谅你，那这个……"

"别这个那个的了，看你红鸾星动，正是桃花最旺之时，今晚就去！不然你新年都过不好！"小薇说完把康楠的手机递到她手上。

康楠受到小薇的鼓舞，深呼吸，给老王发了微信：老王，谢谢你帮我买家具，晚上想请你吃个饭。然后发了一家自己常去的日料地址。

过了一会儿，老王回信：好。

康楠迅速回了一个大笑的表情，发完之后看了看自己微信里的表情包，就把手机递给旁边的小薇："来，把手里的工作放一放，帮姐姐把表情包再更新一下，要稳重中带着可爱的。"

"好咧！"小薇狗腿地接过手机，眉开眼笑地说，"姐，这月报销您该批了！"

"知道了。"

正说着，康楠抬头，看见林潇带着一个年轻人走过来。这个年轻人西装笔挺，面带微笑，看着眼熟，但康楠又说不出来在哪儿见过。

"给大家介绍一下，这是我们组新来的同事，徐州，在国外上学，学的是市场营销专业。"林潇向大家介绍。

"大家好，请大家多关照！"徐州笑着环顾四周，在康楠这儿稍作停留。他打完招呼就跟着林潇回了自己工位。

小薇没见过徐州，过来跟康楠八卦："早上就听说要来一个实习生，据说是老赵的外甥，林潇听说马上主动邀请实习生到自己的团队，看他攀附皇亲国戚那样儿。但这小伙儿形象可以啊，身材不错，可奶可盐……"

"什么奶、盐的？什么意思？"康楠不懂。

"嗯，就是好入口……姐，你不光表情包过气，词汇量也跟不上了啊。"

"你的报销是不想批了吧？"

"哎呀，姐，这不是跟您开个小玩笑吗？给您叫的咖啡到了，我去前台拿。"说完，小薇屁颠儿屁颠儿地出去了。

　　康楠盯着对面墙上的时钟，指针即将指向晚上七点整，她迅速把已经收拾好的包跨在肩上。走到前台，时间正好七点，康楠准时打卡下班。这还是康楠参加工作以来第一次这么盼着下班，之前小薇急着去蹦迪踩点打卡还被康楠批评过，现在轮到自己了，但她管不了这么多了，现在最重要的是去寻找幸福的入口。

　　刚出公司的门，康楠就收到老王的微信：门口稍等我一下，我开车了，一起去。

　　看完信息的康楠脸瞬间红了起来，进了电梯，急着按关门键。电梯门马上就要关上的一刹那被一只手拦住，门重新打开，老赵走了进来。

　　"赵总。"康楠有些意外。

　　"小楠有事吗？我临时要去开个会，你和我一起去吧。"老赵说。

　　"啊？赵总，我有点儿急事要办，我让小薇陪您去？"这是康楠第一次拒绝老板安排的工作，但她声音很坚定。

　　老赵回头看了看康楠，笑了："去吧，约会重要。"

　　康楠想解释，但又不知道该怎么解释，犹豫着，电梯就到了一楼。老赵先出了电梯，康楠跟在后面，听见老赵拨通了林潇的电话，头也不回地走了。

　　老赵一向和蔼，不像是会生气的样子，但通常也看不出他的真实情绪。算了，康楠来不及想那么多，今天有更重要的事情，她加快脚步走出大厦，等待老王的车。

　　康楠小时候听爸爸讲童话故事，她问："会有南瓜车来接我吗？"她爸爸回答："我的宝贝女儿是最美的公主，是公主就会有漂亮的马车来接。"长大之后，康楠知道自己活不成童话，但此刻晚风轻送，月色朦胧，道路两旁灯火辉煌，等待有人来接自己的时刻真的很美好。

不远处一辆吉普车缓缓地开向康楠，车窗摇下来，老王在里面朝她摆摆手。如果是往常，康楠一定会像小鹿一样跳上车。但她一直牢记小薇传授自己的经验之一——收起自己的锋芒，做一个需要被男人照顾的优雅女性，不是因为比男人弱，而是在给男人展现魅力的机会。于是康楠假装用力拽了两下车门把手，都没有打开，嘴里还娇滴滴地发出"啊""啊"的声音，她拙劣的演技是在 Lucky 撒娇时捕捉到的。

老王看康楠没有打开车门，解下安全带，下车帮她把副驾驶位置的车门打开，在她钻进去的时候又绅士地用手保护了一下她的头顶。

康楠觉得这招很受用。

车启动的时候，在后视镜里，康楠隐约看到林潇带着徐州走出大厦。

"想听什么歌？"老王问。

康楠回过神，轻声细语地说："都行，听你的。"

"老歌？"

"行啊。"

"别嫌老。"老王说完，放了一首歌。

邓丽君的《微风细雨》，确实是一首老歌。康楠的父母是邓丽君的歌迷，小时候听过很多邓丽君的磁带。

"听过？"

"我要说我听过是不是也暴露年纪了？"康楠莞尔一笑。

老王笑了："真听过？"

"是啊，邓丽君啊，中国人谁没听过邓丽君，人家小时候也跟着爸爸妈妈听过很多呢。"康楠在说"人家"两个字的时候差点儿咳出痰来。

"你最喜欢哪首？"老王对康楠今天格外的温柔却没什么特别反应。

"《甜蜜蜜》吧，因为喜欢陈可辛的那部电影，当年复映的时候我还特地去电影院看过，张曼玉追车的那段我哭了好一阵子。"这段话康楠几乎没有经过修饰，尽管她从不愿意在别人面前暴露自己感性的一面，但在老王面前毫无意识地把自己柔软甚至脆弱的一面展现了出来，没有遮遮掩掩，没有矫揉造作。

"下一首就是。"

当《甜蜜蜜》的前奏响起时，整个车里充满了温柔和暧昧，在邓丽君轻柔甜蜜的歌声里，两个人安静下来，康楠的心却跳得很快。

这家日料店位于三里屯附近的一个巷子里，虽在繁华地段却也十分安静。

很快，两人面前的餐桌上已经摆满了菜品，刺身拼盘、北海道盐烤秋刀鱼、芝士焗虾、松茸汤、黄金天妇罗、芥末章鱼、乌冬面。菜是康楠点的，由于心不在焉，菜点得有点儿多。

点完菜康楠就后悔不已，哪个女孩儿和喜欢的男孩儿约会这么能吃的？

"不喝点儿酒吗？"老王笑着问康楠。

提到酒，康楠有点儿心虚："我其实，不太喝酒的，都是被逼的。"

"小酌。"

"对对，我也是赞成小酌。"

如果小酌的标准是一杯红酒起，那康楠确实符合小酌的标准。

"有推荐吗？"

"梅子酒啊，他家有一款抹茶味的梅子酒！"康楠脱口而出，说完却恨不得抽自己两下，这打脸的速度比喝酒还快。

眼看酒菜备齐，老王端起酒杯："干杯！"

康楠露出略带害羞的神色，脸上有些热，再加上今天的腮红颜色有点儿重，让她显出一种酒不醉人人自醉的效果。她缓缓地举起杯子，轻轻地和老王手里的酒杯碰了一下，将酒杯放到嘴边的时候尽量控制自己抿了一小口。

如果是往常，在美食面前，康楠是心无旁骛的，即使在和客户的饭局上，她都会先吃个半饱再开始聊正事，如果吃得不可口，还会示意小薇加菜。但今天康楠难免要辜负美食了，她吃了一块寿司，蘸多了芥末，被芥末呛得直流眼泪。老王急忙递过来纸巾。

"没事吧？"

"没事，我的天，一时大意，我平时不这样的。"

"今天是怎么了？"

康楠喝光了杯子里的热茶，嘴里冒出了热气。

"今天不太一样……"康楠停顿了一下，说，"老王，对不起，那天我一时冲动，抱了你，你没生气吧？"

老王听完笑了："就为这个？我一个男的，还是被美女抱，有什么好生气的？"

老王嘴甜得让康楠有些脸红："你怎么这么随和啊？你对谁都这么好吗？"

"我？"

"嗯，我第一次因为 Lucky 和大熊的事跟你急，冲你发脾气，你都没生气吗？"

"当时也没想那么多，你觉得我应该生气吗？"老王笑着反问，眼睛里亮亮的。

"还有后来我喝醉跟你闹事，你不会觉得我很没礼貌吗？"

老王做思考状。

康楠见老王对"千娇百媚"的自己没有预想的那么感冒，她决定用小薇传授的第二套经验——主动出击。在适合的情况下女孩儿主动表露心意会事半功倍，特别是对害羞木讷的男生格外有效。本来这个锦囊康楠想下一次用的，但她现在有些按捺不住了。

"还有，我和 Lucky 不停地给你添乱，你为什么都那么有耐心？"

康楠急着一股脑儿地把心里的问题都说出来，等着老王回答。

老王放下筷子："所以，我应该……"

"所以，我想问你，你为什么对我这么好？你知不知道，就因为你这样对我，我现在喜欢你了，想和你在一起！"

明明是表白的话，可从康楠嘴里说出来就跟下军令状似的，她说出这句话后恨不得捂住耳朵跑出包间。这种少年时期才该有的表白从如此彪悍的女人嘴里说出来，显得有些不搭。这种表白和她预想的完全不一样，她意识到自己冒失了，但说出去的话覆水难收。

时间一点一滴地过去，康楠不敢抬头看老王，内心慌乱极了，害怕又好奇老王的回应。

此刻老王也被对面这个姑娘的一番话震住了。老王单身多年，早已修炼得内心不再容易有波澜，但康楠确实是一个特别的姑娘，这一点从康楠喝醉找到他家敲门的那一刻开始，他就知道了。他已经习惯了被康楠"打扰"。

老王笑着干了酒杯里的梅子酒，抹茶的香气和酒一起飘进胃里，让他清醒了一些："看来这酒劲儿很大啊，刚喝这么点儿就醉了？"

康楠又干了一杯，缓了一口气，又给自己倒了一杯酒。

"老王，我有点儿唐突了，但说的话是真的，你不用急着回答，你知道就行了。你看，本来今天是为了感谢你的，被我搞得好像逼良为娼一样，我就说我不会处理这种事，果然，来来，喝酒！"康楠说完，一饮而尽。

老王再次被康楠逗乐了，他本想说些什么，但一时不知该怎么开口，索性也干了一杯。

菜几乎没动，酒点了两次。

这可能是康楠经历过的唯一也是最失败的一次表白。康楠自责一路，越想越自责，后悔自己如此冒失，后悔自己口不择言，不知道老王会怎么想自己。康楠并没有因为表白而豁然开朗，反而更加迷茫，老王到底什么态度呢？

酒后的老王叫了代驾。康楠把车窗摇开一点儿缝，老王坐在她身旁，冬天干冷的空气吹到她的脸上，让她有些放空。

等红灯的时候，老王看见康楠的侧脸被路灯和月光映出了一道金边，她走的时候在洗手间补了一点儿口红，此刻显得格外鲜艳，于是他会心地笑了。

康楠感觉这段路很长，终于到了小区楼下，她和老王下车，往前走了几步，老王突然停住了："康楠，我有话对你说。"

康楠意识到老王的异样，紧张地等待老王的下一句，她感觉接下来老王的话如同可以宣判她的生死一般关键。

可就在老王要继续说的时候，他抬头发现他们的不远处站着一个人，那人身着红色大衣，戴了一顶黑色的帽子，帽檐上有一个蝴蝶结，一只手搭在拉杆箱的拉杆上，另一只手扶着额头，尽管看不清面容，但已经可以感受到她的一番风情。

红衣女人转头看向他们，然后一把推开拉杆箱，跑过来，扑向老王，双臂紧紧地抱住老王，声音带着几分娇柔："亲爱的，我就知道你还在，我真的太想你了，对不起！"

看到这一幕，康楠已经彻底蒙了，真是世事难料，人生就是你永远不知道下一秒钟究竟会发生什么。

康楠不知道该怎么办，本能地想逃。趁着那两个人还在久别重逢，她快速迈开步子，像是一个巧合经过的人径直走开，心里却觉得自己像一只落水狗，踩着树荫急匆匆地跑回了家。

康楠一夜未眠，没哭，也没给任何人打电话。

第二天一早，她收到了小邱的微信：楠姐，特大新闻，老王的前妻回来了！

康楠关掉手机，掩面而泣。

Chapter 14

20岁的奋不顾身，
到了30岁就是
强人所难

周末，小区附近的咖啡厅。

康楠戴着墨镜，遮住了哭红的眼睛。

"楠姐，你在屋里还戴墨镜啊？"小邱问。

康楠喝了一口咖啡："我长了个针眼。"

"不严重吧？"

"不严重，你说吧，咋回事？"

小邱像被打开了开关，开启了八卦模式，滔滔不绝、绘声绘色地讲起了刚刚从老王那里得到的关于老王和他前妻的故事。

老王很有艺术天分，从小学画，年少成名，后来认识了当地艺术团的台柱子——年轻的舞蹈演员韦玲玲。韦玲玲被老王的才华吸引，两人坠入爱河。但韦玲玲希望有更大的舞台，获得了老王的支持，于是两人北上。

刚来北京的时候两个人一起吃了很多苦，为了省房租住在朋友半地下的画室里，冬天没有暖气，只能烧火，有一次两人睡过头，差点儿一氧化碳中毒。后来韦玲玲考进了北京的歌舞团，每天老王都骑一辆破自行车去剧院后的拐角处接韦玲玲，怕给韦玲玲丢人。

老王一路骑得汗流浃背，白衬衫都湿透了，帆布鞋把自行车蹬得咔咔响。韦玲玲一只手抱着老王的腰，一只手攥着裙脚，不然裙子会卷进车轱辘里，尽管动作很吃劲儿，可脸上依然恬静，在月光下好看得像一幅画。

后来经朋友介绍，除了团里的演出，韦玲玲和老王开始跑歌厅，韦玲玲唱歌，老王弹吉他，算是开始在北京站住了脚。接下来几年老王迎来事业的春天，他的画被主流圈子认可，慢慢和朋友一起创办了画室，仿佛一切都步上了正轨。

但好景不长，经常出国演出的韦玲玲羡慕外国的月亮，撺掇老王一起出国。老王意气风发，坚决不走，两个人几次争吵后，韦玲玲一气之下，潇洒地跟一个老外远渡重洋，从此再无音信。

谁想到这次韦玲玲突然回国，距离她出国已经有十几年的时间了。

讲完这些，小邱口干舌燥，喝了一大口已经凉了的咖啡，然后感叹："唉，老王的老婆也真是个狠角色，说走就走，让老王守活寡这么多年。"

康楠和小邱分开后，不知道自己是怎么走回家的。她把自己泡在浴缸里，把头埋进水里，憋了一大口气，一直到坚持不住了，才把头伸出水面，大口喘气，好像这样做，能让憋闷的心好受些。然后她站起来，想把镜子上的水蒸气擦干，镜子里隐约露出自己憔悴的脸。她看着自己，痛骂："康楠，你真是够有出息的！年纪也不小了，却越大越没用，连人家有没有成家都不知道，还去跟人家表白！自己差点儿当了小三都不知道！你还能干点儿啥！只会丢人现眼！"

康楠躺在床上，满脑子都是小邱跟她说的话，她很努力地不去想，但那些话在她脑子里自动活跃起来。

当然还有一部分事情，是小邱也不知道的。

韦玲玲这次回来，老王也非常意外。

韦玲玲刚走的时候，老王确实难过了好一阵子，大概有一年时间他都是靠着喝酒入眠。那段时间是他整个人生里最昏暗的时光。他无心经营画室，到处寻找韦玲玲，问遍了韦玲玲的同事，但都没有韦玲玲的消息，韦玲玲好像人间蒸发了一样。他想出国去找她，但不知道她到底在哪儿。他经常守在歌舞团的门口，想要等待奇迹，说不定哪天韦玲玲就回来接着跳舞了。终于有一天，韦玲玲之前的同事实在看不下去了，告诉老王，他在纽约的一个展览上看见韦玲玲和一个老外在一起。

慢慢地，老王不再折磨自己，后来养了大熊，一人一狗，过得倒也快活自在，只不过老王的生活里没再出现过其他女人。

这么多年过去了，韦玲玲比从前丰满了许多，气质却更好了，眼神也更加自信从容。

她和老王相对而坐，面前沸腾的茶升起一股水汽，把两个人隔开。

"小王同学，其实你没什么变化。"韦玲玲开口。"小王同学"是韦玲玲对老王的爱称，从两人第二次见面后，韦玲玲就这么叫他了。

老王被这久违的称呼吓到了，沉默片刻，心跳平复之后，给自己沏好一杯茶。

"我突然回来一定吓到你了，对不起，可是，我真的太想你了。这么多年，我每天都在想你，后悔当年的意气用事，我想这个世上不会有人再像你一样对我好。我早已厌倦了漂泊，直到我在网上看到了一张北京冬天的照片，看到了我们曾经不知道走过多少遍的天桥，我当时就哭了。那一刻我才知道，纽约根本不是我的家，有你的地方才是家。"韦玲玲说得动情，眼泪滴落在茶杯里，"对不起，我忍不住想把这一切都告诉你，希望还不太晚。"

老王依然没有说话，不知过了多久，他缓缓地说："你这些年还好吗？"

韦玲玲听后起身抱住了老王，眼泪成串地落进他的怀里："你说呢？我一个女人，要在国外打拼，有多难啊！"

"辛苦了。"老王不知该说什么。

"我回来了就好了，有你在就好了。我回来问了好多人，才知道你现在的地址，你知道吗？我多害怕找不到你了。"韦玲玲把老王抱得很紧。

老王有些喘不过气，想推开韦玲玲，却被抱得更紧。韦玲玲抬起头，眼泪从脸颊滑落，滴在老王的衣襟上，马上化成一个小小的黑印。

"你一定还在生我的气，对不起，我这么多年受的苦，都是上天对我的惩罚，我不求你能马上原谅我，只希望你能给我一个弥补的机会，不然我这辈子都不会安心的。"韦玲玲松开老王，盯着老王的眼睛。

老王低下头，说："你带着行李来，是要住这儿？"

韦玲玲再次抱住老王，声音带着哭腔："我在国外无依无靠，难道回来了你还要让我一个人流浪吗？"

韦玲玲的这番话，像是把老王多年前的伤口扒开，不断舔舐着，令老王隐隐作痛。

老王终于站起身："我给你订酒店吧，我这里不方便。"

"小王，你这是要赶我走？"

"我不是那个意思，你住酒店会舒服一些。"

"我不会打扰你，让我在这里歇歇脚吧，我太累了。看在多年的情分上，好吗，小王？"韦玲玲用含着泪的眼睛紧紧地盯着老王，老王不敢再多看她一眼，再看一眼自己就要被这海水一般的眼泪淹死了。

"暂时住，之后再说。"

林潇在会议室里激情昂扬地做完整个季度的工作总结，大家纷纷鼓掌。康楠回过神，跟着伸手鼓掌的时候掌声已经结束了，拍的两下就显得有些突兀。林潇看了看康楠，笑着说："楠姐，该你了。"

小薇连忙把电脑递到康楠的面前，这次总结几天前他们就准备好了，今天是年前的最后一次汇报。现在全公司都知道老赵要提一个副总裁，肯定是在康楠和林潇两人里面选，所以康楠自然成了接下来的焦点。

几夜都没睡好的康楠嗓音沙哑，强撑着精神打开 PPT，说了几句场面话，眼角余光看到徐州在冲自己笑，回头发现老赵和林潇都在认真地看着自己，这反倒让康楠有点儿溜号。她的躯壳完好，灵魂却只剩一半。这一刻她突然觉得这些人很陌生，他们只不过是白天共用一栋写字楼，共用一个会议室，一起等着发工资，一起抱怨市场不好，仅此而已，没谁真的能理解谁的困惑，没人能真的感同身受。

康楠勉强应付了前半场枯燥的汇报，后半场硬生生地把舞台交给了小薇。

散会后，小薇追出来，两人去楼下的星巴克，一人拿着一杯咖啡。

"姐，你怎么了？突然让我说，吓死我了，我没露怯吧？"

"讲得挺好的，你早晚也得独当一面，有机会就得多表现。"

"谢谢姐，但你也知道，我可没什么鸿鹄之志，不像那个林潇，你都没看见，你让我总结汇报的时候，他整个人脸都绿了。"

"为什么？"康楠十分不解。

"因为他们组是他自己讲的，到你这儿却让下属讲，这不摆明没拿他当回事吗？你也知道现在副总裁的位置就是你们两个在竞争，他心里得多紧张啊。"小薇挤眉弄眼地说。

"我还真没想那么多，算了，他爱怎么想就怎么想吧，我现在没空理他。"

"姐，你到底出什么事了？别人看不出来，我可能看出来，说说，有什么我能赴汤蹈火的？"

"我能有什么事啊。"

"肯定是老王！你跟老王怎么了？你真的直接挑明了？"小薇一副八卦记者的嘴脸。

"嗯！"

"哇！然后呢？"小薇很激动地问。

"他前妻杀回来了！"

"什么？"小薇睁大了眼睛。

"我也后来才知道！"

"怎么又冒出来个前妻啊？怎么着，还能破镜重圆啊？"

"还不知道，他的情况有点儿复杂。"

"他到底怎么回事？"

康楠把老王的事情挑主要的讲了讲，小薇听完下巴都要掉在地上了。

"姐，你这还上什么班啊，今天没什么事，走，待会儿咱俩找地方喝一杯，这事妹妹不能不管！"说完，小薇拽着康楠回身要往外走，谁知一头撞进了一个人的怀里。

这人不是别人，正是一脸惊慌的徐州。

"怎么是你？你在这儿多久了？"小薇吃惊地看着徐州。

"我一直在这儿啊。"徐州一脸无辜地说。

"你都听到什么了？"康楠紧张地问徐州。

"我什么都没听到！"徐州举起双手，投降一般。

"你发誓！"尽管是帅哥，但在大是大非上，小薇立场坚定。

"我……就一点点……我不是有意的！事发突然，我想回避的时候你们已经说得差不多了。"徐州两条眉毛都要挤在一起了。

康楠狠吸了一口气！

小薇指着徐州："你，晚上跟我一起走！"

"两位姐姐，你们不会是要灭口吧？"徐州追着康楠和小薇走出咖啡厅。

晚上，酒吧，康楠、小薇并排而坐。

"今天说正事，姐，咱不喝酒了吧。"小薇试探着说。

"嗯。"康楠面无表情。

"好咧！"小薇回头冲着吧台喊，"来两瓶啤酒！"

坐在两人对面的徐州露出惊叹的表情，就差伸出大拇指叫"女侠"了。

康楠和小薇一人喝了一口啤酒，徐州用吸管吸了一口酸奶。

"事先说好，叫你来纯属意外，都是因为你偷听。好在我们大人有大量，不跟你计较，把你当自己人，但如果你要是敢把我们说的任何一句话说出去，你就别想混了！知道吗？"小薇说得极为严肃。

面对美女的威胁，徐州十分识相，努力点头，说："薇姐放心，我保证！"

"得了吧，你相信他？他是个男人！宁可相信世上有鬼也不能相信男人的嘴！你叫他来干什么？"康楠问小薇。

"就是因为他是男的，男人最懂男人，这件事他能从男人的角度分析一下，没准儿有用呢？"小薇说完挑了挑眉。

"两位美女姐姐，我徐州对天发誓，今天的事我绝对不会说出去，我刚进公司还想好好混呢。"徐州嘴倒是挺甜。

"行吧，反正已经这样了，你愿意听就听吧，反正老娘也是破罐子破摔了。"康楠的社交小雷达已经不知不觉发生了作用，她横看竖看，都觉得徐州长得干干净净的，不像是嘴碎的人。

"姐，你不能自暴自弃，这件事，真不能怪你，谁知道老实巴交的老王还有这么狗血的故事啊。而且之前咱们确实也都没想到，也没好好问过人家，咱们就失误在没做调研！"小薇好言相劝。

康楠不说话，这个道理她明白，说到底还是因为自己傻。

"所以啊，姐，你也不用自责啊、难过啊，都不值得，还好现在也没怎么着，咱这算悬崖勒马、迷途知返、见风使舵！"小薇觉得自己越说思路越清晰。

"什么成语啊这都是！"康楠皱眉。

"成语不重要，重要的是，我们不带他玩了，一定还有更好的人等着咱呢，什么老张、老李、老刘，是不是？"

"为什么都是老谁谁谁啊，就不能是小字辈的吗？"

"我错了，小张、小李、小刘！来，喝一个！"小薇俏皮地举杯。

喝完这口酒，康楠心里舒坦了不少。

她们对面帅气的徐州安静地喝着酸奶，这就是传说中的小奶狗啊，小薇忍不住跟他互动："你说呢，小奶狗？"

"我？"徐州没想到小薇让自己发表意见。

"对啊，快，说几句。"本来小薇想着，徐州会顺着她的思路说几句，这样康楠就没事了，谁知道，徐州这孩子咳了一声，说了一句让她恨不得摔了酒瓶的话。

徐州说："我不同意！"

小薇一脸黑线地说："你这孩子说什么呢？你一个小屁孩儿别乱说啊！"她边说边给徐州使眼色。

康楠面无表情地说："让他说！"

徐州自动忽视了小薇的挤眉弄眼："我觉得，老王现在应该心里很复杂，毕竟分开这么多年的一个大活人突然回来了，这事没那么简单吧？"

"你什么意思？"小薇听得一头雾水。

"我的意思是，有两种可能：第一种，老王对他前妻已经没有感情了，彻底死心了；第二种，也有可能老王一直没忘记他前妻，毕竟曾经那么刻骨铭心。越是得不到的，越是让人不肯罢手，这是男人一种原始的占有欲和征服欲。现在那个女人又回来了，多少往事涌上心头，旧情复燃也说不定。"徐州说完，深吸了一口酸奶。

本想反驳他的小薇琢磨了一下，感觉好像还有一点儿道理，不自觉地点了点头。

"有没有感情跟我都没有关系了！他们毕竟夫妻一场，夫妻之间的事情就算再复杂，都不归我们这些外人管。"康楠突然平静地说。

"姐，你的意思是……"

"我现在就把他的微信删了。"康楠说着就去拿手机。

小薇一把拦住她："姐，你这就有些仓促了吧？都是徐州这孩子胡说的，到底怎么回事都不一定呢，这么就把人给删了显得特别小气。再说这不等于直接把老王让给他前妻了吗？"

"我也觉得不能删，不能一遇到丝毫不确定就把对方判死刑，自尊心太强，对于谈恋爱来说不是什么好事。如果你真心喜欢老王，至少你要给老王一次机会。"徐州说。

小薇收回手，悻悻地没再说话，徐州也看着手里的酸奶没再说话。

康楠放下手机，喝了一口酒，长出了一口气："我早就过了二十几岁为爱奋不顾身的年纪，活三十多年了，不愿意勉强自己，也不愿意勉强别人！算了，不想了，喝酒吧！"

康楠说完，三人碰杯。

今晚的酒越喝越精神，当康楠回到家时已是深夜，Lucky 从窝里爬出来跑到她的脚下。她小心翼翼地把 Lucky 抱进怀里，用手轻轻地抚摸 Lucky 圆圆的小脑袋，Lucky 软软的小舌头舔着她的脸颊。

"小东西，还是你最好！走，散步去！"

Lucky 跑到门口摇着尾巴等康楠穿鞋、拿牵引绳。

康楠带着 Lucky 在小区里慢慢地走着，Lucky 被套上了厚厚的小棉服，整个身子更圆了。北京冬天的风不算温柔，却也没有康楠家乡冬天的风刺骨。康楠有点儿想家了。

走了一圈，没有见到其他小伙伴，Lucky 有些扫兴。

康楠不知不觉走到老王家楼下，抬头看向一扇亮着灯的窗户，窗棂上挂着一串风铃，那正是老王家，从窗子里透出黄色的光。

老王家的顶灯是黄色的，照得整个家暖融融的。康楠还夸过老王有品位，整体家居特别有风格，每一盏灯都选得非常考究。老王说自己就是比较闲，才有时间布置这些小东西。但此刻在暖色灯光下陪他一起吃饭、聊天、看电视的是家里久别的女主人，她一定也会喜欢这样温馨的灯光吧？

康楠正想着，突然，灯光被蓝色的窗帘挡住，窗内的人拉上了窗帘。康楠顿时浑身紧张，抱起 Lucky 疾步离开原地，仿佛一个别有用心的偷窥者被人当场发现。康楠只能夹着尾巴落荒而逃，连呼吸都不敢。

不知过了多久，身心俱疲的康楠躺在床上睡着了，呼吸均匀，Lucky 守在她的床边，伸了伸懒腰。

有人敲门，康楠穿上拖鞋去开，竟然是老王。

"老王，你怎么来了？"

"我有事找你。"

"什么事？"

老王没有回答，一只手揽过康楠的腰，轻轻地用力，把她揽进怀里。

两个人的头靠得那么近，康楠惊讶地看着老王。他的眉毛、睫毛、略带褐色的瞳孔、高挺的鼻梁、清晰的唇线、脸上的汗毛都那么清晰。

"老王，你干吗？"

"我来干我该干的事！"

"你该干什么……"

没等康楠说完，老王的嘴唇便凑了过来，热热地、紧紧地贴在了她的唇上。

震惊的康楠想伸手推开老王，可这时老王的舌头用力地开启了她的嘴唇，触到了她的牙齿，探寻到她的舌头。那么柔软、那么炽热，搅动了康楠所有的欲说还休。当一次次的试探最后变为纠缠，康楠整个人都要融化了。她再也无力挣扎。老王的胡楂儿触碰着她光滑的脸庞，她甚至感到久违的兴奋，她觉得身体开始跟着发烫，她有点儿想要那份炽热。

"丁零零……"

一串门铃声响起，Lucky 冲着门叫着。康楠惊醒。她惊慌地从床上坐起，左右看着，床上整洁，并不凌乱。房间里除了 Lucky，没有其他生物。

原来只是一场梦。

康楠穿鞋去开门，一个身着蓝色大衣的女人出现在门口。

"你好，请问是康楠小姐吗？"

还没完全从梦里缓过来的康楠反应有些迟钝："是我！您是？"

"我是韦玲玲，现在住在小王家，你叫我玲姐就行。"韦玲玲微微笑着说。

小王是谁？康楠有些蒙，看着眼前的这个女子，顿时每个毛孔都清醒了，快速用手揉了揉眼睛，原来是老王的前妻找上了门来。

"玲姐，你好，不好意思，我刚刚起床，请进来坐。"

韦玲玲没有拒绝，大方地走了进来。

康楠抱起 Lucky，小心地将它放进窝里，说："别叫，乖！"

Lucky 十分警惕地看着刚刚走进来的这个女人。

"家里很温馨啊，空间利用得很好，装饰很有品位。"韦玲玲漫不经心地环视着整个客厅。

"哪里，要感谢……"即将说出口的"老王"两个字被她生生吞下，老王帮她布置过家具位置的事情怎么可以脱口而出。

"感谢保洁阿姨每周都来打扫。玲姐，你喝什么？"康楠小心地把后半句说完。

　　梦里还有老王，醒来却见到老王的前妻，康楠的心像坐过山车一样，她不得不打起精神了。

　　"不用麻烦了，我是来给你送快递的。今天早上打扫卫生，在阳台上发现了你的快递，不知道是不是着急用的东西，小王不在家，我就给你送过来了。"韦玲玲说完，从包里拿出一个小盒子，递给康楠。

　　康楠想起来，是前几日她给 Lucky 买的小鞋子，快递送来的时候她没在家，就请老王帮忙代收，这几天竟把这件事给忘了。她赶紧从韦玲玲手里接过快递："哦，谢谢玲姐。是给狗买的东西，因为我前一阵儿出差，就让王哥帮忙代收了，回来就忘了去拿，给您和王哥添麻烦了。"

　　"不麻烦，都是邻居，远亲不如近邻，"韦玲玲笑着说，"我刚刚从国外回来，很多邻居都还不认识，有空常去坐坐。"

　　"嗯。"

　　"那我先走了，不打扰你了。"

　　韦玲玲走了，康楠关上门，才发现自己额头上都是汗。

Chapter 15

不要像流浪狗，把施舍当成家

1

康楠一个人坐在会议室里魂不守舍，小薇拿了两杯咖啡踩着高跟鞋经过会议室门口，被康楠一把抓进来。

"楠姐，吓我一跳，怎么，昨天的酒还没缓过来呢？"小薇把咖啡递给康楠。

"小薇，韦玲玲找上家门了。"康楠脸色惨白，连口红都没涂。

"韦玲玲，哪位甲方爸爸啊？"

"比爸爸难伺候……"

"啊？谁啊？"

"老王的前妻。"

康楠刚说完，小薇就被一口咖啡呛到了。

"姐，这又是什么桥段？"

"今早老王的前妻来我家了，给我送快递，之前让老王帮我收的一个快递。"

"她说什么了吗？"

"我有点儿记不清了，但挺客气的。"

"一点儿也没记住吗？"

"哦，她管老王叫小王。"

小薇拍了拍自己的脑门儿："早上我不太清醒，来，我精神一下，开动智慧帮你分析一下。"

没等小薇说话，会议室的阳台上传来一阵电话铃声。

"谁？"康楠和小薇一起回头。

徐州默默地从阳台外进来，双手举起，一只手里拿着手机。

"怎么又是你啊，阴魂不散啊！"康楠有些头晕。

"你怎么又偷听我们说话啊？"小薇指控徐州。

徐州尴尬又无奈地解释："两位姐姐，真不是我偷听，我躲在阳台抽根烟，听见有人说话，发现是你们，感觉出去不合适，躲又没地方躲，实在是对不起，赶巧了！"

"怎么就你那么会赶巧啊！"小薇说。

"说吧，都听见什么了？"康楠叉着腰问。

"嗯，那个，七七八八。"徐州诚实地回答。

康楠无语。

"姐，但小薇姐姐没分析出来的我知道！"徐州急于立功赎罪。

"你这人怎么回事，还抢我活儿呢？"小薇急忙说。

"让他说，我听听。"

徐州得意地朝小薇使了个眼色，狗腿地搬了把椅子，请康楠坐下，又给自己搬了一把，坐在康楠旁边，说："姐，是这样。一个快递不至于让她亲自送一趟，她完全可以让老王送，那么她为什么要亲自给一个不认识的人送快递呢？"

康楠和小薇一起歪头，等他说下一句。

"因为她想看看，老王在和谁走得比较近，她想走进老王的生活圈子，同时也为了亲自确认一下你是谁，再判断你和老王的关系。"

徐州说完，气氛更安静了。

小薇缓了一口气，说："我也想到了这一层，这女的确实有两把刷子，但姐你和老王啥事没有，她见你又能怎么样，你不用怕她，影正不怕身子斜！说反了，身正不怕影子斜！"

康楠依然没有说话，心里一阵一阵地打鼓，对啊，我和老王没事的话，我为什么要说谎呢？

"表面是没事，但心里有没有事，只有你和老王知道。"徐州说完，挥一挥手，大摇大摆地开门走了。

小薇指着走出去的徐州，回头看着愣在原地的康楠，心里大概明白了，没再说话。

结果这一天，徐州这句"心里有没有事，只有你和老王知道"一直在康楠脑子里萦绕。

晚上，康楠躺在床上，Lucky 静静地舔着爪子。

微信群里有消息提醒，康楠拿起手机。

"狐朋狗友"群，小邱邀请了韦玲玲进群。

小邱受了媳妇的气带着恺撒在小区里转悠，转个弯，恺撒突然开始跑起来，小邱牵着绳子跟着，抬头看见一个一身运动服的女子牵着一只金毛，走近一看是大熊。

恺撒和大熊亲昵地打招呼。

小邱猜出遛大熊的应该就是传说中老王的前妻。

"是前嫂子吧，我是小邱，老王的邻居。"小邱热情地自我介绍。

"你好，小邱，我刚回国，小区里的邻居还不认识。"韦玲玲笑着说，对"前嫂子"这个称呼一点儿也不尴尬。

"没关系，慢慢就熟悉了，我们的狗都在一起玩。"小邱有礼貌地憨笑。

"每天遛狗的人多吗?"

"挺多的,每天晚上都能碰见,偶尔还一起组织活动。"

"那真的太好了,真热闹,我之前还担心回来之后跟邻居陌生呢。"

"不会的。"

"那你们都怎么联系呢?"

"微信,我们有微信群。"

"那你把我也拉进群吧,我想跟大家认识一下,周末请大家吃饭。"

小邱听了韦玲玲的这个要求,立刻后悔自己多嘴,如果要介绍也应该老王自己介绍,他把韦玲玲拉进群里算怎么回事,这仿佛违背了男人之间的某种契约。

小邱犹豫着,灵机一动,刚要编瞎话说自己手机没带出来,结果媳妇打来了电话。小邱连忙尴尬地从裤子口袋里掏出电话,接起来,媳妇的咆哮声传来:"你十分钟之内不到家,你和你的宝贝狗都别回来了!"

小邱连忙答应,挂了电话,抬头一看,韦玲玲已经拿出手机,笑眯眯地看着他。

无奈之下,小邱磨磨蹭蹭地打开微信,扫了韦玲玲的二维码,加了好友,找到微信群,在韦玲玲的微笑注视下把她拉进了"狐朋狗友"群。

老王家灯火通明,老王一个人在厨房里安静地忙活着,只有锅里的汤咕嘟咕嘟冒泡的声音。

韦玲玲牵着狗回来了。大熊跑到厨房门口看了看老王,又凑到汤附近闻了闻,然后乖乖地回到了自己的窝里。

"老王,我在楼下遇到了小邱,特别热情的小伙子,他给我介绍了小区的情况,说你们经常在一起遛狗,还把我也拉进了遛狗的群里。"韦玲玲在卫生间里洗完手出来。

老王手里正在切菜的刀停了两秒钟，然后继续切。

"你在做什么啊？这么香。"韦玲玲从后面抱住老王。

老王手里的活儿没有停。

"你原来都不下厨房，就是个艺术家，连蛋炒饭都不会做，真想不到现在你做饭的手艺这么好。"

老王把切好的菜放进盘子里，身体离开了案板，韦玲玲自然地把手松开，从盘子里拿起一块切好的西红柿放进嘴里，带着些俏皮，像个少女。

"空腹不要吃西红柿。"老王沉沉地说。

"吃一口没有关系。但我的胃确实是给吃坏了，需要好好调理一下。"

"你出去等着吧，厨房烟味大。"

韦玲玲听话地走出去，不经意地说："对了，我在阳台上看见有一个邻居的快递，正好我要下楼，顺便就给送过去了，怕是什么人家着急用的东西。"

老王"嗯"了一声，没多说话，端了一盘蔬菜沙拉出来。

韦玲玲倒是十分大方，主动接过盘子，同时将脸凑近老王的脸，一双水汪汪的大眼睛盯着他的眼睛："康楠小姐长得很漂亮啊，又年轻，我看到墙上挂了一幅你的画，所以你们……"

"邻居。"老王的手松开了盘子。

"哈哈哈，我逗你的，你什么时候变得这么一本正经了，都不开玩笑了。"韦玲玲把盘子放到餐桌上，然后坐下。

"你住多久？"老王问。

"我这次回来就不走了，年轻时候觉得自己注定一生漂泊，浪漫又自由，看过了外面的世界之后，才发现自己最爱的还是当初的港湾，我深爱的人在这里，这里才是我的家。"韦玲玲不愧是艺术家，一套散文式的台词说得颇有腔调。

"我帮你找房子。"

"老王，我正要跟你商量呢，我看了这个小区，环境很好，人也和善，你还认识这么多狗友和邻居。本来我还怕突然回国不适应，但在你这儿我就不用担心这个问题了，我会很快融入国内的环境，所以我想就住在你这儿。我父母前几年就走了，现在在国内最亲的人就是你了，你不会不同意吧？"

"不方便。"老王沉默片刻，说。

"不会啊，我不觉得啊，我自己可以找事情做，你忙你的，你不在家的时候把大熊交给我就行了，我们会相处得很好的。"

老王没再说话，心不在焉地吃着沙拉。

"对了，老王，我还有一件事，下周六是我生日，也是我回国后的第一个生日，我想在家里举办一个简单的 Party，邀请邻居们过来做客，这样我可以快速融入大家，你觉得怎么样？"

"生日？"

"我就知道你不记得了，没关系，就是个日子，自己记得就行。"

"但你跟他们还不熟，直接邀请大家很冒昧吧？"

"嗯，还是你想得周到，要不就不说我过生日了，就是请大家来做客，吃吃饭聊聊天。我在国外都呆傻了，就想那天热闹热闹，好不好？"

"随你。"老王说完起身，"我吃饱了，你慢慢吃。"

韦玲玲看着老王走进书房，拿出了手机，打开了"狐朋狗友"微信群。

"大家好，我是韦玲玲，我和老王邀请大家下周六来我家做客，共进晚餐，希望各位邻居赏光。"

信息发出之后，小白、小红第一个回复：王老师邀请我们，一定准时参加，又能蹭饭喽。

王心钰回复：我和冷函下周六有空，谢谢老王和玲玲姐，周六见。

不一会儿小邱也发了消息：好久没聚餐了，老王下厨，我提前一天就不吃饭了，等着这一顿。

大家这么积极主动，首先是冲着老王的面子，更重要的是压抑不住自己那颗火热的八卦之心，想看看一直单身的老王到底是怎么回事。

唯独康楠对着手机陷入了沉默。

正如徐州说的，韦玲玲果然已经开始积极融入老王的生活圈了，请大家去吃饭等于告诉大家她和老王的关系，而且是以主人的身份邀请大家，意味着她和老王重归于好。

康楠举着手机在房间里踱来踱去，去是不去，拿不定主意。

这时，微信又响了，韦玲玲在群里@康楠：小楠，有时间一起来哦，我们还是亲家呢。

无奈之下，康楠回复了一个"OK"的表情。

既然躲不过，那就去一探究竟吧。

康楠公司楼下街角，得知下周六康楠要去参加老王前妻举行的聚会，小薇和徐州一人又点了一根烟。

小薇："姐姐啊，韦玲玲这个女人不简单啊，不就是个前妻吗？怎么这么有底气啊，还要请前夫的邻居到前夫家聚餐，这得是多强的心理素质啊！"

徐州说："她果然很急于融入老王的生活，看来她是真的想和老王和好。"

"什么意思呀？"小薇被烟呛得咳嗽。

"如果不想和老王重归于好，何必大费周章地请老王的邻居吃饭啊？"徐州不紧不慢地说。

"这不是有病吗？当初自己走了，现在回来求和，把感情当什么啊？都可着她一个人玩啊？"小薇愤愤不平。

"唉，我这一天天都遇到的是什么事啊？"康楠想想周六的聚会就头大。

"楠姐，你也不用愁，这也不见得是坏事！也可以是一个机会。"徐州熄灭了手里没抽完的烟。

"怎么说？"小薇好奇地问。

徐州对着康楠点了点头，仿佛是鼓励，说："楠姐，你周六大大方方地去，你和韦玲玲在同一张餐桌上，这样更容易知道老王的态度。"

"你的意思是，好比'我和你妈同时掉进水里，你要先救谁'这种考验？"小薇觉得自己有点儿上道了。

"类似吧。"徐州说。

"我为什么非要和她比？"康楠听完之后，说出内心最疑惑的问题。

"姐，咱不怕比啊。你比她年轻漂亮，在国内正混得风生水起，她在国外一无所有才夹着尾巴回来的，她有什么啊？"小薇也熄灭了手里的烟，急忙说。

"她有和老王的回忆。"徐州淡淡地说。

"那也是痛苦的回忆。"小薇很是不服。

"好了，好了，越说越乱，就告诉我周六我该怎么办吧？"康楠有点儿气急败坏。

"走，姐，我陪你把上周看的那套博柏利新款大衣买了，阵仗不能输。"小薇说着就要拉着康楠走。

徐州拦住小薇："用不着，一切正常就行，不要和之前有任何不一样的地方，越自然越好。你隆重一分，老王的前妻就多加一分，因为这表明你在意。心里有了在意的东西，就有了软肋，别人就知道该怎么对付你了。你就要漫不经心，从容不迫，因为越努力握紧往往越容易失去。"

康楠听完徐州的话，很是受用，不禁赞叹："徐州同志，你怎么鬼主意这么多？"

徐州笑了笑，得意地说："毕竟我是局外人。"

小薇投来崇拜的目光。

2

老赵召集全员会议，之前传得沸沸扬扬的副总位置看来今天要有一个结果了。

康楠坐在最前排中间的位置，入行快十年了，什么大风大浪没见过，但此刻还是有些紧张。林潇在她对面，也是一脸严肃，脚在桌子底下不停地抖着。

整个会议室气氛严肃，大家偶尔交头接耳，不时地看向康楠和林潇这两位副总裁的候选人，都在猜测今天谁能得偿所愿。强者对抗只有胜者为王，竞争氛围简直比选秀比赛还激烈。

老赵姗姗来迟，身旁跟着几位董事。老赵正对着康楠和林潇坐好，但一直没有看向康楠。

大家安静下来，老赵开口了："今天把大家召集到一起，有几件事情要宣布。我们公司成立到现在，从小到大，从默默无闻到跻身行业领先，离不开每一位员工的努力。但公司逐渐做大，加大了管理的难度，如果一台机器不能有效运转，将随时会被更先进的机器取代，所以我很早就决定要调整管理结构，在几个销售团队里提拔一位副总裁，统管销售业务，直接向我汇报。几位老将有的是跟我一起打江山的，有的是中流砥柱，为公司立下汗马功劳的。副总裁这个位置意味着更多的责任和担子，希望大家明白。好了，我正式宣布，晋升为副总裁的人是……"

此时大家都屏住呼吸，等待老赵这个老油条说出那个名字。

康楠手心一直在出汗，林潇的身体坐得笔直。

"晋升为副总裁的人是林潇。"

林潇团队的人带头鼓掌，欢呼声中林潇松了一口气，站起身来接受大家的恭喜。

康楠听到"林潇"的名字，脑袋里一片空白，跟着周围的人一起机械地拍手，心里不知道应该有什么情绪，冷静极了。倒是小薇和她团队的同事们气得攥紧拳头。

散会后，康楠被老赵请到了办公室。办公室门口挤了一堆人，想听听本来赢面很大的康楠会不会跟老赵发飙，甚至当场离职。大家心知肚明，康楠从实习生做到业务骨干，一路披荆斩棘，和公司一起度过很多沟沟坎坎，一直受到老赵的重用。即使之前出现过项目因创意抄袭被客户撤单的事情，也被康楠成功化解，转危为安，并拿到了销售冠军。

实力归实力，但如果不是老赵在背后撑腰，任谁也不敢有这样的底气。如今在事业转折的关键时刻，老赵却扶持了后起之秀林潇，而且林潇还是康楠一手招进公司培养起来的，此刻康楠心里要是能平衡才是见鬼了。

康楠和老赵面对面地坐着，两人都没有说话。

老赵泡了一壶茶，递给康楠。

老赵虽人到中年，但保养得不错，潇洒依旧。要是去当演员，也会是郑少秋那种常青树的等级。

康楠接过茶，喝了一口，缓缓地说："赵总，我没事，您想说什么就直说吧。"

老赵给自己也倒上一杯茶，看着康楠："小楠，我知道你心里委屈，你有什么疑问尽管问。"

"为什么是他？"康楠终于忍不住了。

"从公司目前的状况来看，林潇是最好的选择，毕竟这个公司未来要面临前所未有的压力，你在公司这么久，一直身处一线，市场情况你最了解。"

"您觉得我肩负不起这样的压力？"

"你的实力我完全相信，但我对你的个人发展有其他考量。"

"个人发展？赵总，您直说了吧，是不是因为我是女的，公司担心我未来结婚生子会耽误工作？"

"康楠，你想多了，我没有这个意思，如果你这么偏激地想，那我们也没有必要再谈了。我批你年假，你去休息一段时间吧。"老赵一改往常的温和。

康楠从未想过有一天会和老赵这样针锋相对地说话，也从来没有想过会被老赵要求休假，在这个节骨眼儿上休假，等于把大把的资源和业绩拱手让给林潇和其他人。

康楠激动地站起来："赵总，您什么意思？这个时候我不能走，开年又是新一轮的市场大战，这时候我走了，等于撤了一个山头的兵啊。"

老赵渐渐严肃起来："你把自己看得太重要了，你休息，自然会有人接替你，我有我的考量，你不必多说了。"

看来老赵早就想好了，说再多也没有用。康楠强忍眼里的泪水，站起身，咬着牙说："好！"

康楠打开赵总办公室的门，一群人一哄而散，只有小薇一脸迷茫地站在她面前。

康楠没有停留，一路往外走，小薇一路跟在她身后："姐，到底怎么回事啊？老赵跟你说什么了啊？"

"小薇，你帮我收拾东西吧，我要休息一段时间，你可能要委屈一下了。"

康楠站在自己的工位前，却不知哪些才是自己的东西，文件夹和里面的资料都是公司的，相框里是去年获得优秀员工的时候和团队的合影。康楠从未想过，原来离开公司的时候可以这么轻松，仿佛一点儿痕迹都不需要留下，也什么都不需要带走，一身清爽。

周围的同事都站起来默默地注视着康楠，她团队里的伙伴眼睛都有些泛红，想上前和她说话，但都被小薇拦住了。他们都惊讶一个职业生涯大好、业绩可以封神的职场大牛竟然在一天之内，经历了晋升失利，又被老板"放假"。一向骄傲的女强人，此刻在自己的工位面前几乎被扫地出门，这是何等的委屈和挫败。

康楠把相框放进背包里，长出一口气，嘴角挤出一个微笑，冲小薇和自己团队的同事点点头，然后大步往外走。刚走出两步，林潇挡在了她面前。

"楠姐，这就走了？"

康楠抬头盯着林潇："恭喜你！"

"谢谢，我能有今天必须要感谢你带我入行，教会我很多。但今天我既然能够被董事会肯定，得到晋升，足够说明我的实力。希望楠姐能心服口服。"

林潇说话的样子像是换了一个人，是康楠不曾认识的那个谦逊礼貌的人。

"林潇，你能晋升副总裁确实证明了你的实力，但并不代表我做不到。还有，我不曾对你有半分不好，你不必对我有敌意吧，为什么我离开，你这么幸灾乐祸？"

"康楠，今天大局已定，索性我们就把话说清楚。当初你对我好还不是因为我可以帮你分担压力？等我羽翼丰满，你又是怎么带走一大半资源去另立山头的？干不下去了又回来和我争？别以为我不知道你的单都是怎么来的！"林潇说话的样子很可怕，让康楠不禁打了个冷战。

"林潇，你什么意思？"小薇气得脸通红，她一直不喜欢林潇，一直怀疑林潇，可当林潇终于摘下面具，竟然比想象的更加面目可憎。

"也算你一个！你们除了会唱歌、喝酒、坐老板大腿，还会什么？"

"林潇，你喝多了吧？你别太过分了！"小薇指着林潇的鼻子，双眼通红。

康楠拦住小薇，转身对林潇说："林潇，我从带你入行到你今天晋升，我从未对不起你，工作上有竞争也是制度使然，属于良性竞争，我可曾害过你？"

"对，你说，楠姐什么时候害过你？不仅没对你不好，知道你生活压力大，还把手里的几单都放水给你，让你去签，你今天这么说话有良心吗？"

"少给我假惺惺的，你因为什么我会不知道？！你嫌弃那几单利润小、回款慢，为了冲更大的业绩，不然你会把客户拱手让给我？我告诉你吧，康楠，我早就受够你趾高气扬的样子了，我早就盼着你有今天了！"

康楠面对已经面目全非的林潇，气得无话可说，只感觉手一直在抖，从牙缝里挤出一句："你说够了没有？"

"没有，你之前犯了剽窃那么大的失误，都能无事过关，换作别人早就卷铺盖回家了，原因我不知道吗？"

"你知道个屁！"

在场的同事一片哗然，议论纷纷。

林潇意识到自己冲动说错了话，可覆水难收，只能继续看着康楠。

此刻康楠的承受力已经到达爆发边缘："你知道什么？"

"我给你留着面子，你别不知好歹！"

林潇话刚说完，脸就被狠狠地扇了一巴掌，康楠用尽全身力气打了过去。

现场安静极了，所有人都睁大眼睛看着这两个人。康楠长这么大，除了高中时候为了帮邻居姐姐出头、扇过小混混儿一巴掌，之后就再也没跟任何人动过手。她一直克制、冷静，不愿和任何人发生冲突，可是今天面对如此侮辱，她如果再不爆发简直觉得自己窝囊，自己都看不起自己。

"都在这里干吗呢？"老赵从人群后面喊了一声，同事们回头看见老赵，给老赵让出一条路。

老赵看了看康楠和林潇，对康楠说："怎么还不走？"

康楠抬头看着老赵，这个曾经给自己重要机会、帮助自己成长的师傅一般温暖的人，此时竟也帮着林潇说话，让她的心凉了一半。仅存的一点儿理智提醒她，无论任何时候都要优雅。她转身环顾周围的同事，目光坚定，对着大家说："感谢大家一直以来的关照与包容，山水有相逢，我们江湖再见！"

康楠与老赵擦身而过，感到老赵眼中有些许异样，但她顾不上那么多，只想尽快离开这里。

康楠头也不回地走出公司，拦车却一直拦不到，好不容易等到一辆还被人抢了，让她的心情更差了。

徐州不知道什么时候跟着她出来了，把车开到她面前："去哪儿，我送你。"

康楠惊讶地看着徐州："你跟来干什么？"

"我一个小实习生，没人管我，走吧，这么冷的天不好叫车。"

康楠犹豫了一下，还是上了车。

"你来干什么？替林潇看我笑话？"

"姐姐，我是你的人。"

"最好是！"康楠系上安全带。

"姐，我们去哪儿？"

"我心里堵得慌，走，去发泄一下！"

康楠和徐州坐在 KTV 的包厢里，康楠一首接一首地唱着，从叶倩文到张惠妹再到孙燕姿，唱到《雨天》时已经声音沙哑，唱了两句副歌，已经泣不成声。

徐州递过来一瓶啤酒，康楠擦了一把眼泪，一口气喝了一瓶。

康楠喝完，拍了拍徐州的肩膀，语重心长地说："弟弟，姐不是酒鬼，原来姐姐也是滴酒不沾的，后来慢慢地发现，酒真是让人又爱又恨。有时候它是个好东西，虽然伤身，但是暖心，能让人忘了痛苦，但有时候又是毒药，喝完让人浑身酸痛，头都不是自己的。"

徐州听完主动和康楠碰杯，两人又各自喝了一大口。

徐州说："姐，你不痛快就多喝点儿，发泄出来就好了。"

康楠拿起麦克风："再唱最后一首，唱完就回家。"

孙燕姿的《逃亡》，大屏幕上出现一个短发的小女生，浑身散发着倔强和坚定。

踩着月光打开车窗
离开这城市想找个解放
一路开往最高那一座山
孤单的想象寂寞的逃亡
我想是偶尔难免沮丧
想离开想躲起来
心里的期待总是填不满
我看着山下千万的窗
谁不曾感到失望
就算会彷徨也还要去闯
关于未来只有自己明白
不想让心情被现实打败
一路开往最高那一座山
孤单的想象寂寞的逃亡

......

我站在靠近天的顶端

张开手全部释放

用月光取暖给自己力量

才发现关于梦的答案

一直在自己手上

只有自己能让自己发光

康楠用力握紧麦克风，每一句、每个字都在呐喊，这首歌太应景了，她有些醉了。

从 KTV 里出来，徐州叫了代驾，两个人上了车，驶向康楠的家。

康楠已经有些醉了，徐州扶着她走出电梯，看到走廊里站着一个人——老王正站在她家的门口。

"老王？你在这儿干什么？"康楠迷迷糊糊地认出了老王。

"她怎么又喝醉了？"老王自然地接过康楠，仿佛这已经被规定为他的工作。

"在公司遇到些事情。"徐州一边回答一边想拿康楠的包找钥匙。

这时，老王用密码打开门，Lucky 从里面跑出来，跳起来扑向老王和康楠。

"我经常来帮她遛狗，所以知道密码。"老王解释。

徐州没有说话。

老王把康楠扶到床上，帮她脱了鞋，康楠嘴里喊："给我一杯水。"

徐州急忙去翻冰箱找矿泉水，老王却从桌上的暖壶里倒了一杯水，加了蜂蜜，试了试水温，端给康楠。康楠咕噜咕噜喝了下去。

老王给康楠盖好被子，掖了掖被角。

这些动作被徐州看在眼里，这已经是一对恋人会做的事情了，或者更像一对夫妻。

老王起身要走，衣角却被拽住了。

"你要去哪儿？"康楠声音沙哑。

"我把 Lucky 带回去，你好好睡一觉。"老王回答。

"我不准你走！"

徐州感觉气氛有些不对了，不知该走该留。

康楠继续说："你不能走！你是不是只会照顾狗，不想照顾我？"

徐州是个有眼力见儿的孩子，知道康楠喜欢老王，酒后撒娇人之常情，自己实在不该当这个电灯泡，就默默地退出了康楠的家，不轻不重地关上了门。

他不想当面告别，又得让老王知道他走了，真是用心良苦。

听到关门声，老王叹了一口气。

康楠没有得到答案，不想善罢甘休，用力地拽着老王的衣服。老王一个趔趄坐到了床上，回头看着康楠。

康楠的头埋进了老王的怀里，嘤嘤地哭了起来，声音很小，身体颤抖。

老王用手轻轻地抚摸康楠的头发。

"傻。"

"你到底喜不喜欢我？"康楠抬头看着老王，眼睛里亮晶晶的。

老王看着眼前哭得像孩子一样的女孩儿，轻声说："别哭了。"

没有得到老王的答案，康楠哭得更狠了："你之前都是可怜我，对不对？把我当成流浪狗一样可怜，对不对？你从来都没有一点点喜欢我，对不对？我真是蠢，别人不过给了一点儿施舍，自己却把他当成家。"

康楠一股脑儿地说了出来，语速快，舌头大，叽里咕噜地说完。老王嘴笨根本就跟不上，几次想打断都被康楠的话堵住，好不容易康楠安静了，却发现她已经靠着自己睡着了。

康楠迷迷糊糊的，感到抱着自己的那只大手更热、更有力了，然后她就见周公去了，隐隐约约只记得自己不让老王松手，老王就一直抱着她。

早上醒来的时候，老王的胳膊已经麻木了。

康楠把头埋进被子里，知道自己一定又丢人了，恨自己为什么不能像一个正常的姑娘。隔着被子听到老王说："我去买饭、遛狗。"

听到关门声，确定老王走了后，康楠才把头从被子里钻出来，用力拍了拍脑袋："愚蠢，愚蠢！"

刚骂了两句，就听到敲门声！怎么又回来了？康楠快速整理了一下自己，清了清嗓子，拖着沉重的身子去开门。

门开了，却是徐州。

"怎么是你？"

"姐，我给你送早餐来了！"

"还真会挑时候……"

徐州没说自己是看见老王出去了才进来的。

"姐，你好点儿了吗？"

"嗯，你怎么这么早？"

"我昨晚送姐回来后想了想，觉得姐一个人在家不妥当，就在车里待了一宿，这样，你要是给我打电话，我可以随时上来看你。"

"你在车里待了一宿？在楼下？"

"是啊！"

康楠叹了一口气："傻孩子，辛苦你了！"

吃完早饭，照顾好 Lucky 之后，康楠带着徐州出去。

小区里在重新修路，人行道两旁挖出了一堆堆的土。大路被封了起来。

康楠心事重重地走在前面，徐州默默地一路紧跟。

康楠远远地看见对面的花园里一棵树的后面有一条黄色的大尾巴一摇一摆着，换了一个角度就看到树后面摇着尾巴的大熊，老王手里拿着飞盘，下一秒钟就要看向康楠这边。

康楠第一反应就是逃，她害怕见老王，说不清原因，但心里的痛真真切切。康楠迅速慌张地转身，想往回跑，未料一脚踩进路旁的土沟里，身体顿时失去平衡，本能地抓住了徐州的胳膊。伴随一声尖叫，她拉着徐州一起摔进了土沟里。

康楠本能地闭紧眼睛，再睁开的时候，看到的是闻声赶来的老王。大熊冲着土沟里的康楠叫了两声，她才清醒了一些，她恨不得自己是一只土拨鼠，刨开这些土，消失在沟里。

在老王和徐州的搀扶下，康楠勉强撑着一只脚站了起来，可另一只脚刚着地就感到一阵钻心的疼。

"脚，脚！"康楠哀号。

"一定是刚才扭到了。"徐州浑身是土。

老王二话没说，蹲下来，挽起康楠的裤腿，她洁白的脚踝已经开始变红了，下一秒钟就要肿起来。

这一幕似曾相识，康楠有些恍惚，还没来得及反应，自己已经被老王抱了起来。

"走吧，我带你去医院。"

老王低沉的声音近距离地传进康楠的耳朵里，康楠的耳朵马上烧了起来，心瞬间被提了起来。

"你……放我下来。"康楠很窘迫，徐州还跟在身后呢，想到这些脸更红了。

"不放！"

不放？是什么意思？老王第一次这么坚决甚至霸道。康楠想不明白，可偏偏自己在老王的怀里又动不了。

老王抱着康楠，手里还牵着狗，这一幕有些滑稽，被小区里遛弯儿的大爷大妈看见，都大惊小怪地以为出了什么大事。

"老王，你要干吗？"

"送你去医院。"

"我没事，再说徐州在呢，我自己能去。"

"你怎么和徐州在一起？"

"我……"康楠一时不知道怎么解释，说是同事吧，但自己眼看就要被公司扫地出门了。

康楠正想着，她已经被老王抱到了他的车旁边，徐州帮忙开车门，老王小心翼翼地把她放进后排。大熊想跟着一起坐进去，却被老王挡住："你坐前面吧。"话音刚落，大熊自觉地跳上了副驾驶位置。

"你们去哪个医院？我把车开过去。"徐州一瘸一拐地跟在老王身后问。

老王想了想："你也瘸了，别开车了，坐后面，小心康楠的脚。"

徐州听话地也上了车。

Chapter 16

30岁不能随便脱单的

理由比择偶标准还多

1

康楠轻飘飘地走进一个空荡荡、有落地窗的房间，房间里充满了阳光，风从窗外吹进来，带着花香，夹带着一点儿消毒水的味道。房间很大，康楠走到最里面，出现一扇门，打开之后，里面还有一个房间，依然有着大大的落地窗，不一样的是，有一只老虎在房间的角落徘徊。

康楠很紧张，急匆匆地找到另一扇门，打开之后看到一排花架，花架下有一个很大的狗窝，一群狗在窝里睡觉。康楠想过去摸一摸，却听见隔壁传来很大的音乐声，她闻声而去，又打开了一扇门。

这个房间被黄色的光晕填满，淡淡的黄光中出现了一个高大的背影，穿着蓝色衬衫、米色长裤、黑色帆布鞋。康楠壮着胆子轻轻地拍了拍他的肩膀，回头的人眼神清澈，满脸少年特有的得意扬扬。她没见过这个大男孩儿，但她还是一眼就能认出，他是老王。

少年冲康楠笑着，然后从身后拿出一个写着"30岁生日快乐"的蛋糕。

康楠的眼泪不知不觉地流出来，一开始只是默默地流泪，少年伸手给她擦眼泪，手指刚碰到她的脸庞，她开始号啕大哭。

少年沉默良久，终于张了张嘴。

一个熟悉的声音把康楠叫醒，康楠睁开眼睛看到的是老王。

康楠来不及擦掉留在脸上的眼泪，问："这是哪儿啊？"

"是你家，你从医院回来就睡着了，睡了一整天。"

康楠仔细想了想，自己确实太累了，在医院脚被打了石膏，回来的路上闭上眼睛就睡着了。

"你错过了一件大事。"

"什么事？"

"你看那是什么？"老王指向身后。

门旁边的狗窝里，Lucky身边躺着三个小家伙，闭着眼睛，睡得正香。

"Lucky生了？"

"恭喜你当姥姥了。两个哥哥、一个妹妹。"

"什么时候生的？"

"昨晚，在你睡觉的时候，母子平安。"

"你接生的？"

"嗯，跟宠物医院开了视频，一开始还担心Lucky身体不行，但Lucky很勇敢，过程很顺利。多吃一些营养品补一补就好。"

康楠激动得又要哭了，Lucky在窝里看着她，努力地摇着尾巴。

生命真的很神奇，康楠把Lucky带回来的时候，从来没有想过Lucky会当妈妈。当她看到Lucky身边那三只圆滚滚、无比可爱的小毛球时，突然觉得生命好伟大。万物众生，都是一种传承和延续。

尽管脚被绑得像粽子，但康楠的心此刻被治愈了。

过了一会儿，康楠才反应过来："你一直在我家？"

"嗯。"

"真不好意思，又这么麻烦你。"

"你为什么躲着我？"

"躲着你？没有啊！"

"我看见了，你是为了躲我才掉沟里的。"

康楠无话可说。

"徐州说了你休假了。"

"这个大嘴巴。"

"好好休息。"

"现在想动也动不了了，和 Lucky 做伴吧，一个在大床上养脚，一个在小窝里坐月子。"

老王笑了。

"对了，小家伙吃什么？"

"喂羊奶，定点吃，嘴壮。"

"都是你喂的？"

"嗯，我有准备。"

康楠一时不知道该说什么，她是真的感谢老王。自己的日子过得兵荒马乱，但有老王在身边，再坏的天气都能变得风和日丽。

"你回去休息吧，我不能一直这么麻烦你。"

"我还好。"

康楠看到客厅沙发上放着一条毛毯。

"客厅冷，你会着凉的。"

"没事。"老王指着康楠的脚。

"我……尽量。"

"你还没回答我，为什么要躲着我？"

康楠想到那晚，自己冒失地表白，脸瞬间又红了起来。

老王刚启唇要说话，康楠急忙用手捂住他的嘴。

"不要说！你先别说！我现在心很慌，不想讨论这个。"

康楠从未这么害怕过，鸵鸟心态爆炸，现在只想躲起来，什么也不听。现在没消息就是好消息，她宁愿在梦里的玻璃房子里待一辈子，也不要得到一个失望的结局。

可下一秒钟康楠就后悔了，她可能又错过了一次可以和老王说清楚的机会。现在不说清楚，老王会不会就和前妻复合了？康楠开始胡思乱想，难过得要命，觉得自己委屈。

老王却在这时开口了："好的，有事叫我，我一直都在。"

康楠觉得这是世界上最有魔力的声音，她的内心总是能被这个充满磁性的声音提起或熨平。

如果一个人能让你前一秒钟笑，下一秒钟哭，你还不愿离开，这就是喜欢了。

深夜，老王回家了。

康楠因为睡得太多，此刻躺在床上毫无睡意，听见 Lucky 均匀的呼吸，还有三个小崽子偶尔发出嘤嘤嘤的声音，可爱极了，像是在做梦。

康楠还在回味老王白天时说的"我一直都在"，这句话好让人迷惑，他算是接受了她的喜欢？但又不够明确，算是朋友间的鼓励，可他说话时动作又太过暧昧，康楠差点儿就醉了。老王到底怎么想的呢？如果真的是"中央空调"，那也太可恶，家里还留着前任，又来邻居家送温暖，这算怎么回事呢？

康楠想搞明白一切，可偏偏自己又是个胆小鬼。越上年纪越经不起打脸，30 岁的姑娘，方方面面都小心翼翼，样样都输不起。

这时，她收到了徐州的信息：睡醒了？

康楠这才想起来，睡醒之后一直没和徐州联系，不知道他怎么样了。被自己拽进了土沟里，应该也摔得不轻。赶紧回复：醒了，你怎么样?

徐州回复一个哭的表情。

康楠:对不起,把你也拽倒了。

徐州:第一次被人拽倒,然后被金毛看笑话。

康楠:金毛在救你好不好……

徐州:最好是!

康楠想了想,还是忍不住问:公司那边什么情况?

徐州:你那组核心成员带着项目被调到了林潇和其他组里,剩下的由小薇带着,处理你留下的几个小项目。

康楠心里狠狠地痛了一下。

康楠是多要强的一个人啊,这么多年从一个职场小白一步步走到今天的独当一面,业务能力有多强自然不必多说,更重要的是她准确地找到了自己的发展方向,闯过了一关又一关,哪怕是再难的关卡都没动摇。即使再强的敌人,也打不倒她那颗坚强的心脏。这一次老赵真的太奇怪了,在这么重要的关头不仅没有罩着她,还让她回家休息,几乎等于将她扫地出门,这是她万万没有想到的。

康楠还记得自己去公司面试的情形。那时她还差半年大学毕业,她带着自己的简历,穿了一件白色的衬衫,衬衫袖子有点儿长,她细心地挽起来,化了淡淡的妆,扎了简单的马尾。走到公司楼下,她抬头看了看这栋位于 CBD 中心的写字楼,很多西装革履的人在这里进进出出。她想着,他们都是社会精英,拿着高薪,过着精致的生活。她好羡慕他们。

走进大楼,电梯上了 20 层。康楠礼貌地跟前台小姐说明来意,前台小姐打了一个电话,然后礼貌地把她请进会议室。康楠用余光看到前台小姐的桌子旁边放了一个名牌包,她曾在橱窗里见过。

康楠被带到一个经理模样的中年人面前,她小心翼翼地递上自己的简历，等待对方的提问。没过多久，一个高个子男人走了进来，开门的时候，康楠感到一股风吹了进来。这个男人就是老赵。

经理看到老赵连忙起身叫"赵总"。老赵点头，让他坐，接过康楠的简历，简单说了几句话，然后问康楠最近在看什么书。

康楠那会儿正在看一本心灵鸡汤，老赵听了笑了，说："少看鸡汤，都是骗人的，真实的职场比这些书有用多了。工作压力大你怕不怕？"

康楠一秒钟都没犹豫，回答："赵总，我能吃苦。"

老赵又笑了："也没那么严重，公司不会给你苦吃，但如果你自己学不来，就会自讨苦吃了。"

康楠琢磨着这句话，点了点头。

"你可以来试一试。"

"谢谢赵总！我会努力！"

"我不听口号，希望你能坚持下来。"

就这样，康楠开始实习，从收发快递开始。那会儿公司业务刚刚有起色，忙得很，快递特别多。康楠第一天就存了所有快递员的电话，然后把每样东西都分类，合同、礼品、发票，还有领导的私人物品，井井有条。很快，所有人都问她拿快递，如果找不到自己的快递也来问她，她都能轻松搞定。

但唯独一次，有一份重要的合同要寄到上海，却偏偏赶上了台风，所有航班都取消了，文件被快递公司滞留在了顺义的仓库。康楠实习之后，老赵第一次当面跟她说话，问："合同什么时候寄到？"康楠说："预计三天，刚和快递公司确认过了。"老赵当时就急了，说："三天？你是猪脑子吗？快递发不了为什么不早说？为什么不想其他办法？这个合同明天就要和客户签约！不然这单就丢了！"康楠被老赵吓坏了，差点儿哭出来，她强忍住，手足无措。老赵看她还站在那儿，大吼："你还站着干吗？你现在应该在快递公司翻快递！"

康楠赶到快递公司，在闷热的仓库里，看到堆成山的快递，她委屈得哭了。但很快她就冷静下来，翻了一下午的快递，累得灰头土脸，腰都直不起来了，终于找出了那份自己寄出的合同。康楠连夜买了高铁票，赶去上海，亲手把合同送到了客户的公司，并且带着盖完章的合同回了北京。

康楠把合同交给公司后就感冒发烧了，去了医院后，回家的路上被公司告知休假。康楠还以为自己要被开除了，哭着给主管打电话，却被主管告知，下周她可以提前转正了，前提是恢复健康。

之后，康楠又经历了无数次这样的事情，慢慢地，她也摸清了老赵的脾气。老赵随时可能对某个人大发脾气，但也能对人好到让你怀疑人生，总之是个难以捉摸的老板。公司里哪怕是业务主管都怕和他独处，那简直是煎熬，可偏偏康楠愿意单独面对他，即使是他发脾气，因为康楠觉得只有交流才能知道老板到底要什么，如果怕被骂就逃避，那样永远都不会进步。渐渐地，康楠成长得越来越快，在公司里的位置越来越稳固。

想到过去的事情，康楠心里百感交集，这一次，老赵一定是出了什么事！不然他不会没有理由地做出这样的决定。

那到底是什么事呢？想着想着，康楠睡着了。

2

韦玲玲准备的聚会如期举行，康楠本来以脚骨折为由婉拒出席，可韦玲玲实在太过于热情、周到，就差亲自到家里来接了，一副缺她不可的样子。康楠无奈，总感觉这是一场鸿门宴，她经过一场激烈的思想斗争，决定参加，反正已经负伤了，不怕再多伤一点儿。

康楠虽然做足了心理建设，但还是叫来了徐州。一来徐州可以照顾狗崽子；二来在这段时间里徐州表现出来一副"明白人"的架势，让康楠很受用。于是徐州陪着康楠带着一窝狗崽子，去了老王的家。

康楠拄着拐，打着石膏的脚不能着地，一蹦一蹦地走着，十分滑稽。

徐州胸前的书包里装着三只小狗，小狗还没睁眼睛，睡得着实香甜。康楠不放心地不时回头看徐州，正把偷拍自己的徐州抓个正着。

"你干吗呢？背着一窝狗崽儿，真成狗仔了？"

"我给小薇看看，看看她崇拜的姐姐如今有多凄凉。"

"唉，我竟然无力反驳，确实凄凉，身心都受到了重创。事业瓶颈，感情迷茫，拖着一条废腿去参加暧昧对象的前妻举办的鸿门宴，地点还是暧昧对象的家里。"

"能自黑，说明心情没那么差。"

"要不我还能怎么办？在家哭吗？"

"没错，要哭也得去他家哭，不然哭给谁看啊？"

"你越来越没大没小了，我快大你一轮了吧？"

"没有，七八岁而已。"

"你还真敢算啊？"

"有什么不敢的，反正你现在也打不过我，而且也不是我的领导。"

"太势利了你！真是虎落平阳被犬欺啊！小子，你就不怕我东山再起，给你小鞋穿？"

"你自己能穿上鞋再说吧！"徐州指着康楠打着石膏的脚，半个脚背露在外面，冻得发白。

说着，两人到了老王家，韦玲玲热情地招呼两个人进去。

"狐朋狗友"群的伙伴们都到齐了，小白和小邱在客厅里玩着游戏，冷函和小红在看综艺节目，韦玲玲忙着招呼大家，厨房里剩下老王和王心钰在做饭。

徐州和康楠的到来打破了这个和谐的画面。小邱最先跑过来，神秘兮兮地冲康楠使眼色："楠姐，前王嫂这么高调，不会是要和老王复合吧？"

康楠有些尴尬地说："你怎么这么八卦啊？"

小邱笑着挠头："这不是关心老王生活吗？"

"你怎么不关心关心我这个伤残人士啊？"

"我关心啊，我给你炖了猪脚汤，我都装饭盒里带来了，待会儿吃完饭你可以拿回家去喝。"

"算你仗义！"

打发走小邱，王心钰从厨房钻出来，拉着康楠嘀咕："你带来的这个小帅哥是谁啊？"

康楠急忙解释："我同事，来蹭饭的，我这不是腿脚不方便嘛。当他小弟弟，纯友谊。"

"别不好意思，他去你家接你我都看见了，一路说说笑笑的，特别和谐，姐弟恋很流行的，再说你和他在一起一点儿也不显老。"

康楠一下被"不显老"这三个字噎住了：我有这么老吗？真要被这个大姐气死了，算了，也懒得解释。康楠怕王心钰再放什么冷箭，自己的心再滴血。

康楠暗中观察大家，本以为大家会比较拘谨，但韦玲玲非常聪明，很快就明白了这几个的关系，找到合适的话题，让大家很轻松。这会儿韦玲玲正和小红、冷函研究国外代购的事呢。

奇怪的是，老王一直没出来，厨房里只有做饭的声音。康楠心里有点儿惦记老王，她对老王还是有些捉摸不透。

屋里最和谐的还属大熊和 Lucky 这一家，Lucky 进屋的时候就凶大熊，仿佛在责怪大熊没有尽到一个做父亲的责任。大熊一直示好，不停地舔 Lucky 的耳朵，Lucky 才原谅它，让它接近三个小家伙。于是一家五口幸福美满地依偎在一起，看得康楠十分羡慕。

为什么狗的幸福如此容易，人不如狗啊。

正想着，老王从厨房里出来了，招呼大家洗手吃饭。

放眼望去，餐桌上已摆满了精致的菜肴，荤素搭配，色味俱佳，康楠看见这些美味心里好受了很多。

老王招呼大家坐下，徐州扶着康楠坐好。

小邱张罗着倒酒，除了康楠不能喝，其他人都打算喝点儿。

倒酒的工夫，小白忍不住偷夹了一块红烧肉，被小红发现："你能不能有点儿风度啊，还偷吃？"

小白嘴里的红烧肉还没咽下去，急忙说："你别胡说，'偷吃'这词不能随便使用！"

大家笑着举起酒杯，酒杯叮叮当当地碰在一起，很是热闹。

"快吃吧，都饿了。"韦玲玲善解人意并带有威严地说，像体育比赛裁判发枪一样。

小邱以迅雷不及掩耳之势盛了一碗猪脚汤，刚要放到自己面前，忽然想起康楠的脚，意识到这汤应该是老王特意给康楠炖的，乖巧地把汤碗放到了对面康楠的面前："楠姐，你脚不好，你先喝，喝啥补啥。"

"你也喝，总在家跪遥控器，脚容易酸，你也补一补。"康楠跟小邱开玩笑。

小邱"嘿嘿"地乐，旁边小白问："楠姐，你脚到底怎么伤的啊？"

小红跟着一起问："是啊，怎么好端端的，脚踝会骨折啊？"

康楠喝了一口汤，胃瞬间暖了起来，缓缓地说："小区不是修路嘛，我穿高跟鞋，一时不小心，没想到这么严重。"

小邱盛了第二碗汤，嘴巴不停，说："是挺严重的，幸亏老王在，我下楼就听到楼下下棋的大爷说，你是被老王抱着送去医院的。"

康楠怎么也没想到小邱冒出这么一句，一口热汤直呛到咳嗽。

徐州在旁边慢悠悠地说："对，我也一起摔了一跤，老王及时赶到，救了我和楠姐两个人。"

徐州一句轻描淡写的话，把小邱描述得很是暧昧的话变得正常多了。

小邱完全没察觉出康楠有什么异样，大大方方地举杯："感谢老王和前嫂子邀请，干杯。"

大家都笑了，举杯。

韦玲玲不知什么时候给自己换了一杯果汁，有些不好意思地说："抱歉啊，本来请客是为了让大家尽兴的，可我因为身体方面不方便喝酒。"

冷函关切地问："玲玲姐，你怎么了？"

韦玲玲一脸娇羞，水汪汪的眼睛眨了眨，慢吞吞地说："我，怀孕了。"

四个字如地震一般，所有人都震惊了，每个人的脸上都写满了惊讶，眼睛不自觉地转向老王。老王也同样惊讶地看向韦玲玲。

韦玲玲完全没有因为大家的惊讶感到一丝尴尬，举起果汁："我只能用果汁代替了。"

大家缓过神，小邱带头应和："恭喜，恭喜。"大家跟着喝酒。

康楠也不知道这顿饭是怎么吃完的，以小红率先喝醉收场，小红举着酒杯哭着说小白在家欺负自己，还动手打狗，家暴，哭得梨花带雨，小白百口莫辩。王心钰一直在安慰小红，小邱则安抚小白，总之场面十分混乱。

成人的世界太复杂，有很多事情、很多关系都搞不清楚。康楠看着 Lucky 和大熊带着三个狗崽子依偎在一起，狗崽子睡得正香，Lucky 和大熊一脸甜蜜，真让人羡慕。

把 Lucky 和狗崽子带走的时候，大熊在门口恋恋不舍。老王要一起送康楠回家，徐州却笑着拒绝："老王，玲玲姐有孕在身，你先去忙吧，狗子们你放心，我会和楠姐一起照顾的。"

老王站在门口，看着康楠。康楠还没从韦玲玲宣布的消息里反应过来，木讷地说："徐州说得对，他送我 OK 的，狗崽子也会照顾好。

玲玲姐更需要照顾，你去忙吧。"说完回身关上了门。

回家之后，康楠看着徐州小心地把狗子们安排妥当，她闭上眼睛，扶着额头。

"你放心，孩子应该不是老王的，你看老王那一脸惊恐的模样，下巴都差点儿掉下来了，而且日子也对不上。今天人太多，老王也不方便多说，估计他这会儿也正在问韦玲玲呢。"徐州递来一个剥好的橘子。

康楠呆呆地接过橘子，放进嘴里，很酸。

"徐州，我有点儿累了，你回去吧。"

"我不回去，我还没吃饱呢，我看你刚才也没怎么吃，我去煮点儿面吧。"

康楠肚子配合地"咕咕"叫了两声，说自己不饿是不行了。

徐州去厨房里翻，不一会儿拿出鸡蛋、西红柿和挂面："姐，你家东西很全啊。"

康楠没说话，想着这些都是老王带来的。

不一会儿，徐州端上两碗热气腾腾的鸡蛋打卤面，上面还撒了葱花，卖相很好。

康楠拿起筷子，夹了一口放进嘴里，面的软硬度刚刚好，裹着西红柿的汤汁，美味极了。

康楠心里憋闷，这碗西红柿鸡蛋面简直是一剂良药，治愈了一半心里的难受。

"看来你对我的手艺很满意啊。"徐州有些得意。

"还可以，没想到你还真能下厨房。"康楠吃得一脸满足。

"我在国外吃腻了汉堡、薯条，就全靠自己做，还去中餐厅打过工。"徐州开始动筷。

"深夜有帅哥在家煮面给我吃，我这脚摔得值了。"康楠心情好了很多。

"吃饱了就开心了。"

"要不我还能怎么办？只能撑着，看看最坏的结果能有多坏。"

徐州放下筷子，一本正经地看着康楠："在乎一样东西都是有代价的。记得你说过你曾经为了 Lucky 和邻居大战，这就是代价。因为喜欢一件东西，就等于有了软肋，被刺痛在所难免，所以你要足够强大，才能得到它、保护它。"

徐州的这一席话和康楠吃的打卤面一样治愈。

"谢谢你啊，徐州。"康楠有些感动，特别是在此刻这脆弱的时候，更容易感动。

"不用谢我。"徐州笑着说。

"我也不知道该怎么办，事业岌岌可危，感情前途未卜，这个新年我是过不好了。"康楠深深地叹了一口气。

"你这么强悍，一定可以一一化解的。"

"说得轻巧，怎么化解？"

"事业我们先不说，感情这事，我觉得你要更主动一点儿。"

"我还不主动吗？小薇之前说，男追女隔座山，女追男隔层纱，我信了，也做了，可还是一塌糊涂。"康楠想起来就感到绝望。

"你要这么轻易就放弃了，那老王一定早晚被韦玲玲拿下，她这次回来明摆着是要抢人的。不然为什么当着这么多人的面说自己怀孕的事，不就是让大家知道吗？谁现在跟她抢老王，谁就是欺负孕妇！"

"所以，她这事是冲我来的？"康楠第一次意识到事态的严重性。

"那难道是冲我吗？"徐州摊手。

"但孩子不一定是老王的啊？"

"不管孩子是谁的，她也是孕妇，舆论就是会向她倾斜。"

"所以，我不能跟她争？"康楠顺着徐州的理论分析。

"你终于明白了。"

"我的天，简直太可怕了。那你还劝我主动什么啊，我这铁定输了啊！论过去，人家有回忆；说现在，人家有身孕；谈未来，人家有基础。我呢？一无所有。"康楠在徐州的点拨下思路渐渐清晰。

"但你有狗啊！"徐州斩钉截铁地说。

"有狗？什么意思？"康楠摸不着头脑。

"在老王空窗这么久，和狗相依为命的时候，你出现了，你们是狗友啊！"

"狗友？很了不起吗？"

"两个单身养狗的人，除了工作之外，社交基本都靠狗，你们俩的狗还是一对，这才是最大的缘分。"

"你的说法有些牵强。"康楠尽量保持头脑清晰。

"你慢慢琢磨，但眼下你再不出手，老王可就要被韦玲玲拿得死死的了。"徐州的声音低沉下来。

"你别渲染气氛了，说方法！"康楠急了。

"方法，就是智取。"徐州把脸凑过来。

"具体展开说！"

"找韦玲玲把话说开吧，不真正交手，永远不知道对手有多强大，关键是要找出她的弱点。"

"我……"康楠犹豫。

"我什么啊，你要不喜欢老王就不用去。"

"我去！"康楠脱口而出。

徐州对康楠竖起大拇指。

徐州刷完碗就走了，康楠躺在床上夜不能寐。她有点儿后悔自己刚刚在徐州面前的冲动，她真的敢和韦玲玲正面刚吗？她显然是没有什么底气的。

她唯一的动力只有老王，她打开手机，翻着和老王的微信记录，说得最多的其实只有三个字，不是世界上最浪漫的"我爱你"，而是"遛狗吗"。但这三个字也足以每天让她感到开心，因为这三个字代表了一种陪伴，陪伴才是最浪漫的告白。

想到这里，康楠的心里仿佛暖了一些。

第二天，康楠被一阵噼里啪啦的声音吵醒，还以为家里进贼了，强撑着坐起来，喊了两声，康楠的老妈推门走了进来。

母亲大人的突然来访一定又是她那"妻管严"的老爸走漏的风声。果然康楠还没开口，母亲大人先发话了："你这熊孩子，要不是你爸跟我说你腿折了，我才懒得跑北京来管你！"

"我也没让你管啊。"

"小兔崽子，真没良心！一把年纪也没个男人，养一窝狗崽子，我都怀疑我怎么养了你这么个不知上进的孩子！"

"妈，你说话怎么这么难听啊！我狗呢？"

"扔了！"

"你！"康楠气得脸通红。

"你什么！你要还不找对象，我马上给你扔了！"

康楠看到客厅的狗窝里 Lucky 和小狗们正睡得安详，说话和气了些。

"妈，我找对象跟狗有什么关系啊？"

"拖家带狗的，怎么找对象？你对象要是不喜欢狗怎么办？"

"我就找喜欢狗的！"

"那以后要孩子呢？养狗容易生病！"

"那都是谣言！妈，你盼我点儿好，行不行！"

"我怎么不盼你好了？我最盼你好了！你赶紧找对象啊！北京没有就跟我回家，你大姑、你二姨都给你物色了不错的，就等你过年回家呢。"

"妈，又要给我介绍什么人啊！"康楠头都要大了。

"都是条件和你差不多的！"

"你知道我要找啥样的啊？"

"你说，我听听，你想找啥样的？"母亲大人放下了手里的抹布，坐在了床角。

康楠想了又想，竟一时语塞，脑子一时短路了。她的择偶标准是什么呢？外貌？职业？年龄？这些都不是，她竟然没有明确的择偶标准，勉勉强强地说："至少能帮我遛狗吧。"

"我呸！康楠，你有没有点儿出息啊？你心里怎么那么没谱儿啊？你原来不这样啊！"母亲大人被康楠这个择偶标准气得想打人，要不是看康楠还在卧床养伤，估计康楠少不了要挨两巴掌。

康楠也意识到了自己的"不靠谱儿"，强撑着跟母亲大人掰扯："反正我就是不能随随便便就把自己交待了，别说我 30 岁，就是我 50 岁了也不行！我找不到喜欢的宁愿一直自己过！"

"什么叫随随便便啊，你说的是什么话？你把话说清楚，你要是说不出个一二三，今天别想吃饭！"

康楠的脾气有一半都随了母亲大人，犟、执着。康楠隐约觉得自己的肚子在叫，又闻到厨房飘来的包子味，看来她不正经地说出点儿道理今天是过不去了。

康楠坐得正了些，咳嗽了两声，开始反驳："首先，我现在赚的钱给自己花都不够！"

"是你太浪费！"

"其次，我结不起婚！现在结婚多贵啊，现在可不是你们那个年代一个手电筒、一个缝纫机就嫁了。"

"胡说！少拿我说事，特殊时期那是。我和你爸早就给你准备好了嫁妆。"

"我自己可以掌握自己的生活，我不想被别人影响，也不想影响别人！"

"那是因为你自私！你这样越过越独。你总得有个伴，有个人照顾你的起居啊。"

"要是为了生活上的照顾，我可以雇保姆啊！"

"你能跟保姆过一辈子吗？"

"那男人就能保证跟我过一辈子吗？"

"康楠，你是真的想挨揍了吧？"母亲大人已经被康楠气得忍无可忍了。

"我们不是在讲道理吗？你怎么越来越暴力了呢？"康楠抱头求饶。

"你要是现在就这么想，你一定会后悔的！"母亲大人恨铁不成钢。

"反正人最后怎么都会后悔。"康楠嘟囔。

"你说什么？"

"我说世上最疼我的人永远是我妈妈。妈，我饿了。"康楠笑嘻嘻地求和。

"我真是欠你的。"母亲大人出去给她准备吃的。

康楠看着母亲的背影，心里很不是滋味，但又不敢表现出来，只能努力维持一种"我很好"的假象让她尽量放心。回想刚刚和母亲的对话，这些都不是她提前准备的，本来只是被母亲逼急了抖机灵，没想到说得头头是道，把自己都有点儿惊到了。

原来，30 岁不能随便脱单的理由比择偶标准还多。

Chapter 17

找不到生活的解药，就干脆以毒攻毒吧

1

老王紧锁眉头，低头不语，收拾着桌子上的残羹剩饭。

偌大的房间里静悄悄的，一种说不上来的阴森气氛笼罩着老王和韦玲玲两个人。

大熊好像也嗅到了一种诡异的味道，垂着尾巴，悄悄地溜到一旁趴下。

韦玲玲敢在聚会上说这件事，就已经想好要如何面对老王了。她伸出指甲染成红色的手，气定神闲地拿起装着果汁的白色杯子，轻抿了一口，缓缓说道："我本来也没打算瞒你，孩子父亲走了，我没着急说就是不想你因为同情我而收留我。"

老王依然没有说话，看不出情绪。

韦玲玲继续说道："孩子的爸爸去世了。"

老王手里的动作停了一下，继续往下听。

"我本想把孩子打掉，但是这个小东西慢慢地在我肚子里长大，我……我舍不得，你知道我多想要自己的孩子。"

韦玲玲猛地从背后抱住了老王，闭上双眼。

"老王，我知道你的心里是有我的，你说过，你是齐天大圣孙悟空，在我需要你的时候，你就会翻个筋斗云出现在我身边。"

听到这里，老王心中五味杂陈，这句话他确实说过。那时候他还是一个意气风发的少年，经常穿白色的衬衫、浅蓝色的牛仔裤，艺术家标志性的长发整齐地扎在耳后，温文尔雅，像极了黄磊年轻时的样子。他子然一身，轻松洒脱，直到有一天，他拿着画板在外写生的时候，遇到了韦玲玲。

那时候的韦玲玲身材曼妙，皮肤白皙，气质不凡，莞尔一笑让人如沐春风，也是因为这一笑，老王彻底掉了进去。

老王简直是把韦玲玲捧在了手心里，每天都想方设法地制造惊喜。韦玲玲喜欢红色的玫瑰，他就亲手种出最好看的玫瑰送到她面前。韦玲玲总是笑着说"谢谢小王"，然后像小白兔一样欢快地跑开。

那时的韦玲玲着实会撒娇，在校园里到哪儿都是众星捧月。有一次她的舞鞋坏了，她娇滴滴地在排练厅里哭，老王第一时间带着新鞋冲过去，温柔地对她说："我是齐天大圣孙悟空，在你需要我的时候，我就会翻个筋斗云出现在你身边。"

年轻的男女炽热地爱过，可惜造化弄人，最后遗憾收场。终于有一天，韦玲玲决定放下让她又爱又恨、心心念念的小王同学，远走他乡。

韦玲玲的离开对当时的老王来说，无疑是毁灭性的打击，老王想不明白他和韦玲玲到底哪里错了，最终只能把所有的错都怪在自己身上。他开始把自己封闭起来，完全像换了一个人，从前意气风发、明朗健谈的小伙子变得沉默寡言，除了画画，他对什么都提不起兴趣。

此刻，老王缓缓地将韦玲玲环在腰间的手拿开，终于开口："你的事自己拿主意吧。"说完他便转身走进了厨房,开始洗碗。他看着特意给康楠煲的猪脚汤,心中思绪万千。

康楠醉酒后向他告白的情景,不停地出现在他的脑海中。不仅康楠越来越依赖老王,老王也早已习惯了康楠醉酒后的打扰。这个喝完酒就来"骚扰"自己的女子,滔滔不绝吐露心事的女子,这个把狗当家人、充满爱心和正义的女子,这个在都市的寒夜里独自前行的女子,这个让他愿意放下心防走进她生活的女子……他是喜欢她的,那种喜欢少了年轻时候海誓山盟的浪漫和一往无前的冲动,却多了成年人的内敛和细腻,是一种润物细无声的滋养,是一种对两个孤独灵魂的治愈。

"滴答……滴答……"水溢出洗碗池流到地上,老王回过神来。他自嘲地摇摇头,想这么多又有什么用呢?

第二天一早,康楠便被电话铃声吵醒。看着墙上的钟显示才六点钟,康楠有些生气,自己不是已经被老赵放长假了吗?会是谁打来的呢?她半睁着眼睛,伸出修长的胳膊,在床头柜上摸索着手机。本想直接挂掉,可是看到手机屏幕上的来电显示,康楠顿时恨意全无——"父亲老康同志"。

康楠一骨碌坐了起来,因为动作太用力,不小心碰到了受伤的脚。

"哎哟!"康楠忍不住叫出声,看着仍在响着的手机,顾不得脚伤,连忙接起电话。

"楠楠,你怎么样了?怎么这么半天才接我的电话!"

"父爱如山"这句话完全能从电话里听出来,老父亲的音量足以说明,康楠下意识地将手机移得离耳朵远了些。

"爸,我刚睡醒,我挺好的,你媳妇在这儿也挺好的,我们没打架,都挺好的。"康楠拿着电话,微微弓背,整个人靠在床头,舒服了一些。

可想而知，电话那头又是一些唠唠叨叨的话，内容应该是每个父亲都跟自己的孩子说过的。父亲唠叨起来也是滔滔不绝，这样的唠叨应该是所有在外漂泊的人思念的声音吧。

"停停停！老康同志，我还没批评你呢，你怎么嘴那么快，跟你说点儿什么，你都告诉你媳妇，我可是你的亲闺女，你怎么就非得出卖我呢？"康楠实在听不了唠叨，只能找个话题截住父亲的话。

"怎么叫出卖呢？我是担心你一人在北京没人照顾啊，才让我媳妇去照顾你的。她这一去，我都没饭吃了。"康楠的老父亲开始装可怜。

"我才不信你没饭吃，你是巴不得我妈来北京，那样你就解放了，你肯定恨不得天天出去和老同学喝酒，我还不知道您吗？"康楠完全不吃这一套。

"你这个小没良心的，你爹白疼你了！"

"汪汪汪……"Lucky忽然跑了过来，按照惯例，温驯地舔舐着康楠的手。

"你告诉你家的狗，别惹你妈，也别咬着她，不然你就完了。"

"我知道了，我家的狗不咬人，打狗还看主人呢，我都不敢惹我妈，我家的狗哪有那胆儿啊！"康楠开始和她爹贫起来。

"你这话怎么听着那么别扭啊，你妈听见还不得打你。行了，知道你没事就行了，我要出去遛弯儿了。"

还没等康楠说再见，她爹就已经把电话挂了。

康楠顶着鸡窝一般乱糟糟的头发，脸上长着今早刚刚冒出的粉刺，眼神呆呆地转向Lucky。

Lucky自从当上妈妈，眼神更加温柔了。

康楠嘟着嘴，哭丧着脸，一头栽进了被子里，腿受伤了就只能乱动着胳膊。先是被老板放长假，然后就是老王的前妻突然回来，失业又失恋，老妈又赶来监视，准备押自己回老家相亲，康楠感觉丧到了极点。

"怎么这么倒霉呀？"康楠疯子似的抓乱了乌黑的头发，大声地发泄着心中的不满。

"咚咚咚"，门外传来敲门声。

康楠妈妈一早就奔向菜市场了，康楠只能拖着残腿、打着哈欠去开门，顺便用白皙的手稍稍地理了理茑毛的头发。

"谁呀？"

康楠开门，正撞上韦玲玲的笑脸，顿时困意全无，先是愣了一下，然后心里嘀咕道：她来干什么？

"我还以为你没在家呢！这是我去超市买的一些补品，想着你的脚受伤了，来看看你。"

韦玲玲身穿 Prada 新款驼色大衣，手上戴着新款 Dior 腕表，脸上画着精致的妆容，举止得体，笑容温婉，身上散发着淡淡的香水味道。和此时穿着宽松家居服、素面朝天、蓬头垢面的康楠形成了鲜明对比。这场景就好像是做慈善的人到贫困区慰问。

生活就是这样，你越想掩饰的，越会不经意间全都暴露在你最不喜欢的人面前。就像是你在街上摔了个狗吃屎，来扶你的好心人却是前男友，气氛尴尬程度十级。康楠此时的心情就是这样。

"咯咯……"康楠清了清嗓子，马上挤出一些笑容，热情地将韦玲玲请了进屋子，想道："我康楠怎么也算是见过大场面的职业女性，面对眼前这个情敌，绝对不能尿。"此时她的脑袋里早已演完了一遍《宫心计》。

"小楠，康楠小姐……"韦玲玲伸出修长白嫩的手在康楠眼前使劲儿晃了晃。

康楠回过神来。

"你在这儿坐着等我一下，我去给你倒杯果汁。"

"你脚不方便就别麻烦了，不用客气的。"韦玲玲温柔地阻止。

"没关系，倒杯水还是完全可以的，脚伤了，手没事。"康楠要强，越说她不行她越要做。

她趁着给韦玲玲倒果汁的工夫还稍微打扮了一下，衣服是来不及换了，就顺手别了一个发卡。

"喝果汁。"

"谢谢。"韦玲玲笑着接过康楠手中的果汁。

"小楠身材真好呀。"韦玲玲夸赞道。

"哪有，您过奖了。"康楠轻轻地捋了捋额前的碎发，别在耳后。嘴上虽然很客气，实际上她心里得意极了。"我哪有玲玲姐身材好，这么，丰腴。"她想要回敬一下，却有些口不择言。

一番商业式互夸之后，房间里突然安静下来，静得好像没有人一般。Lucky此时正懒洋洋地趴在地上一动也不动，瞪着圆溜溜的眼珠看着她们。

康楠感觉很不自在，她平时和人打交道最怕冷场，只要没人说话她就绷不住，比谁都怕尴尬。她受不了了，嘴唇微张，刚想说出自己酝酿已久的台词，却被韦玲玲抢了先。

"小楠，我刚回国，不在的这些年很多朋友都失联了，但不知道为什么，看到你就觉得和你很亲，忍不住想多跟你说说话。"韦玲玲温柔得像只小猫，圆溜溜的眼睛含情脉脉地看着康楠，康楠的心一下就被搅乱了。别说是男人，就连女人都想疼她。

"没关系，玲玲姐，你有什么话都可以跟我说。"

"你会不会嫌我啰唆？"

"不会。"

"你能理解我吗？"

"我尽量。"

得到康楠的回答之后，韦玲玲喝了一口果汁，娓娓道来："我这次回来就是想再看看小王，可是真的没想到他这么多年一直单身，看到

223

他的那一刻你知道我有多心疼。我曾在心里幻想了无数遍这个场景，我以为我准备好了，可一见到他，所有的回忆都涌了上来，所有的准备都是徒劳，他原来一直在等我。"

眼前如此深情表白的韦玲玲是康楠怎么都没想到的，她一度怀疑自己在看《情深深雨濛濛》，她差点儿跟着掉眼泪，好像自己亲眼见证了老王和韦玲玲刻骨铭心的爱情一般。

康楠尴尬地微笑应和："你说，他一直在等你？"

"是啊，不然他为什么一直单身？"

"也许是想找没找到合适的呢？"康楠眼神游离，抿了一口果汁。

韦玲玲嘴角勾出一个弧度，不慌不忙地继续说道："不会的，我和他在一起那么多年，我了解他，他个性太强，不喜欢的人都不愿意和人家多说一句话。"

康楠的心沉了一下，确实，自己认识老王的时间比不过韦玲玲，而且老王的确对自己惜字如金，能少说一个字就一定省一个字。

韦玲玲用手擦了擦眼角，仿佛擦去眼泪一般，继续说："我欠小王太多了，他从我的小王变成了你们的老王，一个人有十年，我欠他太多了，我不能再让他难过了，所以我决定这一次就不走了。"

康楠惊慌地看着韦玲玲，却又无言以对，因为韦玲玲的去留她没有权力发表意见。

韦玲玲没有预想的尖酸刻薄，但缓缓说出的每一句都像一把尖刀一下一下地戳在康楠的心上，让康楠生疼，可她只能强忍着。

"小楠，你怎么了，不舒服吗？是不是我打扰你休息了？"

"啊，我还没睡醒，有点儿打不起精神。"

"你看我，光顾说话，忘了你还带着病，你快休息，我先走了。"韦玲玲说完起身离去。

康楠呆呆地坐在沙发上，感觉手指冰凉，像是血液凝固了一般。

第一次正面交锋，韦玲玲完胜，而且不费吹灰之力，康楠几乎一句话都没说就败下阵来。康楠几乎相信了韦玲玲的话，老王等了她十年，现在她回来了，两人顺理成章地应该在一起。想到这里，康楠之前燃起的那星星点点的希望，又再次化为灰烬。

Lucky 好像察觉到了康楠的悲伤，摇着尾巴，一颠一颠地跑到她的身边，轻轻地舔着她的手，安静地陪在她的身边。康楠倾身轻轻地抚摸着 Lucky 的头，然后紧紧地将它拥在怀里，努力地抑制夺眶而出的泪水。

喜欢一个人为什么这么痛苦，要怎么样才能有一个好结局？

康楠将脸轻轻地靠在 Lucky 的身上，想要寻求一点儿温暖。

"丁零零……"康楠的手机响了起来，她深吸一口气，把 Lucky 放下，整理好情绪接起。

"喂，小薇，什么事？"康楠的语气镇静但还是夹杂着难以掩饰的悲伤。

"姐，你身体怎么样了，好点儿了吗？"小薇关切地问。

"嗯，好多了。"康楠不想再回忆刚才韦玲玲说的话。

"那就好，楠姐，你不在的这些日子，我真的好想你呀。"小薇熟悉的声音钻进康楠的耳朵里，温暖着她的心。

康楠笑道："别腻歪了，你打电话有什么事？"

"楠姐，有个情况我得告诉你，但你要挺住啊。"

"现在还有什么事是我挺不住的？会比现在的情况还糟糕吗？"

"嗯，还真有，公司出事了……袁范芳进入了公司，成为林潇的直属上司，传言公司即将被收购，老赵早早卖掉了股权，全身而退。"

"什么？"康楠双眉微蹙，吃惊地说道。

"具体什么情况我还不知道，姐，你要不要和赵总联系一下，看看到底是什么情况。"

"我知道了。"

"姐，你也别上火，大不了让我妈卖了二环的房子把公司收了，欺负谁呢他们！"透过手机都能想象出小薇此刻龇牙咧嘴的样子。

"还不至于动用你家的宅子，你踏踏实实的，还记得我之前怎么跟你说的吗？"

"记得，没事少蹦迪。"

"不是这句！"

"哦，哦，你提示我一下？"

"算了，算了，提示了你也记不住，你忙去吧。"

"得嘞！"

和小薇通完电话，康楠便把韦玲玲说的话抛到了九霄云外。

人到 30 岁，爱情和事业同时摇摇欲坠，你先救哪个？康楠彻底不知道。先联系老王还是老赵？她认真地想了想，她此刻还是没办法面对老王，毕竟感情的事，只能认命，没办法靠努力获得，但事业不会，比起遥不可及的爱情，事业才能给女人带来真正的安全感。

想通了这点，康楠拨通了老赵的电话，电话接通，寒暄了两句，老赵语气严肃，直觉告诉康楠这件事不简单。两人定好明天上午八点见。

2

第二天，老赵一早就到了咖啡馆等康楠。康楠一瘸一拐地来到老赵面前。眼前的老赵红光满面，没有一丝沮丧，让康楠感觉很奇怪。

"你的腿怎么了？"老赵关切地问。

"没事，摔了一下。"康楠摆手说道。

"不会因为没当上副总就想不开自残吧？"老赵笑着说。

"怎么会呢，要残也得林潇那个龟孙子先残啊。"

老赵笑着帮康楠点了一杯咖啡，康楠坐下。

"赵总，我听说公司要被收购了，袁范芳成了新的领导人，这是真的吗？"康楠直接切入正题。

老赵看着康楠着急的样子，不慌不忙地抿了一口咖啡，缓缓地向她道出了实情："你也知道，这两年公司一直被盯着，对手虎视眈眈。只要我们有动作，对方必有行动，所以我一直感觉公司里有内鬼，但是苦于一直拿不到证据。直到你的创意被盗，我才终于抓住了一些把柄。"

康楠听完老赵的话，恍然大悟："原来，这一切都是您设的一个局。您故意把我调走，目的就是让他们以为自己胜利了，让他们彻底浮出水面？"

老赵没有说话只是会心地点了点头。

"那么接下来有什么计划？"康楠不由自主地凑近了老赵。

"一个行业里最重要的一点就是爱惜自己的羽毛，这一点比能力更为重要。"

康楠点头，十分认同老赵的话，贪婪和欲望早晚会毁了一个人。

"袁范芳非善类，她只会使一些下三烂的手法，趋炎附势，满口谎话，是见不得光的，和这样的人为伍，沆瀣一气，早晚是要玩完的。"老赵在职场上混迹多年，遇事从不焦躁，运筹帷幄，康楠在他的身上学到了很多东西。

"但是公司现在怎么办？"康楠的眼神中满是担忧。

老赵长叹一口气，望了一眼窗外正在努力生长的小树说道："公司想要好好地发展下去，就要换血，付出点儿代价是必须的。我现在在给他们一个犯错的机会，你放心，我这把老骨头还倒不了，你好好休养吧，过不了多久你就得回来上班了。"老赵看康楠的眼神充满了信任和坚定，一如往常。

康楠笑着点了点头。

老赵把送过来的咖啡递给康楠，康楠双手握住杯子，看着老赵说道："您为什么会这么信任我？"

老赵微笑，双手交叉放在桌子上，说："因为你最珍贵的地方不是你的勤奋和聪明，而是你的真诚和善良，在任何时候，这两点都是最重要的。有很多人原本也很善良，但在利益面前就容易暴露内心的欲望，一旦心变了，早晚会出卖自己和同伴。"

"您不怕我也变了？"

"你内心纯良，变不坏，如果你能那么轻易就变坏了，我就不会在这儿跟你喝咖啡了。"

康楠似乎明白了，老赵之前也一定给她设置了很多考验，只不过她不知道而已，她一定是通过了这些考验才获得了老赵如今的信任。

康楠正思索着，老赵打断了她的思绪："别瞎想了，到了我这个年纪你就会知道，有时候，人要在事情前面，人比事情本身要重要。你永远要记得。"

康楠依稀记得有人和她说过类似的话。老赵的这番话让她犹如醍醐灌顶，不由得露出一副正义果决的神情，坚定地说："赵总，您放心，人是我招进来的，就交给我来处理吧。"

老赵笑而不语，默认了康楠的话。

女人不好当，在男性主导的职场里更是难上加难。康楠早就把自己武装成了一名战士，准备为自己杀出一条血路，可战士也是要经过反复训练的，只有上过最残酷的战场、面对过最残忍的敌人，才能练就真本领，所向披靡。至于受过的伤，结成的疤，都是闪耀的勋章。

"赵总，您放心吧，我一定不会让您失望的。"

"你有什么打算？"

"我现在已经很惨了，既然找不到生活的解药，那我就干脆以毒攻毒吧。"康楠说完，掏出手机拨通了小薇的电话，交代了几句，就挂了电话，回头跟老赵说，"我会找到证据，如果真的是他，我一定不会留情，我要狠狠地还击回去！"

老赵把康楠送到她家楼下。跟老赵告别后，康楠抬头仰望，此刻的天空是湛蓝的，和她第一次去公司参加面试的那天一样。尽管心里充满了紧张、兴奋和不安，可看到这湛蓝的天空，整个人都舒畅了。人生就是如此奇妙，根本不知道下一秒会发生什么，可不知不觉中时间已经过去了很久。从 20 岁到 30 岁，从东北到北京，从实习到工作再到如今待业，一路走来，自己都算不清楚在自己身上到底发生了多少事，可还是会因为某个环境、某个人、某句话，令你想起往昔的某个时刻，只因为此时和彼时的心情相同，让你在现在的路口看到了当年不停奔跑的自己。

康楠沐浴在阳光下，闭上眼，深深地呼出一口气，整个人都轻松了。

"丁零零……"电话铃声响了起来，康楠拿出手机，是母亲大人的来电，她慌里慌张地接起电话。

"你一个人拖着一条废腿去哪儿了啊？不是已经失业了吗？还出去野什么啊？"康楠隔着电话都能感觉到母亲的吐沫星子飞溅到自己的脸上。这么多年过去了，母亲大人依然犀利。

康楠不自觉地擦了一下脸颊："在楼下了，马上就上去。"

挂了电话，康楠一瘸一拐地上了电梯，一出电梯，便看到了母亲的背影。

"妈，我回来了。"

康楠妈妈转过身来，不小心踢到了身边的塑料袋，从里面滚出一个圆溜溜的土豆，一直滚到康楠的脚边。康楠妈妈捡起土豆放进塑料袋里，又把袋子拎起来。

康楠妈妈还没退休，紧跟流行，打扮时髦，此时，她一手拎着装土豆的袋子，一手拎着一包旧衣服。

"妈，你这造型是什么意思？旧衣服换土豆啊？"

"我看把你卖了能不能换一袋土豆！我正想把土豆拿进去，把你的旧衣服扔了，一回身，门被你家的狗崽子关上了，我进不去了，多亏我拿了手机。"

"妈，你这是从哪儿收拾的旧衣服啊？"康楠顺手接过母亲手里的大袋子。

"你的衣服多得能去广州批货了，偏偏没有一件能大大方方穿出门的，就你这样你能找到对象吗？"母亲的脸上充满了对康楠的嫌弃和对她审美的鄙视。

"妈，你在走廊小点儿声！丢不丢人啊！"康楠赶紧去开门，把母亲推进屋。

"你还知道丢人啊！"康楠妈妈一进屋，Lucky 迅速跑回了狗窝，带着自己的崽儿，乖巧地看着康楠母女。

"你家的狗还真会装，装模作样的，比你都强！"

"那当然，我教育得好，不对，妈，你什么意思啊？什么叫比我强啊？"

"狗都知道乖乖听话。"

"这么说你接受我家的狗子们了？"康楠笑嘻嘻地看着母亲大人。

"暂时啊，如果以后它们在家里乱拉、乱尿、乱咬东西，你还是不许养！"康楠母亲马上收起了刚露出的一点儿笑意，一脸严肃地说。

"谢谢妈妈，你最好了。再说狗都是要教的嘛，有点儿耐心，它们会变乖的。"康楠一脸谄媚。

"还有，你赶紧收拾收拾跟我回家，相亲对象都给你准备好了，按照和你的匹配度排好了顺序，你一个一个地见，不许再找借口！"

"妈！"康楠听到母亲大人的指示，头立刻大了一圈。

"别喊我妈，没有用，你管我叫啥你都得去！"母亲大人态度坚如磐石，丝毫不被撼动。

"妈，你别添乱了，我心里烦着呢！"

"我怎么是添乱？你自己不找，不是说自己忙，就是说自己没机会认识人，现在你待业在家不忙了，我也给你机会认识朋友了，看你还有什么借口！"

"我有喜欢的人了！"康楠脱口而出。

"谁啊？"刚刚还在厨房收拾土豆的母亲立刻冲到客厅，坐到了康楠面前。

"妈，你一惊一乍的，吓我一跳！"

"别整没用的，喜欢谁啊？"

"哎呀，一朋友。"

"朋友？什么样的朋友？"

"就是朋友啊。"

"他喜欢你吗？"

"不知道。"

"那你这是暗恋啊？"

"哎呀，妈，你别管了，行吗？"

"跟你妈有什么不能说的啊？怎么的，他有啥缺陷啊？穷？矮？岁数大？"

"不穷不矮，岁数大！"

"那没关系，只要不比我大就行，不然辈分就乱了！"

"妈，你能不能说点儿正经的啊，我回屋去了！"康楠彻底被亲妈搞晕了，一蹦一跳地回到自己的房间，把母亲大人的话用门严严实实地关在外面。

老王，老王，又是老王，康楠不顾及自己的残腿，把自己整个人都蒙进被子里。她想起之前看到过的一个说法，叫吸引力法则，如果特别喜欢一个人，就在脑子里不停地想他，拼命地想他，无时无刻不想他，被你喜欢的人就有可能被吸引过来。康楠觉得自己疯了，简直是犯了花痴，竟然差点儿迷信这种玄学，可她就是控制不住自己想他。

手机微信提示有新消息。

是老王，天啊，吸引力法则有效了？

康楠怀着忐忑的心情点开了消息，是老王发在"狐朋狗友"群里的。

老王：朋友们，很遗憾地通知大家，大熊去世了，明天我要为大熊举行一个追悼会，希望大家能来看它最后一眼。

康楠看到信息震惊了，什么意思？这不可能！前几天她还看见大熊好好地待在家里，到底怎么回事？

紧接着大家纷纷发出信息。

小邱：什么？这不可能吧？

小白：什么时候的事情？

小红：大哭。

一时间"狐朋狗友"群里都炸开了锅，老王没有再回应。

康楠呆呆地看着手机，脑海中不断浮现出大熊和 Lucky 在一起玩的景象，眼泪"哗哗"地流下，一滴一滴地打在了手机的屏幕上。她此时感觉自己像是一个木头人，动弹不了。

康楠在微信输入栏里，删了又写，写了又删，她不知道该如何安慰老王。养狗的人最过不去的坎儿就是狗狗有一天会离去，主人无能为力，人们无法面对分离，所有曾经对这些小可爱的喜爱和保护都会在那一刻变成痛苦和思念。

这一夜，"狐朋狗友"群的人都没有安眠。

第二天，邻居们都带着自己的狗来到老王家。Lucky 摇着尾巴跑在康楠前面，康楠看着 Lucky，鼻子一酸，把 Lucky 抱起来，说："你以后见不到大熊了，它先去了汪星球，它会在天上保护你。"

Lucky 好像听懂了康楠的话，乖巧地趴在她怀里，安静极了。

大熊安静地睡在鲜花周围，乖极了，头顶和脸上的毛已经发白了，爪子上的毛很干净。之前大熊最喜欢坐下来和人握手，爪子又厚又沉，一只手将将能握住，可从今以后，这样可爱的动作再也不会发生了。

在场的人都忍不住掉下了眼泪，小红和小白更是哭得泣不成声。

老王眼里布满血丝，胡子拉碴，才过了一晚，就变得如此憔悴。

老王忍着悲伤，对来参加大熊追悼会的人说："谢谢大家来看大熊，之所以举办这个追悼会，是想和大家说几句，谢谢大家对大熊的喜欢和照顾，它也很喜欢大家，喜欢小伙伴们。它从前很顽皮，后来很听话，都说它是天使，现在它真的要做天使了，希望大家记得它。尽管很难过，还是希望大家不要过于悲伤，我们终究要面临分别，不管是谁，即使是自己最亲近的人，终有一天也会离开我们，我们要珍惜在一起的每一天，好好照顾自己的狗子，即使分别的时刻，也能好好道别。"

电视里放着老王给大熊拍的不同时期的视频，大家安静地看着，偶尔被大熊的憨态逗笑，可又立刻陷入难过。

画面放到大熊第一天来到老王家时的照片，那时的大熊很小很小。老王说，朋友家的狗生了一窝小狗，他去朋友家蹭饭的时候，一个小脑袋在蹭自己的裤脚，他摸了摸它，它就开始摇尾巴。老王把它放在自己的膝盖上，玩了一会儿，小家伙竟然睡着了。要离开的时候，老王实在舍不得，便跟朋友打了声招呼，将它带回了家。

那个时候，是老王人生最灰暗的时期，都是大熊陪着他度过的。

看完视频，大家都安静了，每个人都去拥抱了一下老王。轮到康楠的时候，不知道是不是错觉，她感觉老王把她抱得很紧，她紧张地用手轻轻拍了拍老王的肩膀。

还是小邱打破了沉默："我还是不能接受这件事，大熊到底是怎么去世的？"

所有人都看着老王，等待答案。这时，老王身后的韦玲玲突然掩面而泣，哭出声来。

Chapter 18

看不到星辰和大海

心不自由就永远

1

康楠红着眼睛回家，把自己关在房间里，打开窗户让干冷的风吹进来。她大口大口地呼吸着，想尽量让心舒服一点儿。她无法面对大熊的离开，即使老王说了很多关于分别和珍惜的话，但她还是难受。她想到自己和 Lucky 也总有分别的一天，想到每个人都要经历亲人、爱人、朋友的离去，这是人永远无法逃避的。

这时房门被打开，母亲大人端着一碗猪脚汤进来。

"大冬天开什么窗户！把自己冻感冒了不要连累狗！"母亲大人依然脾气火暴。

康楠听了却破涕为笑，蹦跶着冲过来抱住妈妈，像个刚刚受了很多委屈的小孩儿一样撒娇求安慰。

母亲大人差点儿被撞了个趔趄，手里的汤洒了一半："你这是又起什么幺蛾子？汤洒了！"

康楠站起来，接过妈妈手里的碗："谢谢妈妈！"

"不用你谢谢，少气我就行了！"母亲大人很自然地翻了一个白眼。

"我什么时候气你了？"

"犟嘴！跟你爸一个德行！"母亲大人一边说一边去关窗户。

康楠笑嘻嘻地回应，喝了一口汤，瞬间从嘴巴到胃都被热乎乎的汤暖到了，热汤驱散了身体里的凉气，于是她大口喝光。

母亲大人拿着空碗出去了，康楠恢复了平静。

大熊的死是韦玲玲造成的。韦玲玲心血来潮带着大熊出去，中途想去买个晚餐，大熊被关在了车里。因为缺氧，导致大熊身体抽搐，等韦玲玲回来的时候，座椅已经被大熊抓得不成样子，大熊也奄奄一息。送到宠物医院，大熊一直坚持到老王来才停止呼吸。大熊临死之前眼中饱含泪水，最后用舌头舔了舔老王，像是在做最后的告别，老王抱着大熊泣不成声。

康楠擦了擦眼角的泪，从床上坐起来，老王此刻一定很需要安慰，表面越是看似平静，内心越是伤痕累累。她打开微信打字，写了几行觉得不行，又删掉重写，反复几次，还是词不达意。于是沮丧地放下手机，用被子蒙住头。

快过年了，到处都是热闹的景象，康楠的爸爸在她的召唤下也来了北京，准备陪她在北京过年。

一家难得团聚，很是热闹。起初康楠妈妈特别排斥狗，到现在把狗子照顾得特别好，也不嫌弃狗到处掉毛，遛狗、喂食、铲屎这些活也都开始大包大揽，各种嫌弃康楠照顾狗不细心，还私藏一些康楠都没见过的好吃的专门喂狗，简直比对亲孙子还亲。康楠都快看不下去了，哭着喊到底谁才是亲生的。母亲大人却义正词严地说："你还跟狗抢吃的，你还是不是人啊！"

康楠无奈，和家人只能讲感情，不能讲道理。

康楠爸爸就显得温和多了，她爸爸是巨蟹座，对她从小到大做的事情都很包容，唯一的缺点就是太'妻管严'，什么事情都要看她妈妈的脸色，不敢私自做主。但是康楠爸爸对她的感情问题还是比较关注的，总想和康楠聊一聊。康楠有一搭没一搭地听完，总而言之，他对未来女婿的基本标准就是能陪自己喝酒、下棋、练太极。

一家人其乐融融，令康楠缓解了心里的苦闷，生活终于暂时恢复了平静，但是徐州总是没事就来蹭饭。

"当当当……"

"楠楠，快去开门！"康楠的妈妈此时正在厨房里忙得热火朝天。

一定又是徐州那个臭小子，每次都卡着饭点来，真是讨厌。康楠敷着面膜，仰着头打开门。

"楠姐，是我。"徐州露出一副天然无公害的笑容。

康楠翻了一个白眼，转过身去含糊地说道："就知道是你，进来吧。"她一边说一边轻轻地抚摸着脸颊。

"是小州吧。"康楠妈妈从厨房里探出头来，手里转着锅铲，眉开眼笑地说道。

徐州脸上挂着笑容，举起手里的购物袋，屁颠儿屁颠儿地跑到厨房的门口，说道："阿姨，前几天您不是说想吃牛肉吗？我今天带了牛肉来，我们晚上可以做番茄牛腩汤。"

康楠妈妈接过徐州手中的袋子说道："这孩子有心了，阿姨今天晚上就做番茄牛腩汤给你喝。"

徐州得意扬扬地竖起拇指，夸张地表示了一个"赞"。

"哎……今天不是要做红烧肉吗？我都说一周了，咱不是都定好了吗？"康楠赶到厨房询问，美食面前，必须拼个你死我活。

"不做了今天，红烧肉有什么好吃的，徐州带了牛肉，我们就做牛肉。"母亲大人头也不抬地清洗着牛肉。

"那他要带方便面来我们就吃方便面啊？再说咱们都说好了吃红烧肉，我脑子里都开始飘红烧肉的味儿了，怎么就变成番茄牛腩了啊？"

"看你为了吃没出息的样子，你脑子里最好给我想点儿正事，在家里啥也不干还总想着吃肉，你就不怕胖吗？"

"我……"说到胖，康楠无言以对。她想起杂志上的话，30 岁不吃不一定瘦，但多吃一定会胖。刚刚那颗还在为红烧肉沸腾的心瞬间变得冰凉。

徐州趁机冲康楠做了一个鬼脸。康楠看着徐州"无耻"的样子，头发都要着起火来，一把将脸上的蚕丝面膜扔向徐州，徐州一个闪身，那面膜准确无误地砸在了母亲的身上。

康楠妈妈转头寻找肇事者，康楠见状急忙逃离案发现场。徐州看好戏不出声地笑着。

康楠转身进卫生间洗脸。"咕嘟嘟……"她将脸浸入水中，激起好多泡泡。徐州倚在卫生间的门上忍不住笑出声来。康楠起身，溅了徐州一身水，然后看了一眼徐州，用柔软的毛巾擦了擦脸。

"别说，楠姐，你这皮肤真好，吹弹可破啊。"

"少拍马屁！这脸都是靠人民币养出来的，小屁孩儿，躲远点儿。"康楠说着拿起了一瓶精华液，开始像浇地一样往脸上洒。"我现在去买化妆品，店员都开始向我推荐抗早衰的产品了，说现在不预防，以后真开始衰老了，就来不及了。"

徐州笑道："她们是故意制造恐慌刺激你消费，你还真上当啊。"

"东西好使就不算上当！怎么也比你们男人靠谱儿！"康楠透过镜子瞪了徐州一眼。

"阿姨，有什么要帮忙的吗？"徐州自知话题严重了，转身乖巧地跑去厨房，小媳妇似的问康楠妈妈。

"没有，你出去等着吧。"康楠妈妈脸上洋溢着灿烂的笑容。

康楠看见旁边母亲大人新炒出来的菜，忍不住拿了一块送进嘴里。

"烫！"康楠张着嘴，嘴里还冒着热气，右手来回地扇着，滑稽极了。

"去去去，帮倒忙！"

康楠的家庭地位越来越低了。

饭桌上，徐州花言巧语哄得康楠的爸妈十分欢喜，得知徐州一个人在北京过年，更提议让徐州来家里过年。没等康楠阻止，徐州一口答应，并主动提出和康楠爸爸一起置办年货。有了这么一个免费司机，康楠爸爸开心得又打开了一瓶啤酒。

康楠看父母这么开心，心里也踏实了许多，她本就不想让父母为自己操心。最近自己的种种不顺，父母也一定有所感受，但谁也没有说出口，都默默地用自己的方式关心着彼此。想到这里，康楠的心暖了一下，再看看徐州，不禁笑了。

这时手机响了，康楠打开微信，小邱发来信息：小红退群了。

紧接着，小红给康楠发来一个短消息说想请她帮忙。

这段时间康楠一直在忙，没注意到这对小情侣，原来两人一个月前就分居了，小红决定和小白分手回西安老家，但是狗带不走，小白答应一定会照顾好两只狗。可没过多久小白就交了新的女朋友，女朋友想养猫，所以小白就想把两只狗送走。

康楠不忍心，决定陪小红一起去把狗接回来，于是叫上徐州，一瘸一拐地出了门。

他们先接上小红，然后去找小白。

大家约在了一个小公园里。小白的新女友像树袋熊一样挂在小白的身上，直勾勾地盯着小红，像是在宣誓自己的主权。小红没有正眼看过小白一眼，一直把拳头握在袖子里，心像被野兽撕咬一般，无声地咒骂着眼前这个让她又爱又恨的人。

小白把两只小狗交给小红，开口说："对不起，实在是不方便，不然我不会不养它们的，你一定要记得不要给它们吃零食……"

小白的话还没说完就被小红打断了："少在这里假惺惺的，现在说这些还有什么用，管好你自己吧！"说完，她抱起两只狗，头也不回地就走。

两只狗恋恋不舍地看着小白，却又不敢出声。

徐州很有眼力见儿地打开车门，小红带着狗上车，然后关上了车门。

康楠看了看小白，他的脸更惨白了，一时也不知道该说什么，点头算是道别了，随后也上了车。

车子刚启动，两只小狗就站起来爬到窗户上回头看小白。看见此景，小红终于哭了出来，泪眼蒙眬地骂道："找个男朋友，还不如养一条狗！"

康楠用手抚摸小红的肩膀安慰道："别哭了，妹子，过去就过去了，你还年轻，一定会遇到更好的人，愿意和你一起养狗、一起打游戏、一起看电影逛街，他们会更帅，不哭了。"

黑豆很贴心地钻进小红的怀里，小红抱着黑豆，擦了擦眼泪："嗯！"

"你一个人可以养两只狗吗？"

"回西安可以的，家里很大，我压力也小一些，有时间陪它们，放心吧。"

"所以真的决定回老家了？还回来吗？"

"不知道，也许就不回来了。"

"之前你不还说，世界那么大，你要去看看，坚决不回老家，就因为这个男生伤了你的心，就要回家了吗？"

"楠姐，心不自由了，就看不到星辰和大海，在哪儿都一样了。"

这句话像迎面泼来了一碗冰水，让康楠一激灵。以至于和小红分别之后，她依然久久不能平静。

　　30 岁，不知道为什么，自己刚刚一只脚跨进来而已，就被套进了牢笼，过度紧张，四处张望，一时间无数个声音灌进耳朵。她把自己困住了，把心困住了，伴随她的不再是勇敢和无畏，而是焦虑和迷茫。她不敢再提年少时的梦想，不敢去表达自己的喜欢，不再完全相信那些单纯美好，仿佛这些东西和 80 年代的老歌、儿时的动画一样，变成了应该珍藏起来的东西，变成了回忆和奢望。她看着自己从前向往的星辰和大海，却在凌乱的风中找不到出口的方向。

　　为什么会这样？难道只是因为自己到了 30 岁吗？为什么 20 岁的时候可以爱憎分明，可以分分合合，30 岁就不行了？为什么 20 岁的自己敢买一张独自赴北京的车票，30 岁的自己却没了说走就走的勇气？ 30 岁，梦想还是梦想，喜欢还是喜欢，美好还是美好，它们都没有变啊。

　　康楠整理了很久的思绪，暗暗在心里做了一个决定。

　　除夕终于到了，康楠一早就被母亲大人从被窝里拎了出来。康楠看了看日历，没有和往日一样赖床，拉开窗帘，外面真是好天气，天蓝得吓人，阳光甚至有些刺眼。她晒了一会儿，想晒一晒身上的霉味。她伸了伸懒腰差点儿又扭了脚，好不容易扶着窗框站稳了，扭头看到母亲大人晾在阳台上的又红又大的柿子。

　　康楠小时候最开始只见过西红柿，到了冬天才能吃到这种冻好的柿子，后来才知道这种柿子是树上结的。一排柿子红彤彤的，很是好看，希望新的一年，柿柿如意，皆大欢喜。

　　伴随着电视里连续循环播放的节庆音乐，康楠妈妈和徐州在厨房里热火朝天地准备着年夜饭，康楠爸爸在沙发上给 Lucky 和小崽子们梳毛，一派和谐的景象。只有康楠显得有点儿多余，开始没话找话："我这一年都没开过电视了，也就过年的时候才打开一回。"

　　"那以后也不用交有线电视费了，有一个台能看春晚就行。"

"爸，你说为啥现在过年没有小时候有意思了呢？"

"因为你长大了呗，长大了就不听话了！"

"嘿，这也能怪我！"

"去，到爸大衣兜里拿个打火机。"

"你要造反啊，当着我妈面还敢抽烟。"

"让你去你就去，不听话这孩子。"

康楠不情愿地去翻老爷子的大衣口袋，摸到一个硬邦邦的大信封，拿出来一看，竟然是一个大红包。"爸！这是给我的吗？"

"给你的压岁钱！"

"我的天呀，我一把年纪了还能有压岁钱！还是我亲爸好！"康楠跳着冲回来给老爸一个拥抱，Lucky 被吓了一跳。

"在我和你妈面前，你多大了也是孩子！拿去买糖吧！"

康楠幸福地拿着红包嘚瑟了一圈，小薇来了电话。

"喂？这么早拜年啊！"康楠心情大好。

"楠姐，我在你家楼下呢，来接我一下！"小薇的语气中有难以掩饰的喜悦。

"行，我让徐州去接你。"

"徐州？这小子竟然赶在我前面拍领导马屁，看我待会儿怎么收拾他！"

不一会儿，小薇风风火火地来到了康楠家，和徐州打打闹闹地进了家门。小薇看见康楠便迫不及待地说："叔叔阿姨新年好！楠姐，我有个好消息要告诉你！"

"咋了？北京房价又涨了？"

"不是，袁范芳因涉嫌商业欺诈被警察带走了。"

"哦。"康楠对此并不感到意外。

"楠姐，你怎么一点儿都不惊讶？"

"我已经知道了。"

"你已经知道了？"

"嗯，老赵已经通知我了，让我节后准备回公司上班。"

"太好了，姐！你是没看到，袁范芳被带走时有多狼狈，像丧家之犬一般。"

康楠的脑海中突然浮现出林潇的样子，想开口问，却没说出口。

小薇来去匆匆，水都没喝就一溜烟儿地走了，说要去雍和宫拜一拜。

饭桌上，康楠给每个人都倒了一杯酒，乖巧地给自己倒了一杯可乐，本来想像小时候一样说几句吉利话，却突然有点儿害羞，千言万语换成了一个字："干！"

好在老爸老妈也没煽情，一直张罗着让徐州吃这吃那，帮康楠分担了很多注意力。康楠看到这一幕，竟然有点儿激动，很久没有和父母这样在节日里吃团圆饭了，眼睛竟然有些湿润了。

这时，徐州终于啃完了半盘排骨，举起杯，说："谢谢叔叔阿姨，收留我跟你们一起在北京过年，祝你们身体健康，祝楠姐，嗯，长生不老！"

康楠爸妈一阵哄笑。

"我呸，你会不会说吉祥话啊，我吃唐僧肉了啊？还长生不老！"气得康楠刚有的一点儿感动全被破坏了。

"也不用飞黄腾达，平平安安就好，我们都是普通人，到我们这个年纪，只求安安稳稳、踏踏实实，你们都好好的就行了。"康楠妈妈难得说了句温馨的话。

"爸，妈，我想回一趟老家。"

饭桌上突然安静了。

"之前让你回你都不回，怎么又突然想回去了？"康楠妈妈简直不敢相信自己的耳朵。

"回去看看，不然小时候的好多事都快忘了。"康楠故作镇定地吃着菜。

"孩子想回去就回去，哪儿那么多为什么。回去行，正好咱们一家四口一起走！"康楠爸爸给了她妈一个眼神。

"四口？还有谁啊？"康楠疑惑。

"不对，咱们现在是一家八口！"

"爸，你把狗都算上也才七口啊！"

"还有我啊！"徐州举手回答。

"有你什么事啊？小孩儿一边玩去！出去下楼放炮吧，去！"康楠打发徐州。

"我也去！我没看过东北的雪，我去还能开车，不然狗都带不回去。"

"徐州说得有道理，一起回去！"

康楠无语。

经过饭后家庭会议研究，决定其中两只小狗崽子交由父母带回东北抚养。一切皆大欢喜，人狗和睦。

隔天，康楠就把 Lucky 和一只狗崽儿交给了小邱照顾，另外两只狗崽儿和康楠一起出发，回东北老家。

2

车一路向北，道路越来越滑，看着窗外呼啸而过的白杨和山峦，老家的样子渐渐地在康楠心里亲切了起来，又有一种说不出来的味道，也许这就是人们说的"近乡情怯"。

工作之后，康楠很少有时间回老家，用妈妈的话说就是她的性子野，喜欢在外面闯荡。但这次回家康楠看着熟悉的街景，脑海中浮现出很多回忆。

她小时候和男孩儿一起爬树，不小心摔下来，腿上划了一个口子，现在还有伤疤。小学五年纪时第一次收到男生的情书，脸红着回家，生怕被家长发现，紧张得一宿没睡，不知道怎么处理信。初中读寄宿学校，学校临时放假，康楠回家发现钥匙打不开门，开门的人不认识，把她吓坏了，打电话给妈妈才知道她家搬家了，她简直怀疑自己不是亲生的。高考之前得了阑尾炎，打着点滴去考试，还上了当地报纸，说她励志……学校、工厂、街道两旁的树、门前的雪，这一切都让她想起了太多往事。

康楠家有一个小院，院子里有一棵杏树，这栋房子康楠也没住过很久，反倒是上小学时住的50平方米的房子令她印象深刻，墙上都是她用铅笔画的房子、洋娃娃和小兔子。在院子里转悠一圈，康楠觉得这真好，如果自己老了能有这么一个院子，在里面养一只狗，就可以了。此刻她有点儿羡慕爸妈。

东北冬天的晚上格外冷，康楠和徐州两个人都裹得像个粽子。

"真冷呀。"徐州冻得直发抖，嘴里还冒着白气。

"怎么，后悔跟来了？"康楠问徐州。

"我后什么悔啊，我是开心。"徐州吸了吸鼻子说道。

康楠看着徐州厚脸皮的样子，没有说话，一个人在院子里放起烟花。

康楠看着绚烂的烟花，不禁感叹，美好的东西转瞬即逝，错过了就是错过了，正如她遇见老王，刚刚有点儿希望的火苗，又转瞬即逝了。她望着绚烂的烟花，冻得鼻头通红，眼角晶莹。

"又在这儿瞎想什么呢？"徐州小狗似的蹭到康楠的身边说道。

"要你管。"康楠忙掩饰自己的落寞，白了一眼徐州。

徐州痞笑着，从口袋里拿出两罐啤酒，轻轻地碰了一下康楠的胳膊："给你！"

徐州向康楠眨了一下眼睛，康楠的眼睛直泛光，因为有伤，整个春节她都没沾过一滴酒，父母像看贼一样看着她。康楠开心地接过徐州手中的啤酒，宝贝似的捧着。

"啊……真舒服。"康楠迫不及待地喝了一口酒，脸上挂满了幸福。

看着康楠可爱的样子，徐州也不禁笑了起来。两个人挤坐在长椅上，看着不时照亮天空的烟火。

"姐，你最近和老王联系了吗？"

康楠没说话，摇摇头。

徐州的鼻子冻得通红，好看的眼睛泛着微光，一闪一闪的烟火映照在他白净的脸庞上。

"要不忘了他吧，咱俩凑合凑合得了。"

康楠吓得啤酒吐了一地，呛得龇牙咧嘴，忙用围巾擦了擦身上的啤酒沫，伸手照着徐州的后脑勺儿打去，却不料伸出的手被徐州抓住了。

康楠和徐州对视，说："你少拿老姐姐开玩笑啊，这是春节，可不是愚人节。"

康楠的脸颊微红，乌黑的头发被风吹乱，有着一种说不出的美丽。

徐州刚想说话，却被康楠打断："崽崽们该饿了，我们该回去喂奶了。"

康楠起身把空的易拉罐扔给徐州，笑着说道："收好了，被发现的话，你就别想回北京了。"

徐州望着康楠离开的背影，呆呆地站在原地，风继续吹着，吹得他的心荡起层层涟漪。

晚上，徐州教康楠爸爸使用康楠新给他买的手机，康楠挤到沙发上，凑到母亲旁边。

"妈，你织什么呢？"康楠依偎在妈妈的身边，像一个孩子。

"你大姨说咱家沙发垫子好看，让我给她也织一个。"

"买一个就行了，你眼睛能看清吗？"

"我还没老眼昏花呢。"

"妈，我给你买件貂儿（皮草大衣）啊！"

"我看你像个貂儿！"

"我给你买一件呗，我看我大姨都有。"

"你大姨还有女婿呢，你也给我整一个回来啊。"

"妈，怎么说什么都能绕到这事上啊，我这不好心溜须你吗？哼！"康楠假装生气。

"你有心就行了，你赚钱也不容易，在外面一个人生活有多难我也经历过。你们这个时代比我年轻时候更复杂，我和你爸帮不上你，也不给你添负担。"母亲大人放下了手上的活儿，看着康楠。

康楠抱着母亲大人："妈，你说什么呢？你现在怎么上纲上线的，跟我爸似的。我就给你买件貂儿，怎么上升到这个高度了？不是一件事啊！"

"你可消停点儿吧！你买包儿，我穿貂儿，咱娘儿俩看谁能作妖！太不朴实了！"

康楠被母亲大人逗乐了："你这话都跟谁学的啊，妈？"

"原创！"

"哟呵，还原创，您可够潮的啊！"

"潮吗？东北多干燥啊！"

"哈哈哈，不是那个潮，说您厉害的意思。"

"别整没用的了，在北京我没问你，你和那人咋样了？"

"没咋样。"康楠转过头，拿起了一团毛线。

"行，你不想说就不说，反正我就告诉你，你就按你的想法过，不要考虑我和你爸。我们不是你的负担，你想喜欢谁就喜欢谁，想去哪儿就去哪儿，我们不会拦着你。你好不容易走出去了，就别轻易回来，也别怕继续闯荡，人在哪儿都能扎根。人都会老的，不用怕，无愧于自己就行，别听别人怎么说，你要活得像你自己。我们催你，是怕我们老了看不到你幸福的那天，希望你幸福的那天早一点儿来，这不算自私吧？"

康楠紧紧贴在母亲的肩膀上："妈，我知道。"

康楠想起初中的时候，青春懵懂，有用不完的精力。突然有一天不知道从哪儿传来的潮流，学校开始流行交笔友。作为语文课代表的康楠洋洋洒洒地写了一封交友信，偷偷装进信封，夹在课本里，等待放学去寄给杂志上一个陌生的地址。她抑制不住内心的激动，根本没有听见数学老师在讲什么。她还沉浸在兴奋、期待、美妙的幻想里，却不知这一切都被班主任从后面的窗户看在了眼里。班主任早已洞察了这股"不正之风"，康楠不幸地即将成为"不良少女"的典型。放学的时候，班主任把所有人都留下了，当着全班同学的面硬生生地收走了康楠装着信的课本，表情严肃又带着得意，高高举着那封信，让康楠当着全班同学的面，把信读出来。

信的内容康楠已经记不清了，只记得当自己读到班长很帅学习又好、自己以后想去清华读大学的时候，全班哄堂大笑，康楠无地自容，哭着跑回了家。但班主任并没有就这样放过她，第二天她妈妈就被班主任请进了办公室。

那天，她妈妈穿了一件很久都没有穿过的深蓝色外套，袖子上有一排精致的纽扣，很是好看。康楠像个即将被判无期徒刑的犯人等着宣判，母亲却昂首挺胸地看着班主任，手里攥着信，仿佛那封信是班主任写的。班主任咳嗽了一下，缓缓地说："康楠妈妈，康楠不好好学习，在课上给男生写情书，带坏了班级风气，你得管一管了。"康楠妈妈把信摊开放在桌子上，说："老师，这封信怎么能叫情书呢？不过就是一封小孩子写给朋友的普通的信罢了，您上学的时候就没有给别人写过信吗？"

班主任和康楠同时惊讶地抬头看着她，都怀疑自己是不是听错了。妈妈继续说："孩子总是要长大的，这个过程里他们总是对世界好奇，想认识更多的人，去看更多的东西，书本里的知识当然重要，但成长也同样重要。康楠以后能不能有成就我不知道，但我希望她健康阳光地成长。老师，恕我直言，您让她当着全班同学的面读她的信，没有保护好她的隐私，也没有考虑到她的自尊心，我觉得您的做法也不妥。"

班主任听得目瞪口呆，康楠眼里冒星星，事态一百八十度的大逆转让她一时无法接受，但忍不住想伸手鼓掌。那一刻，她觉得妈妈是世界上最伟大的人。

回忆停止，康楠回过神来开口问："妈，初中同学聚会，我去不去？"

"去啊，你还怕你班主任啊？"

"不知道，就是有点儿不想见。"

"你一直跟初中同学都没联系，反正这次也回来了，想去就去，没什么，同学就是见一面少一面，看很多人都是最后一眼。"

"说得真吓人。"康楠琢磨这句话，又觉得很有道理，点了点头，"嗯，也有道理，果然姜还是老的辣。"

"去，别耽误我干活。"

不知不觉，康楠躺在妈妈身边睡着了，睡得特别香，像刚出生的婴儿露出甜甜的微笑。

康楠出现在初中同学会上，同学会和她想象的有些不一样。她除了同桌刘美丽，几乎一个同学都没认出来，全程都在和刘美丽嘀咕："这个秃顶的是谁？""是班长王磊。""这个波浪卷发型的呢？""文艺委员邓小琪。""那个戴金链子的呢？""那是我们班班草顾晓莱啊，体育委员，我们下课后总去看他打球啊！"

"天哪，我是失忆了吗？"康楠在心里大喊，为什么自己对这些同学的印象这么模糊？他们怎么和小时候都对不上号了呢？

"算了，我不问了，太不礼貌了。"康楠说。

"没事，你一直在外面上学，和大家联系少，记不住很正常，待会儿聊起来就想起来了。"刘美丽安慰道。

比忘了同学长相更可怕的是面对一群叽叽喳喳的小孩儿，都是同学的孩子，一会儿这个孩子哭了，一会儿那个孩子尿了，声音此起彼伏。大家畅聊育儿经，比较谁的孩子年纪最大，谁的孩子年纪最小，谁家是儿子，谁家是女儿。直到轮到康楠这儿，全都安静了，大家齐刷刷地看向她，刘美丽的尖锐嗓音打破了这种安静："康楠，你竟然还单身？"

于是大家纷纷询问原因，还有关心她是否身体有病的。康楠连忙解释："没病！没特殊要求！就是因为没时间！没有遇到合适的！"然后借口上厕所才从"群访"中逃出来。

康楠看着这一群孩子和家长，突然彻底意识到自己已经比别人晚了不止一点点，再过几年身体不行了，想生孩子都难，难道真的要开始准备冷冻卵子了？

"算了，跟什么风啊，这些人我都快记不住了。"康楠尽量说服自己不要多想。

康楠并不是一个内向、冷漠的人，她刚上初中的时候非常开朗，热情地和大家交朋友。可后来她转学到这所全市最好的初中，来到了这个班级。转学那天康楠爸妈都在忙，没有时间送她上学，她一个人带着自己的学籍档案出现在班级的门口，却被班主任拒之门外，一直等到放学才看了她一眼。

一开始康楠以为自己打扰了班级上课，老师才生气，她有些胆怯。接下来的半个月，除了分配座位，班主任都没有理她。终于有一天，这位肥头大耳、中年油腻的班主任随便找了一个理由，当着全班同学的面，斥责康楠学习成绩差，学习不好就滚！康楠吓得连头都不敢抬，用尽全身的力气才忍住眼泪。后来她才知道，班主任喜欢搞各种补习、辅导书和卷子，揩学生的油水。康楠一直没有提出补习，转学第一天父母也没有来和老师打招呼，才遭到班主任的排斥。于是康楠开始恨他，甚至讨厌同学。这也是康楠从不参加初中同学会、不和初中同学联系的原因。

她一直记得刚到这个陌生的班级时遭到的老师的冷眼，同学像看笑话一样看着她挨骂。这给她留下了很大的心理阴影，以至于她日后面临新环境的时候总要花很长的时间做心理建设。她反复练习呼吸，提醒自己不要怕，自己不是过去无助的小女孩儿了，现在自己很强大。她把日子当成备战奥运会，只有努力争夺冠军才能证明自己，她活得很用力。

接下来，让她很纠结的一幕终于来了，她很想看一眼这个班主任现在变成了什么样子。她很想去告诉他，她现在过得很好，一点儿也不怕他了，如果情绪激动甚至可以骂他两句揭穿他不配当老师，差点儿毁了自己。这是她来参加同学会的重要目的。

可当这位班主任出现在她面前的时候，她整个人都愣住了。因为出现在她面前的，是一个风烛残年的老人，满头白头、身体臃肿，她印象里班主任容光焕发的脸现在爬满了皱纹。

刘美丽小声告诉她，班主任后来过得很不好，也有传言他差一点儿被学校开除。

班主任和每个同学打招呼，到了康楠这儿，康楠很想继续恨这个人，说几句狠话，可怎么也恨不起来了。

"你是？"班主任眯着眼睛问。

"康楠，转校生。"

"哦，我想起来了，你在哪儿工作呢？"

"北京。"

"在外面辛苦，但视野广，有出息啊。"

"谢谢老师。"

康楠除了谢谢，说不出别的话。她看着班主任浑浊的眼睛，再也看不见当年那个无助的、被欺负的小女孩儿了。

成长难免经历伤痛，有些伤会跟随我们一辈子，我们不能祈求别人治愈它，只能自己学会自愈。

与疼痛和解，就是与自己和解。

同学会结束后，康楠离开，走在雪地里，一串一串脚印相连，她突然跑了起来，觉得整个人都自在了。

不远处，徐州的车停在街角，徐州举着两串糖葫芦在等着她。康楠跑过去，接过糖葫芦咬了一口，从徐州的棉衣里钻出两个圆滚滚的小脑袋，康楠的心和嘴里的冰糖一起化开了。

回北京的前夜，母亲大人做了满满一桌子的菜，都是康楠爱吃的。康楠也顾不上减肥大业了，比较起来，减肥可以随时进行，但家里正宗的东北菜可不见得天天都有。她抬起头正好看见徐州啃着一个猪蹄，满嘴的油花，毫不顾忌帅哥形象，还不忘向她爸敬酒。康楠顺手拿起手机给徐州拍了一张照片，说："帅哥，吃相不要太难看。"

酒足饭饱后，父亲开始帮康楠收拾东西。康楠每次出远门，行李都是父亲打包的。还记得她刚上大学时，临行前父亲在她包里放了一个小鸭子救生圈，让她去学游泳，她哭笑不得地说："爸，我是大学生了，不是小学生，带个小鸭子去上游泳课丢不丢人啊？"刚才她本来还想劝爸爸不要给她装东西了，自己什么都不缺，可一想，算了，不让他干点儿啥，他心里不踏实。

康楠顺手翻了翻旧书架，找到了家里的相册，饶有兴趣地翻了起来。都是她小时候的一些照片，有上幼儿园时的，有学校组织春游时的，还有表演节目时的，然后她看到一张小学三年级时第一次参加运动会的照片。记得为了给四肢不协调的女儿助威，爸妈都出动了，穿戴整齐地当啦啦队，妈妈还特意给她带了她最爱吃的锅包肉。那时候锅包肉也不是随便能吃的，只有过年或有人结婚才能吃到。康楠比赛之前一口气把锅包肉都吃了，结果比赛的时候跑不动了，跑了半程就吐了，整个过程全被她老爸拍了下来。

徐州不知什么时候凑了过来，看着照片，说："你小时候好可爱啊！"

"现在不可爱吗？"

"可爱！可爱！"

"小时候真好，有的是时间，有的是快乐。"

"现在也有啊。"

"唉，不一样啦。"

"怎么，舍不得回北京了？"

"有点儿吧，这次回去，不知道什么时候能再回来。"

"为什么？"

"还有很多事情没做完，不能半途而废。"

"感情还是事业？"

"都有。你问这么多干什么？"

"关心你啊！"

"谢谢你！睡觉去！"

第二天一早，徐州把康楠的行李放到了车上，康楠爸妈带着两只狗崽子出来送他们。

"快回去吧，太冷了，放心吧，好好照顾狗，狗粮不够了跟我说。"

"嗯，你放心吧，你妈对它们肯定比对你好。"康楠老爸笑嘻嘻地说。

"呵呵，辛苦了。"康楠苦笑，抱了抱爸爸妈妈，然后转身上车。

车子启动了，后视镜里的父母越来越远，康楠深吸了一口气，在心里默念，一切都会好的，对吧？

Chapter 19

到了我这年纪，蹦回迪跟挤春运似的

回京之后，康楠的脚就好多了，她已经整理好了心情，做好了重返公司的准备。不管前方是火海还是刀山，她都要去探一探。

康楠刚把狗送到宠物店，徐州就开着车向她驶来。徐州摇下车窗，嘴里嚼着口香糖，轻挑双眉，说道："楠姐，上车。"

康楠白了徐州一眼："之前我妈在家，你总来蹭饭，现在我要工作了，你别总来我们家了啊，我一单身女性，你总往我家跑，说不清。"

"姐，怎么翻脸不认人啊？你要是不上，我可一直跟着你啊。"

康楠瞪了一眼徐州，上了车。"看什么看！开车！"

徐州看着康楠生气的样子，眼中含情，慢慢地靠近她。

"你……你要干吗？"康楠警惕地看着徐州。

徐州露出一抹邪笑，伸手帮康楠系好安全带。

"楠姐，你的脸又红了哟。"

"有吗？刚才在外面冻的。"

"是吗？"徐州浅笑。

康楠悄悄地拿出手机，用手捂着红苹果似的脸，看了看自己的样子。

"这是给你的。"徐州将一束红玫瑰塞到了康楠的怀里。

康楠丢给徐州说道："这一套还是去骗小姑娘吧，贿赂我，门儿都没有。你年纪轻轻的，多把心思放在工作上，少跟我搞这些花里胡哨的东西。"

"遵命！"

"快点儿开车吧。"康楠用手捋了一下头发，转移注意力说道。

"好，坐稳了。"

车一路走走停停，让康楠瞬间就适应了北京的节奏。

康楠刚迈进公司，脑海中便浮现出自己第一次来公司的情景。那时候的她面容稚嫩，一腔热血，励志要在北京、在这里闯出一片天地。现在的她已经成熟带有风韵，经历过风波之后，她再次回归，心更豁达。画面重叠，康楠思绪万千。

小薇早早地就在会议室候着。康楠一到立马召开紧急会议，整理和了解最近的工作进展，核对资料，等忙完的时候，天已经黑了。

康楠疲惫地走回家，包里的资料和电脑有点儿沉，把她的步子拖得很慢。正当她慢悠悠地经过小区广场时，忽然出现一个身影挡住了她的路，她抬头，是老王。

自从大熊追悼会之后，他们一直没再见过面。老王看上去瘦了一些，眼窝很深，头发也长长了，有些凌乱。

"听说你回老家了。"

熟悉的声音传入耳中，拨动了康楠的心弦。

"嗯，正好放假，回去看看。"

"你还好吗？"这四个字从老王嘴里说出来，像一束光突然照向康楠，让康楠无处躲避，她来不及再像鸵鸟一样把头埋进土里。

康楠努力地克制着自己："还好，你呢？"

"还好。我能上去吗？给你送吃的。"

"老王，你不要再对我好了，行吗？你这样我很害怕！你明明已经打动了我的心，却又要回到韦玲玲身边，我算什么？我就是个名不正言不顺的邻居而已，我不配接受你的好意！"康楠终于说出了憋在心里的委屈，忍耐许久的眼泪终于决堤。

"对不起。"

"你也不要说对不起，没什么好抱歉的，是我一直在打扰你，打乱了你的生活，你有自己的生活轨迹。现在你曾经喜欢的人又回来了，你等了那么多年，你的生活终于可以步上正轨了，恭喜你！"康楠说完转身跑了，她想挽回最后一点儿颜面。她努力地把自己藏进黑夜里，身后只留下老王叫她的声音。

回到家，康楠洗完澡躺下，她努力让自己平静，提醒自己现在不要乱了方寸，明天还有一场硬仗要打——她约了林潇。

该来的总是要来的，康楠和林潇约在咖啡馆见面。

"还记得我们第一次吃饭的时候，就在这个咖啡馆，没想到还有机会来。"康楠对林潇说道。

"这儿的咖啡没有之前好喝了。"林潇低头轻抿了一口咖啡说道。

"不是咖啡难喝了，而是人变了。林潇，你没有什么话要跟我说吗？"

面对康楠的质问，林潇坦然地笑了笑："你指哪方面？要跟你表白吗？"

"林潇！到现在了你还在胡闹，你到底要干什么？"

林潇自知已经暴露了，所以干脆一股脑儿地把对康楠的不满和盘托出，冷笑着说道："我什么也没干，就是讨厌你！我的能力原本就在你之上，凭什么你就能得到老赵的重视，我就要付出那么多才让他看我一眼？康楠，要不是靠男人，你能有今天？"

林潇眼睛瞪得溜圆，吐沫横飞，往日温文尔雅的人此刻竟然如此丑陋。

康楠的心里有说不出来的滋味，林潇是她一手提拔起来的，没想到会走到今天这种局面。

林潇没有要停止的意思，点了一支烟，跷起了二郎腿，说道："你以为我不知道吗？你故意把客户给我，不过是喜欢我吧。"

"事到如今你还不知悔改吗？"

林潇说到了康楠最不愿面对的事。

林潇瞥了一眼康楠继续说道："难道我说得不对吗？你想泡我，没成功，就把目标转移到新来的小鲜肉身上了，康楠，你就是一个没人要的烂货！"

"林潇，我对你已经仁至义尽，你的心胸太狭隘，性格太偏激，念在以往的情分上，我没有揭发你，你以为你和袁范芳的事情没有证据吗？袁范芳早就和警察交代了，要不是公司出于人道主义精神，体恤你不容易，你以为你现在还能安稳地坐在这里人模狗样地喝咖啡吗？我找你是想看看你是不是知道错了，如果你愿意悔改我们还能帮你想办法！"

林潇没有马上说话，只是默默地低下头，紧紧地攥着拳头，半晌，缓缓地抬起头，说："康楠，到现在你还假惺惺的，你以为你是圣母吗？你会救我？你巴不得我早点儿出事，你好接管部门吧？你从头到尾就没有看得起我过，我越努力，你越觉得我蠢，我的勤奋不断增加你的优越感。你是天之娇女，是都市精英，我在你眼里只不过是一个值得同情的人而已。"

"你，你真的是无药可救了。我不知道你怎么会变成现在这种堕落的样子！"康楠气得头也不回地走了。

康楠坐上车，回想着林潇刚来公司时的情景，那样明朗干净，可是为什么会变成今天这个样子？她真的做错了吗？本以为是为了林潇好，却不承想伤害了他的自尊心，让他误会了自己，一颗邪恶的种子开始在他心里生了根。

想到这些，康楠实在无法控制自己，难过地哭了，但她还是拨通了老赵的电话："赵总，按规矩办吧，我尽力了。"

第二天康楠到公司的时候，林潇的工位已经空了，大家都恭恭敬敬地和康楠打招呼。

"楠姐，楠姐。"

康楠回过神来。

"小薇怎么了？"

"听说公司要调来一个新人接替林潇原来的职位。"

"哦。"康楠敷衍地回答。

康楠并不奇怪，可是当老赵宣布新经理名字的时候，她还是吓了一跳。新上任的经理竟然是徐州。

"竟然是徐州这小子！"小薇显得比谁都惊讶。

晚上公司聚会，小薇带着同事们玩得正起劲，老赵突然坐到康楠的身边。

"在想什么呢？"老赵端着红酒杯轻轻地碰了碰康楠的杯子。

"什么都没想，昨天见到了林潇，心里有许多感慨。本来那么优秀的人，不承想会丢失自己的信仰，变成这个样子。"

"那是他自己的问题，和你无关。"老赵安慰地说道。

康楠笑着点了点头，跟老赵碰了杯子。

"康楠，你觉得新上任的徐州怎么样？"

"挺好的，胆大心细，经验可以慢慢锻炼，人品最重要。"

"哈哈哈，你一定已经知道了，徐州是我的亲外甥。这小子遗传了他父母的经商头脑，很聪明。"

康楠敷衍地点了点头。

"康楠，我希望你以后能多帮帮徐州，而且，我看得出来，徐州好像对你有点儿意思。"老赵笑着对康楠说道。

"老赵，你别误会，我和他……"康楠连忙解释道。

"我知道你觉得徐州年纪小，但我是看着他长大的，他做事情很认真，不会轻易地说喜欢，不信你看。"老赵指着正在跟公司同事一起喝酒玩乐的徐州，面对眼前那么多年轻漂亮的女孩子，徐州有意识地和她们保持着距离。

"康楠，一个人不管多努力工作，走到社会多高的位置，都不能失去爱的能力，这是我的经验之谈。"老赵还是头一回和康楠说这么感性的话。

"哈哈哈，既然是经验之谈，赵总，请说出你的故事！"康楠借机打趣，转移话题。

"我的故事太长，讲不完，你领会精神吧。"老赵说完就走了。

许久没有酒局的康楠，经受不住同事们一轮一轮地敬酒，毕竟是重返主场，而且前途一片大好，没有不喝酒的道理。等散场的时候她已经醉了，徐州叫了车准备送她回家。

徐州扶着康楠刚要上楼，却被康楠阻止。康楠趴在徐州的耳边含含糊糊地说道："嘘！别上去，会吵到狗崽子，带我去老王那里。"

"去他那儿干吗？狗寄养在宠物店了。"徐州想把康楠背起来，谁知康楠却说："如果我一辈子孤单，孤独终老，能有老王这么一个邻居陪着，也挺好。"

徐州听后没有说话，一路默默地将康楠送回了家里。

徐州将康楠轻轻地抱到床上，坐在床边看着她醉酒的样子，他没有说话。他刚要起身准备去倒水，突然康楠从身后拉住了他的衣角，嘴里含糊地说道："老王，你去哪儿？"

徐州转过身来看着康楠，扶着她躺好，轻轻地在她的耳边说道："睡吧。"

徐州轻轻地抚摸着康楠的额头，康楠很快进入了梦乡。

第二天早上康楠醒来，看到桌子上徐州留下的早餐。她隐隐约约地想起来，昨晚聚会时老赵给她讲了一件徐州的事。

五年前徐州才18岁，正是叛逆的时候，因为不满父母对他的教育，徐州便独自离家出走，来到了舅舅老赵这里，老赵为了锻炼他就把他悄悄地安排到公司实习。徐州从角落里的客服做起，虽然他每天都收到客户的投诉，还常常被老员工故意刁难，端茶送水，但他一直咬牙坚持着，坚决不能让舅舅和爸爸妈妈看不起。

直到有一次因为徐州被客户投诉弄丢了一沓发票，客服组要受到处分，组长第一个站出来指责徐州，徐州却坚持说不是自己的失误，和组长横眉冷对，差一点儿就动手。这时候一个女生走进来，拉开徐州，说愿意帮徐州找发票，然后带着他去了收发室，翻遍了快递文件，又给快递公司打电话，才知道发票根本没有寄，是客户记错了。原来是一场误会。

"没事了，误会解释清楚就好了，回去工作吧。"女孩儿对徐州说。

"我不回去，我不愿意看到他们。"徐州气鼓鼓地说。

"我知道被人冤枉的滋味不好受，但工作就是工作，你这么容易就被人气走了，以后遇到更大的事，你怎么办呢？记得，在没人帮我们的时候，一定要冷静，自己要帮自己。"女孩儿一双大眼睛盯着徐州。

徐州沉思了片刻，点了点头，没等问女孩儿叫什么名字，女孩儿已经走了。

晚上下班徐州冲回家，让舅舅要人力提供员工资料，他一个一个比对照片，终于找到了白天帮助自己的女孩儿，她的名字叫康楠。

那是徐州第一次见到康楠，也是他青春年少的第一次悸动，本以为不会再见，可是没想到五年以后两个人又再一次遇见。虽然康楠已经忘记徐州，但是徐州从来没有忘记过她。

康楠喜欢冬天的阳光，风是凉的，但阳光是暖的，要不是怕感冒，她非得搬到楼下室外办公不可。她在公司楼下咖啡厅门口喝完一大杯冰美式之后，大步流星地上了楼。

"楠姐，早。"小薇一如往常地跟康楠打招呼。

"早。"康楠没精打采地说。

"楠姐，头疼不疼？我给你买了解酒药，放在了你桌子上。"小薇关切地说道。

康楠打了一个哈欠说道："小薇，你说，在你心里，你姐我是否就是一个女酒鬼？"

"什么呀，我姐是个大美女！偶尔喝一点儿是工作需要，不打紧的。"小薇现在应对这种灵魂拷问眼睛都不用眨一下，张口就来。

"那，那些男人会不会觉得我是女酒鬼？这个人设是不是严重影响了我的感情道路？"

"胡扯，感情道路跟喝啥没关系，缘分到了喝啥都能找到，缘分没到天天喝露水也找不到。"

"行吧，也不知道这缘分我还等不等得来了。"

"别泄气啊，老王呢？"

"姐宽宏大量，菩萨心肠，把他放生了，让他追逐前妻去吧。"

"哈哈哈，姐，你这是好人好事啊！心里难不难受？"

"我不说心里苦就没人知道。"康楠坦然地道。

"哦，是这样呀，那你心里别苦了。"小薇坏笑道。

"你在笑什么？"康楠疑惑地问。

"没什么，没什么。"

"不对，说到底在笑什么，我最近脾气可不好。"康楠威胁小薇说道。

"哎，您先别动武，我说，我说。"小薇勾手示意康楠靠近一些，小薇趴在她的耳边轻声说道，"楠姐，最近徐州对你可是殷勤得很。"

小薇挑着眉，一脸八卦地看着康楠。

"小孩子胡闹，你也跟着起哄吗？"康楠的内心有一些慌乱，威胁小薇说道。

"满十八岁就是成年人了，不小了，姐弟恋也很正常的，而且人家又是老赵的亲外甥，前途无量啊。"

"你还说！"康楠假装恶狠狠地瞪着小薇。

"好好，我不说了。"小薇将两根手指交叉放到嘴唇上。

"楠姐，早呀。"徐州突然来到康楠的工位旁，把脸凑近她说道。

康楠抬头惊慌地看着徐州。"早。"

"楠姐，你们聊什么呢？"徐州转着眼珠，坏笑着说道。

"没，没什么，快去工作吧。"康楠假装翻看着资料。

徐州却故意挑逗似的道："楠姐，你也不关心我一下，昨晚送你回去我可是浑身酸痛。"

"浑身酸痛？怎么，你还和楠姐摔跤了？"小薇在一旁表情夸张地看热闹。

康楠咳嗽两声："你把话说清楚。"

"楠姐，你不知道你喝醉之后力气有多大，搀着你我的胳膊都要断了，你还不停地给我肘击，拍我脑袋，我根本防御不了你的组合拳，皮夹克都被你扯开了口子。"徐州满脸无奈。

"你别耍赖造谣啊，小心我告你！"

"我哪儿敢造谣啊，你看我这胳膊。"徐州说着就撸起袖子露出胳膊，雪白的胳膊上被蹂躏得一块接一块地红。康楠看了很是抱歉，心里却难免尴尬。

"你这孩子细皮嫩肉的，这点儿考验就经受不住了？那人家老王之前每次送楠姐回去还公主抱呢，人家都没半句怨言……"小薇突然意识到自己说错了话，马上住了嘴，一边观察康楠的反应，一边准备逃跑。

康楠却十分平静："都去工作吧，别在这儿逗壳子。徐州，皮夹克多少钱？姐赔你一件。"

徐州和小薇交换一个眼神后就迅速消失了。

小薇这句无心之语还是轻而易举就把康楠的心从万里无云的空中拉入了冰冷刺骨的水底，康楠顿时觉得似是被万箭穿心，痛得呼吸困难。

康楠此刻已经无法分辨自己对老王的感情是爱还是求而不得的难过，也许两种都有，总之每种都是令她难受的。她不知道自己该怎么面对老王，如果老王不再主动找她，是不是他们就真的没有下文了？

下午康楠接到老赵的任务，一年一度的慈善晚宴就要举行了，因为公司刚刚经历过动荡，老赵为了迅速在客户和同行面前亮相，证明自己公司洗牌之后变得更强了，决定承包今年的慈善晚宴。

这场慈善晚宴是行业最重要的一次集体活动，每年都是一票难求，大家都想通过这个活动展现自己的实力，结交更多资源，更重要的是可以根据座位的安排看出个人地位和未来趋势。往大了说是关注行业动向，往小了说就是一个大型的攀比秀场，每个人都恨不得浓妆艳抹直接上台。这场晚宴除了会展出年度公关案例，还会评选出杰出工作者，并配合主题邀请嘉宾演讲，最重要的环节则是拍卖大家捐赠的艺术品，将所得捐献给需要的地方。当然，每年还有不同慈善的主题，前年是关爱留守儿童，去年是关爱孤寡老人，今年的主题需要康楠迅速给出方案并配合嘉宾邀请。

康楠挂了老赵的电话后迅速翻了一下日历，距离活动不到十天了，这让她觉得眼前一黑。

康楠没有想到自己放假回来的第一个工作就如此重大，如果她知道她一定不会回来，躲到国外都行。但老赵实在是太魔性，电话里语气缓慢又坚定，没有给康楠留下一点儿反驳的机会。

紧急会议开成了吐槽大会，康楠带着三十几个同事把近三年的活动资料全都找了出来，可今年的主题却迟迟选不出来。小薇靠在椅子上昏昏欲睡，徐州趴在桌子上也努力睁着眼睛。康楠不经意抬头看见了墙上的挂钟,晚上九点钟了,该回家遛狗了!康楠迅速收拾,准备放大家下班,突然脑子里闪过一个念头,为什么不把主题定为帮助动物?

康楠说出想法后立刻得到大家的响应,请示了老赵,老赵也同意,支持康楠放手去做。开心的康楠急着回家,大手一挥就把人解散了,活是干不完的,不差这一宿。大家纷纷打车回家,康楠急匆匆地往外走,徐州一路紧随其后。

"楠姐,我送你回家?"

"用不着你,你该干吗干吗去。"

"我就该送你回去!"

"你是跟 Lucky 学的吗?我走一步跟一步。"

"我去开车。"

康楠一出门就被狂风吹回了一楼大厅,真是不能出去,这大风天,脸上化多浓的妆都能被吹回素颜!

"你快去开车!"

不一会儿,康楠就坐进了徐州的车里。

"姐,前面新开了一家奶茶店,网红爆款奶茶要不要尝一尝?"

"我现在喝多甜的东西都不能被治愈,一把年纪就不凑这热闹了,喝完健身又要多跑两圈,我不要!"

"那你现在喜欢喝什么?"

"酵素!"

徐州笑着不再废话,一路把车开上了四环,一直往西。

康楠一直低头回着信息,隐隐约约觉得车开得时间有点儿久,抬头看窗外,感觉不对:"小破孩儿,你这是往哪儿开啊?这路线不对啊!"

"宇宙中心。"

"宇宙中心?五道口?"

"没错,我们去喝一杯!"

"我去什么宇宙中心啊，我一朝阳区都没混明白，你赶紧送我回去！"

"已经到了！"

康楠从车里出来，遥望不远处热闹的街边，不论国家和肤色，一群群红男绿女嬉笑着在酒吧门口进进出出，仿佛各国人民都即将在这里欢度节日，喜悦之情不亚于奥运会。

徐州停好车拉着康楠就往酒吧那边走："走，蹦个迪，换换脑子。"

康楠紧紧地抓着徐州的衣角，她莫名有些紧张。她来北京这么多年，从没来过这里，她的主战场是纯K，突然让她换一个赛道，她很不习惯。事实上她的确非常不习惯，在酒吧里被人挤得手里的酒瓶被撞得叮叮当当地响。

她跟徐州说话，徐州把脸凑过来："你说什么？我听不清！"

康楠抓着徐州的大耳朵喊道："这有什么好玩的啊？挤得跟春运似的！"

"第一次听人说蹦迪像春运，你看看这里好看的人非常多，待会儿就有人来跟你搭讪了。"

"搭讪个鬼啊，这光暗得连人都分不清，长得俗点儿的都认不出来谁是谁，我要回家！"

"哈哈哈！"徐州笑得仿佛要漏气，"楠姐，你少安毋躁，一会儿你就知道了。"

徐州说完拉着她走到了前台，他努力清理了巴掌大的地方把康楠安顿好："我们做个实验，看在一个小时内，会有多少人来跟你搭讪。"

"你别开玩笑了，我还不够添堵吗？我要回……"

"嗨，你怎么才来啊？"康楠的话还没说完就被旁边一个身材高大的男生打断。康楠看着这个男生，应该是附近体育大学的学生。

"你认错人了，弟弟，我之前没来过。"

"怎么可能，我怎么会认错，昨天我还见过你呢。"

"我长得俗，认错很正常，到那边玩去吧，乖。"

男孩儿悻悻地走了，康楠回头喝酒，徐州笑成一朵花，凑过来说："你看我说什么来着，肯定有人来搭讪，你的光芒不管环境多暗都盖不住。"

康楠对徐州的奉承很是喜欢，决定多在这儿待一会儿。

一直撑到晚上十二点，酒吧里的人越来越多，康楠总共被六个人搭讪，其中有两个还是老外。康楠的心被虚荣和得意填满，满意地抓着徐州走出了酒吧。徐州开车送她回家。

"怎么样，姐，还开心不？"

"凑合吧，我这把年纪还跟你们小屁孩儿一起蹦迪，也太不着调了。"康楠说完打了一个哈欠，伸了伸腿，闭着眼睛养神。

徐州笑了笑没再说话，打开了广播，电台里竟然在放王菲的《流年》，果然有些事情"狭路相逢，终不能幸免"。康楠想起了老王，这个时间他应该睡了吧，是一个人吗？她想着想着一滴泪缓缓地从眼角流了下来。

越想忘记，偏偏又总是想起，不把人折磨得死一回，这事都不算完。不知不觉，康楠哭出了声，把一旁开车的徐州吓了一跳，赶紧把车停到了路边，关了音乐："姐，你没事吧？"

康楠沉默良久，终于把心里话说了出来："你说我是不是傻啊，像个陀螺，主动把鞭子交给别人，让人玩得团团转，自己还挺开心，知道疼了却停不下来。"

徐州一时不知道怎么安慰，只能解开安全带，给康楠一个拥抱："没事的，都会过去的，你这么好，一定会幸福的。"

不知过了多久，当康楠再次抬起头，天边仿佛渐渐有了点儿光亮，看来这遥遥无期的夜晚终于要结束了。

是的，就算死了一万次，只要天亮了，就能活过来。

Chapter 20

每个情场失意的人都是酒后哲学家

慈善晚宴筹备得七七八八了，最后一件事情就是挑选礼服。康楠和小薇在造型师小 T 老师的指导下试了一件又一件。

"我已经一周没吃饭了，这条裙子怎么还是穿不进去啊。"小薇一只手紧紧地拽着拉链，一只手扶着腰。

"别和我说话，我要窒息了！"康楠面无血色，毫无表情地憋着气。

两人同时从试衣间里走出来，徐州坐在门口，连发出三个"哇"，口水直流。

"你转过去，再看收费了！"小薇指着徐州道。

"能扫码吗？"徐州嬉皮笑脸地道。

"小孩儿一边玩去，大人忙着呢！"康楠憋着气也不敢大声说话。

"还是这套好看，比之前的都好看，成熟不失性感，稳重不失俏皮，我投这件一票！"徐州习惯了被揍，脸皮越来越厚。

"谁给你投票权了？"小薇透过镜子瞟了徐州一眼，"别说，你这套西服很不错啊，简直一个风度翩翩的衣冠禽兽！"

"怎么就禽兽了我，刚才楼下前台小姑娘还叫我欧巴呢！"徐州一脸得意。

"哎哎哎，谁那么没见过世面啊？"康楠听不下去了。

"我怕你们看傻了不知道从哪儿下嘴夸我，我还不得给你们起个头吗？"徐州继续厚脸皮地说。

"也就还行吧，我们都是见过世面的，你出去忽悠忽悠小姑娘还行，老姐姐们对你也就能看两眼，多看就腻了。"康楠换了一个耳环。

"唉，姐，更正一下，我可不是老姐姐，我是小姐姐！"小薇及时纠正。

"怎么咱就两个人还内讧了呢？"康楠停下手里的动作，看着叛徒一般的小薇。

徐州笑得合不拢嘴，皮鞋跺着地面。

"姐，你有没有想过以后婚礼穿什么样的婚纱啊？"小薇换了个话题。

"想过，十几岁的时候就想过，白的、红的，连黑的都想过，但也就想想，现在找我当伴娘的都少了，同龄的姐妹们都被我送走了，我现在穿啥都行，有个人跟我结就行！"

"我！我！我！"徐州举手，"我愿意！"

"你怎么还没走啊，一边玩去，我还得说几遍？"小薇撑徐州上了瘾，不放过任何机会。

"你真懂事！心意收到了，一边玩去吧！"康楠慈爱又敷衍地看着徐州，一脸送客的样子。

"我是说真的，你要现在想结婚，我就是现成的啊！"徐州回答得嘎嘣脆、掷地有声。

"谢谢，我差一点儿就信了！"康楠还是不以为意。

小薇却凑了过来："要不就徐州得了，皇亲国戚，身强体壮，在狗界，他怎么也得算一哈士奇啊，哪样都不比老王那金毛差啊，要不你考虑考虑？"

"你也跟着添乱是吧？明天晚宴你别去了，现在就放你假！"

"哎哟喂，姐姐，您别跟我一般见识啊，童言无忌呀！"小薇求饶。

北京的早春最冷了，比冬天还冷。

康楠顶着天寒地冻，身着一袭长裙，该露的露，该裹的裹，凹凸有致，肌肤雪白，脸上画着精致的妆容，在寒风里显得格外玲珑剔透。她身边的老赵要把身上的皮大衣脱下来给她，被她拒绝了："老总，您别，我怕待会儿哪个姑娘吃醋来泼我红酒，我不照顾您，您照顾好自己就成。"

老赵笑了："算你懂事。"

老赵向不远处挥了挥手，徐州颠颠地跑了过来，老赵对他说："有没有眼力见儿啊，你领导在这儿迎接嘉宾都冻成冰雕了，你还在那儿跟美女套近乎呢？快给找件衣服。"

"您可别冤枉我，那都是些大老爷儿们。"徐州边说边脱下大衣，殷勤地给康楠披上，还不忘冲她笑了笑。

"谢谢，你年轻火力旺，我就不跟你客气了。"

"合着我年纪大了你照顾我呢？"老赵听出了言外之意。

"赵总，您就别添乱了，快去陪嘉宾吧，人来差不多了我就进去。徐州，你也跟着进去看看后厨准备得怎么样了，等我命令，随时准备开始。"康楠急着送走这两个大神。

老赵和徐州刚走，小薇就一路小跑过来，说："姐，门口有个女的没有邀请函，但说是你朋友，叫韦玲玲。"

"她来干什么？"

"谁啊？"

"老王前妻。"

"我说这名字怎么这么耳熟啊！这孙子想干吗啊？打架吗？"

"不知道，没事闲的，不在家养胎，跑到这儿干吗啊？"

"我这就让保安把她轰出去吧。"小薇转身，又被康楠叫住。

"算了，人家一孕妇，别出什么事，放进来吧。"

"唉，成吧，待会儿我看着她。"

康楠不自觉地拿出手机，翻了翻老王的信息，确认最近都没有和老王联系过，就大大方方地返回了主会场。

在一阵欢快的音乐中，活动正式开始了，主持人是康楠重金请到的某卫视一姐，结果上来就念错了老板的名字，气得康楠直跺脚，出师不利啊，心里开始打鼓，有种不好的预感。她拿起对讲机："小薇，你再去跟这位大姐确认一下流程，后面不要再出现这种低级错误。徐州，你去核对一下待会儿要拍卖的东西，这个环节千万不要出现任何纰漏。"随后立刻收到两人的回复。

康楠从后台侧面观察台下的嘉宾，该来的都来得差不多了，大家相谈甚欢，气氛和谐。她在第二排的角落看见了韦玲玲，韦玲玲虽然大着肚子，但穿着一点儿也不含糊，一身皮草尽显富贵，深红色的裙子把肚子隐去了不少，完全是个贵妇人的模样，不知道她到底要干吗。

徐州不知何时出现在康楠身后："看什么呢？"

"你吓我一跳，不是让你去盯后面的环节吗？"

"放心，一切都在掌握之中。"

"最好是！"

"那不是韦玲玲吗？她怎么来了？"徐州顺着康楠的目光也看见了韦玲玲。

"你还认得出她啊？"

"印象深刻。"

"从男人眼光看，她今天好看吗？"

"挺有品位的，但有点儿过分了，今天是保护动物环保主题，她穿一身皮草来，有些张扬了。"

"嗯，除了这个，你说她好看吗？"

"姐，你什么意思呀？你是想问我她好看还是你好看吗？"

"嗯，这么说也行。"

"姐，我不准你这么不自信，自信是最有魅力的皮囊！"

"哦，我尽力！"

刚结束和徐州的对话，台上的主持人就宣布拍卖正式开始。第一件拍卖品是一幅画，是一位不愿意透露姓名的画家提供的。本来第一件拍卖品应该是一件雕塑，但这位雕塑家突然因为作品涉嫌抄袭被告了，康楠一筹莫展的时候有人送来了这幅画，说是有人捐赠的，老赵很欣赏这幅画，康楠也自然同意了。

康楠是拍卖环节的主持人，为了防止某件拍卖品没有人竞拍，她在下面安排了托儿，如果真有这种情况发生，她就会给托儿使眼色，由公司拍下。她自信地走上了舞台，亲切地感谢大家的到来，手心里不自觉地开始出汗。接着她介绍了画的内容，这是她第一次这么近距离地看这幅画，画中有一只小狮子在山间奔跑，后面有一只山羊在吃草。她隐隐约约觉得这幅画有些不一样，却又说不出来什么。

台下开始竞拍，起价 10 万元。

"11 万。"

"12 万。"

"15 万。"

"18 万。"

"20 万。"

"已经有人叫到 20 万了，感谢您，谢谢王总。"康楠悬着的心稍微踏实了，第一关过了后面就好说了。

"50万！"

突然有人叫到50万元！康楠以为自己听错了，寻着声音看去，偏偏是韦玲玲举着手里的号码牌。

康楠硬着头皮继续问："感谢这位女士，50万一次！"

"55万！"没想到老赵开始跟着凑热闹，也举起了牌子。

"谢谢赵总的善心，55万一次！"康楠在心里偷偷地骂了一句。

"60万！"韦玲玲再次举起了牌子，她笑盈盈地看着康楠。

康楠有些出神，开始有人鼓掌，她回过神，脸有些僵，艰难地说："60万一次！"

"70万！"老赵再次举牌。

康楠差一点儿冲老赵喊"你要干吗啊"，但还是忍住了。

没等康楠说话，韦玲玲再次举牌，掷地有声地喊道："100万！"

全场哗然，随后又是一片掌声。

老赵终于不再举牌，回头看向韦玲玲，笑着点头示意。

"100万一次！两次！成交！"康楠终于敲下了手里的小锤，吐了一口气。

在礼仪小姐的指引下韦玲玲起身，走上舞台，康楠让出了自己的位置，做了一个请的动作。

韦玲玲大大方方地接过麦克风，笑着看向台下，台下再次响起了掌声。

"很多人一定想问为什么我要拍下这幅画，实不相瞒，这幅画是我爱人画的。"韦玲玲说完之后全场再次哗然。

康楠脑袋一度缺氧，这是老王画的？

小薇和徐州在台下也是一脸蒙，怪不得她今天要来，这是要示威啊。

"十几年前，我们曾是恋人，他是非常有才华的画家，后来我们经历了一些事情，分开了，现在又重新遇见。人年轻的时候有太多的

271

不甘心和不满足，但走过半生，才发现最爱的曾经的少年才是你最该珍惜的人。幸运的是他还在那里，没有离开。这幅画表达了他的情感，他一生纯良，永远都在追求快乐和自由，就像画上，山羊可以和狮子和谐地在一起，即使别人都觉得不可能，但爱会创造奇迹。我相信我是世界上最懂他的人，所以就算一掷千金我也要永远地收藏这幅画，绝不会放弃它，让他转送他人。"

台下又是一片掌声，可台上康楠的世界却突然安静了。这一刻她佩服韦玲玲，佩服韦玲玲的智慧和勇敢，哪怕是源于女人的妒忌，这一份勇气都弥足珍贵。

台下小薇挥舞手臂提醒康楠继续拍卖的流程，康楠看到小薇马上明白过来，再次举起话筒："感谢这位女士，我能感受到你对你爱人炽热的爱，但是，我觉得，你不配！"

全场震惊了，徐州和小薇瞪大了眼睛、捂住了嘴巴。

康楠也没有想到自己竟会冒出这句话，但既然说了，干脆就说完，人生就要痛快。她说："我是说，你不配。因为你在他最爱你的时候选择了离开，任由他痛苦、难过、饱受折磨，他的确一生纯良，但这不是你离开他让他经历痛苦的理由。现在他熬过了低谷，愈合了伤口，可以风平浪静、坐看云卷云舒了，你却再次出现，想重温旧梦，你不觉得你太自私了吗？还有，你凭什么觉得你懂现在的他？这幅画里要画的根本不是山羊和狮子，而是山上的树林，树林里藏着两个人，他们一前一后，手里握着一根树枝，缓缓地往山上走。你只看到了最浅的一层，根本没有耐心多看几眼树林里的样子。"

听完这段话，全场安静，突然，徐州和小薇开始拼命地鼓掌叫好："说得对！""太牛了！"

韦玲玲站在台上，脸色很是难看，尽力保持的优雅即将崩塌。

康楠平静地看向韦玲玲："对不起，这幅画您已经买到了，理应属于您，这是游戏规则，但该说的话我也要告诉您，就是我要告诉您这幅画的寓意。"

韦玲玲被赶到前台的徐州搀扶着走下舞台，她并没有回到座位，黯然地消失在了酒会上。

活动继续，小薇接过了话筒，继续主持活动，调节气氛，整个场面更热闹了。

康楠一个人坐在后台，撑到了拍卖结束，大家开始喝酒交际，徐州再次给她披上了外套，小薇也凑过来说："姐，你今天特别酷！"

"我是不是冲动了？"康楠丧着脸。

"你说得特别好！让韦玲玲哑口无言，她走的时候嘴唇都紫了。"小薇回答。

"她不会有事吧？"

"我看着她上了车，应该没事的。"徐州拍了拍康楠的肩膀。

"你说，为了老王值得吗？"康楠终于抬起头。

"现在已经不是你和老王的问题了，你现在肩负的是女性的尊严！这件事折磨了你这么久，总得有个结果。要不是今天韦玲玲欺负到你的地盘上了，激发了你的小宇宙，你也不能说出自己心底的话！"小薇一脸浩然之气，不容置疑。

"覆水难收，接下来该怎么办啊？"

"管他呢，走，喝酒去！那画人家不买了，赵总得自掏腰包，赶紧去负荆请罪吧！"小薇一秒钟把康楠拉回了现实。

徐州和小薇一左一右地扶着康楠从后台走向了觥筹交错的人群，他们衣着光鲜亮丽、神采飞扬，带着各自的目的说着笑着，好似不记得刚刚发生的一切，只知道这一刻该和什么人说什么话，用一次次地碰杯粉饰着喧嚣的世界。

康楠静静地看了十秒钟，然后决定今晚加入他们，今宵有酒今宵醉！

康楠醒过来的时候已经是第二天了，她迷迷糊糊地睁开眼睛，愣了整整一分钟，脑袋才开始转动："我在哪儿？"

没有人回答，她熟练地摸到枕头旁边的手机，打开手机，查看通话记录和微信。

她发给老王的信息，如果打印出来，应该有两页 A4 纸那么多。

"这是什么鬼？我在写论文吗？"

她不敢去看内容，她一定说了很多不该说的话，她迅速把手机扔到床上，把头埋进被子里。两只狗从被子里爬出来，吓了康楠一跳："你们怎么在这儿啊？"

Lucky 带着小崽子一脸茫然地看着康楠，仿佛在说："是你把我们抱上来又抱又亲的啊，睡过一觉就忘了？"

康楠想坐起来，发现自己像被人打了一顿，浑身都疼。她强撑着站了起来，走到厨房，想喝一杯热牛奶，却发现家里什么都没有了，之前爸妈留下的库存早就被她消耗完了。她又不由自主地想到老王，那个每次都会在她酒后送来热水和早餐的家伙，她心里暖了一下，接着又难受一下。

有人敲门，她去开门，收到的竟然是外卖早点。

"你是不是送错了，我没点啊？"

"是这个地址，没有错，这是您的手机号吧？"

康楠看了订单确实没有错，订单上还有一个备注电话，她努力转动了一下生锈的脑子，原来是老王。

她打开外卖，端出来一碗热气腾腾的白米粥，还有一个鸡蛋、两小碟蔬菜。

她喝了一口粥，眼泪就掉了下来。

这一刻她特别想念老王。她骂自己太贪婪了，她早已在老王的照顾下慢慢习惯了对老王的依赖。她骂自己："康楠啊康楠，你这种女人也太好搞定了，都不用名牌包、名牌表和金银珠宝，更别提车子和房子，每天一碗白粥就能对人死心塌地，可恶、可恨又可怜！"

可骂完了又能怎么样？她拿起手机，终于有点儿勇气翻看昨晚发给老王的信息。

老王，我喝醉了。

老王，我知道我这样很不对，我不该打扰你，但此刻我有话想对你说。

我想问你，你到底喜不喜欢我？

你为什么不说话？你在哪里？

你喜欢韦玲玲我知道，你们那么好。

我没有任何资格和立场去评判你们，你只要告诉我，你会不会离开她和我在一起？

只要你愿意，我愿意去跟她道歉，求她原谅。

老王为什么不说话？你个胆小鬼！

你就是爱我，对不对？

好了，我知道了，你就是不爱我。

我突然明白了一个道理，是因为我喜欢你，你才有魅力，不然你就是一个特别普通的人。

你都快秃顶了，我有什么好喜欢的。

我之前有病，一直缠着你。

我把喜欢你这件事情看得太重要了。

其实也许这件事没那么重要，人生没有什么事情一直重要。

你不喜欢我，我不应该怪你，也不应该恨你，你是在做自己，这是你的自由和选择。

我所有的不甘都和你没有关系，我想明白就好了。

韦玲玲挺好的，你们是初恋，她又想和你在一起，比我好一百倍。

可能我不配和她比。

但没有关系了。

说多了，反正你好好的，不喜欢我就不要再理我了。

也不要再跟我说话，我以后会很好，我会努力活成我想要的样子。

我 30 岁之后的第一年，除了你，一切顺遂。

康楠看完自己发的信息，整个人都惊呆了："我简直是酒后哲学家啊！"这些话让她再说一次，她都说不出来了！怪不得以前诗人都喜欢喝酒呢，李白、杜甫都是喝多了才写诗的。

康楠翻到最后，终于看到了老王的回复，她猛地坐起来。老王回复：对不起，刚刚看到，我也有很多话想跟你说，韦玲玲住院了，等我处理完回去，不要再躲我了。

康楠放下手机，心想："完了，我可能惹祸了。"

这个时候能让康楠体面又能获得有用信息的人只有耿直、八卦的小邱了，她毫不犹豫地拨通了小邱的电话。

"小邱，你今天和老王联系了吗？"

"今天没有啊。"

"哦。"

"但昨天联系了。"

"小邱弟弟，你说话能不能别大喘气？"

"怎么了，姐？"

"没事，说正题，老王跟你说什么了？有没有说韦玲玲的事？"康楠的心提到了嗓子眼儿。

"别提了，韦玲玲说要出去办事，刚回来就晕倒在了楼下，幸亏我遛狗看见了，就赶紧通知老王，和老王一起把人送去了医院。"小邱说话像蹦豆一样。

"人怎么样了？"康楠急切地问。

"大夫说孕妇年纪大本来就有一定危险，而且她身体本来就不太好，精神压力大，不能受到刺激。韦玲玲不知道为什么，醒了一直哭，老王陪着她呢，他俩说话我也不方便听，就先回来了。"

"你咋没听呢？"

"什么？"

"我意思是，你应该听听，你和老王是哥们儿，你得分忧，嗯。"

"我倒是想听啊，可也不敢刺激前大嫂啊！"小邱声音里充满了无奈。

"行吧。"

"但我听见一点儿！"

"小邱，你再敢大喘气我真跟你急！"

"姐，你怎么比我还八卦啊！听我慢慢说。我听见他们说老王出国的事，卖房子什么的。"

康楠的胸口一阵生疼。

"姐，听见了吗？"

"嗯，老王要出国，卖房，对吗？"

"大概就这么个意思，我没多听就回来了。"

"知道了，把医院地址发给我，我有空去看看。"

康楠挂了电话瘫在沙发上，发现自己此刻累得要死。

老王要出国了？哦，也许他早就应该出国的。

Chapter 21

能做到平和已经不易

人生哪有那么多快乐,

康楠的黑眼圈用多少粉底都遮不住了,她干脆放弃了,披着头发出了门。刚到公司,迎面被徐州撞了个满怀。

"这孩子什么事这么着急啊?"康楠被撞得满眼冒金星。

"我舅舅出事了。"徐州平时在公司都叫老赵为"赵总",从不叫舅舅,他突然这么称呼老赵,显得事情格外紧急。

"老赵出什么事了?"

"住院了!"

怎么今年流行住院吗?什么情况?

康楠二话没说跟着徐州上了电梯。老赵对她有知遇之恩,她很多工作上的习惯和思路都是老赵手把手教的。康楠知道在这个行业里跟对领导有多重要,特别是愿意教自己真本事的领导,于是她格外努力,生怕自己让老赵失望。她从来没有想过有一天老赵也会病倒,这个永远器宇轩昂、潇洒倜傥的男人,怎么有一天会突然病倒?

"严重吗?"康楠怯怯地问。

"还不知道。"

徐州一路飙车到了医院，两人匆匆忙忙赶到了手术室门口，一个年轻女孩儿守在那里。

"我舅舅怎么样了？"徐州问这个女孩儿。

女孩儿个子很高，眼睛大大的，颧骨高高的，淡淡的妆容，眉头微微皱着，看见徐州先掉了两串眼泪，之后才开口："老赵今早心脏突然不舒服，送过来就被推进手术室了，医生都在里面，还没出来，一个多小时了。"

徐州低头叹气，一屁股坐到椅子上。

"这位是？"年轻女孩儿开口问。

"我是赵总的员工，康楠。您是赵总的女儿吧？赵总身体一直都不错，一定没事的。"

"我才是他女儿，这位是他太太，我后妈。"一个小女孩儿从康楠身后冒出来，圆圆的脸，一副不好惹的样子。

嗯，她和老赵确实像是从一个模子里刻出来的。

康楠连忙跟两人道歉："对不起，误会了，我去旁边等，不给两位添乱。"说完她默默地坐到徐州旁边，扯了一下他，小声说："你也不提前跟我说一声，我哪知道老赵老婆和她闺女差不多大啊。"

徐州刚要说话，又咽回去了，叹了一口气。

就在气氛尴尬的时候，跟老赵一个模子里刻出来的亲闺女喊了一声"妈"，然后迎着一位面若冰霜的贵妇人跑过去。

贵妇人环顾四周，把每个人都打量了一遍，然后把目光落在了老赵的新媳妇身上，缓缓开口："夏洁受累了，别哭。"说完伸手把她搂进怀里。

这位叫夏洁的新媳妇也不怯场，紧紧地搂着老赵的原配，撒娇一般地摇了摇头。

这一幕把康楠看得目瞪口呆，旧人对新人体贴关怀，现任和前任亲密无间，老赵要是现在能看到手术室门外的这一幕，一定能感动得跳起来。

康楠想起公司还有事情要交代，便下楼给小薇打电话，刚挂了电话，一回身就撞见了老赵的前妻。

康楠笑了笑，说："您好。"

"是康楠吧？刚问过徐州，他说是你。"

"对，我是赵总的员工。"

"你很优秀，听老赵说过你。"

"老总抬爱。"

"他不会随便对谁好的，是你值得他栽培。"

"谢谢您。"

"我有什么好谢的，除了我是老赵的前妻，我们没有什么关系，但既然撞见了，就是缘分。我多说几句，我看得出来徐州喜欢你。"

康楠没有想到眼前这位贵妇人这么直接，开口就问绯闻。"您可能误会了，他还年轻，可能就是一时觉得有趣，没那么认真，过几天遇到更喜欢的就翻篇儿了。"

"也许是，但刚才你下楼的时候，他看你背影的眼神骗不了人。我是过来人，看人还算准。"

"我也不知道该怎么说，我比他大挺多的，他还有很多时间去认识更多的人，我们不一样。而且我没什么值得他喜欢的，不知道他怎么会有这种错觉。"康楠实话实说。

"你觉得喜欢一个人是在图什么？"老赵前妻盯着康楠的眼睛。

康楠一时无法回答这个问题——她突然无法准确地说出答案，只能保持安静，等待对方回答。

"图相貌？图钱财？图才华？图身体？图他长得像初恋？图在一起舒服，聊天不费嘴？图不管你怎么作，他都能在下面接着？喜欢一个人总得图一样，如果一样都不图，那就不是喜欢。徐州喜欢你，一定有他的道理，在这件事情上你没必要谦虚，更没必要不自信，被人喜欢是一件很开心的事。当然，如果你很讨厌他也可以直接告诉他。年轻的时候总是想太多，到了我这个年纪，想明白了，也来不及了。"

康楠静静地听完这段话，觉得自己的天灵盖被轻轻地敲了一下，她好像明白了什么，她想了想，小声地问："那你和老赵为什么分开啊？而且你还能对他现在的老婆这么平和，是因为不爱了吗？"

"爱这种东西，过日子的时候说不出口，不折腾个你死我活是认识不到的。我和老赵吵得最厉害的时候把家里能摔的都摔了，把对方上辈子都骂了个遍，后来我们都累了，就散了。等分开后自由了，却莫名对对方宽容了，不仅没成为敌人，反而更加信任对方，像亲人和朋友。他再婚这件事也绕来绕去地问过我，我没有资格发表意见，他愿意结婚是他自己的事情，那是他自己的决定。我们在离婚的那一刻起就不需要再为对方负责了，之后所有在为对方做的事情都是因为情谊，因为我们曾经那么亲密。我们的人生已经进入了另一个阶段，对爱和恨都不再执着。人一直在追求快乐，可人生哪有那么多快乐，能做到平和就已经不易了。"

康楠觉得自己被教育了，心服口服，她努力在心里复述这段话，琢磨里面的道理。

"老赵手术做完了，你可以上去看他了，我先走了。"老赵前妻优雅地走出门口上了车，透过车窗对康楠挥了挥手，然后头也不回地离开了。那一刻，康楠觉得这个女人闪着光。

接受过思想教育的康楠急忙跑回楼上寻找病房去看老赵。老赵已经醒了，嘴唇发白，仿佛几天的时间人就瘦了一圈。可除了瘦，康楠觉得他还有哪里和以前不一样了，想了半天才反应过来，老赵怎么是秃顶啊？合着以前一直都戴假发啊！

老赵虽然还不能说话，眼睛却一直看着大伙儿，特别是看到媳妇夏洁和闺女的时候，眼里全是泪水，委屈得像个孩子。

康楠陪着徐州跑前跑后地办完所有手续之后，已经是傍晚了，她和徐州并肩坐在医院花园的长椅上。徐州累了，整个人往下坐了坐，调整完高度，把头慢慢地靠在了康楠的肩上。康楠本想推开她，但看这孩子今天可怜，终究没有动手。

"今天是特殊情况啊，借你靠一会儿。"

"谢谢！"

"差不多就得了，别睡着，外面冷。"

"嗯，我就是歇一会儿。你说，人怎么这么脆弱啊？"

"是啊，所以说健康最重要，挣多少钱都是次要的。"

"我看到我前舅妈跟你聊天来着，你们说什么了？"

"女人之间的秘密你一小屁孩儿老瞎问什么？"

"神神秘秘的，你不就是问她为什么来看前夫吗？"

"你是不是在我身上装窃听器了？"

"我料事如神，用不着科技手段就能明察秋毫。"

"差不多得了，见好就收。"

"好的。我前舅妈怎么说的啊？"

"还是朋友呗，毕竟是孩子她爸，你前舅妈有格局有智慧，不是一般人。"

"羡慕吗？"

"羡慕，我就做不到，我连老王前妻都不敢去看。"

徐州听到这儿，脑袋从康楠肩膀上抬起来："你到底怎么想的啊？怎么还纠结这事啊？这年都过完了，老王这事就没法儿翻篇儿了吗？"

"我也想翻篇儿，这不在努力吗？"

"你努力了吗？"徐州一脸严肃地看着康楠。

"努力了啊！"

"怎么努力的？"

"我发信息骂他了！告诉他不喜欢我、不想跟我在一起、不愿意跟前妻断干净就离我远远的！"

"喝醉时候发的不算！"

"怎么不算！酒后吐真言！"

"那清醒之后呢？"

"看到他的回复让我等他……"

"你等着！"徐州突然站起来。

"你干吗去啊？"

"我去帮你跟老王说！"

"你给我回来，你添什么乱啊！我这事肯定能解决，我不会傻到和他纠缠一辈子，我这一生多宝贵啊！"康楠拦住徐州，说，"你饿不饿？我知道一家特好吃的杀猪菜，老赵带我去过，我们去吃点儿，再给老赵打包个菜，老赵特爱吃这口！"

徐州听到吃的，肚子一顿乱叫。康楠听到笑着拉着他往外走。

夕阳把两个人的影子拉得老长。

康楠吃了半锅酸菜炖粉条，喝光最后一碗汤，舒舒服服地伸了一个懒腰，瞥了一眼对面"生无可恋"的徐州："弟弟，怎么了，东北菜不能治愈你吗？"

"你这个狠心的女人，你老板正躺在病床上与病魔斗争，你却在这里陶醉地吃光了所有的菜，我第一次看见有人吃饭能吃上头的，你要是在网上开一个吃播，你肯定能火。"

康楠没有急着反驳，优雅地从桌上拿起一张纸巾，拿出小镜子擦了擦嘴角，补了补口红，说："我母亲大人说，不管遇到多难的事，只要还能吃得下饭，就不算什么事！何况今天我看到的是，我老板危难之际，亲朋好友从四面八方赶来，家庭和谐，前后两任太太一同出席，温馨励志、姊妹情深，而且已经渡过难关。亲外甥也能挑起家族大业了，还能坐在我对面苛责员工，这样的人生不是谁都能有机会体验的，我老板简直是我的人生导师和偶像。"她说完，拎着已经打包好的鸡汤朝徐州使了一个眼色，"走吧，少东家，给你舅舅、我老板送饭去。"

徐州站起来，接过康楠手里的饭，低下头看着身高刚到自己下巴的康楠，用另一只手摸了摸她的头："小姐姐今天也够辛苦的了，我先送你回家休息，然后再去送饭。"

"放肆了这位弟弟，那饭你送回去吧，我叫车回一趟公司，还有些事情要处理。你也早点儿休息，老赵有情况给我打电话。"康楠一边说一边穿好衣服出了门，没听清徐州在后面说了句什么。

康楠坐在出租车的后座，看着窗外不停闪烁的霓虹以及拥挤着等待过马路的人群，她的心里反倒踏实了一些，在这座城市里还有这么多人和她一样，热闹着、忙碌着、等待着。她轻轻摇下车窗，凉风灌进来，她深深地吸了一口气。

没有什么人间不值得，只有自己知道自己值不值得。

她拿出手机，给小薇发了一条信息：包租婆，把公司附近那套要出租的公寓给我留着吧，我收拾收拾就搬过去！

不一会儿，她收到小薇的回复：遵命，水电全免，房租随意。还不忘附上一张她正在蹦迪的自拍，背景模糊，她的眼睛和头顶的灯球一样闪闪发亮。

康楠要搬家这件事通过小邱这个大嘴巴搞得尽人皆知，连远在老家的小红都知道了。"狗友"们纷纷发来信息问她为什么要搬走，很舍不得她。康楠说新的一年自己工作比较忙，搬到离公司更近的地方比较方便，请大家放心，会照顾好狗子们，有空会经常回来的，人跟人聚、狗跟狗聚。

康楠这几天心里一直不踏实，不知道老王知道她要搬家会不会来问她、会不会出现，她也不知道自己到底是期待老王出现还是不出现，很矛盾。但不管老王出不出现，这个家她都要搬。反正老王都要出国了，亲眼看着老王离开，倒不如自己先走得远远的。想到这里，她不知不觉想起了陈奕迅的那首歌："成千上万个门口，总有一个人要先走。"这次她要先走，狠一点儿，心才不会痛。

在徐州、小薇的指挥下，康楠的全部家当终于打包好了，工人一件一件地装上了车。康楠上去一算，整整 28 箱，还不算家具和家电。

"姐，你这家底可以啊。"小薇递过来一瓶水。

"是，当嫁妆够了。"徐州擦着汗。

"这就够了？这些也填不满以后我在顺义的别墅啊！"康楠喝了一口水，傲娇地说。

"姐，到时候您都住别墅了，这些东西都得换新的了。"小薇马屁怕得很合宜。

"姐不是那喜新厌旧的人，你看这些都是姐在北京这几年打下的江山。"康楠说着指向高高的装着口红和高跟鞋的箱子。

说完，她抱着两只狗上了车，稳稳地坐在了后排座位上，然后让徐州和小薇在后面开车跟着。

说实话，此刻康楠的心情很复杂，她想起自己刚来北京的时候只有一个皮箱。第一次从半地下室里搬出来的时候只有一个皮箱和一个挎包，接着以每年搬一次家的频率不断换地方，同时也不断增加行李。几年之后，发展到如今需要一个大箱货车才能装下，而且还多了两只狗，多了老王给她挑的家具。

正想得出神，Lucky 突然站起来对着车窗外叫了两声，康楠看过去，老王出现在小区门口，伸手拦住了车。

康楠摇下车窗，问："你在这儿干吗啊？多危险！"

"你、你、你要去哪儿啊？"老王满头大汗地问。

"我去哪儿跟你没有关系。"康楠突然意识到自己要做一个心狠的女人，立马端正了姿态，用下眼皮看着老王。

"有、有、有关系！"老王口吃有些严重了。

"有什么关系啊？后面来车了，你快走吧，别堵在这儿。"

老王看了一眼后面徐州的车。"司机，开、开门！"他拍了两下车门，干脆直接打开车门跳了上去，说，"司机，开、开车，谢谢！"他把 Lucky 抱在了怀里。

"你干吗啊，怎么还上来了呢？"康楠一把抢过 Lucky。

"我帮你搬家。"

"用不着。"

"用得着。"

"这不是耍无赖吗？"

"你说是就是吧。"

"你这人有毛病吧？你去跟前妻破镜重圆、比翼齐飞吧！一起在国外幸福快乐，这不是你们的梦想吗？"

"你从哪儿听说我要出国的？"老王盯着康楠。

"你管我听谁说的，你都要卖房子了，别以为我不知道，我可不好糊弄，我可不是外面那些小姑娘还能被你骗！"

"我没骗过你！"

"我谢谢你！"

"是韦玲玲出国了，不是我，我卖房子是想换一套大的，以后我们两个人住！"老王一口气说完，脸憋得通红。

康楠愣住了，缓了几秒钟，说："她出国了？你怎么没跟她一起走？"

"我们已经没关系了，我们说清楚了。我走了，谁照顾你？"

"我可以照顾自己！"康楠说完这句话心虚地咳了一声。

"给我一个机会，让我照顾你！"

老王的声音太有魔力了，康楠的脑子立刻就不转了。

康楠不知道为什么有点儿想哭，但她不知道自己应不应该哭，此刻发生的一切和她想象的不太一样。

她捏了捏鼻子，回头看了看老王，他消瘦了一些，正安静地看着她，等待着她的回答。

"我需要想想，你先不要吵。"

徐州的车一直跟在后面，小薇在副驾驶位置一脸坏笑地看着徐州："哥们儿，你不会一气之下追车抢人吧？像《速度与激情》那种！你要真去追的话先把我放路边，我家里还有一些房产等着我继承呢！"

"你不要说风凉话了！我的心里已经很难受了。"徐州一脸悲伤。

"唉，早知道伤心总是难免的，你又何苦一往情深。我早就跟你说过，楠姐是不会喜欢你这样的小奶狗的，楠姐缺的是安全感，你太不安全了。"

"老王那种老土狗就安全了？我不信他像狗皮膏药一样地回来，楠姐就能被他追回来！"

"孩子啊，你还是不懂女人！人家是润物细无声地感动了楠姐，不信咱俩打赌！"

"打赌就打赌！我要输了我就送你一个包，你要输了就送我一套房子！"

"无所谓，因为你铁定会输！你的道行还不够，要不你先追我试试得了，我不嫌弃你不安全。"

"你再拿我开涮，我真要飙车了！"

"别冲动啊弟弟，都是兄弟姐妹，开个玩笑不至于！调节一下尴尬的气氛，你还真以为我看得上你啊！"

小薇话音刚落，徐州狠狠踩了一脚油门儿，车嗖的一声蹿了出去，路上只留下小薇一连串的尖叫。

番 外

狗子的自白

大 熊

　　我是大熊，自从有记忆以来就和老王爸爸在这个小区里生活，陪我长大的小伙伴一个一个地离开，我这批狗子几乎就剩我自己了。我也想就这么陪着爸爸一天一天平静地度过，每天晚上出去看着这群小崽子跑来跑去，偶尔很烦，偶尔羡慕。

　　今年最开心的事情是遇到了 Lucky，这个小美女像天仙一样，简直就是电视剧里演的一见钟情，是我从未有过的一种感觉，我愿意把我的所有火腿肠和牛肉干都分给她。就像老王听的一首歌："春风再美也比不上你的笑。"我当时就有些鬼迷心窍，追了出去。

　　小美女也对我有意思，没有拒绝我的表白，更燃起了我心底已经熄灭的火。趁着月色我对着她的嘴唇深吻了下去，情难自持……

　　也许是我为狗正直，内心纯良，感动了上天，万万没想到，我竟然老来得子。得到消息的那天我和老王都很开心，这样就算我先离开了，依然会有一只毛茸茸的小东西陪着他，不会让他孤单，只要他愿意。谢谢老天，谢谢 Lucky。

　　Lucky 很快就要生了，我会学习做好一个父亲。

Lucky

我是 Lucky，虽然我刚来到这个家不久，但我很爱我的妈妈，感谢她在我快饿死的时候把我带回家。

令我很难过的是，我被之前的主人遗弃了。那天她早早起来，喂了我最喜欢吃的包子，然后带我走了很远，去了一个公园。我开心地在草地里打滚儿，和她握手，躺下让她揉我的肚皮。她拿出我平时玩的玩具，我兴奋地跳起来，隐约看到她眼角亮晶晶的，接着她把球丢出去很远，我冲出去捡，回来的时候，她却不见了。

我不知道她去了哪儿，以为她在跟我捉迷藏，我到处找也没有找到她。我开始慌了，我是不是跑得太远了，她以为我迷路了，所以去找我了？我只能留在原地等她，一直等她，等到天黑。期间，有小孩儿想跟我玩，又被大人拉走。后来有小孩儿朝我丢石子，我来不及躲，头被砸了一个包。又有大人拿着棍子追我，我只能跑，好不容易跑到没人的地方，结果误入其他狗的地盘，被一群野狗围攻，我伤痕累累，疲惫地逃。

现在我仍然相信她不是不爱我，只是我们走散了。

我是幸运的，现在的妈妈对我很好，还带我认识了新的小伙伴，我每一天都很开心。我真的很爱出去玩，但我现在不敢跑远了，很怕妈妈找不到我，我又要开始流浪，所以我现在学得很乖。

还有一件很不好意思的事情，就是我和大熊的事情。一开始妈妈很不开心，我很害怕，但后来妈妈接受了大熊。老王叔叔也很照顾我，他家就像我第二个家一样，我很幸福。

谢谢妈妈，谢谢大熊，谢谢王叔叔。

哦，也许要叫爸爸。

恺撒

我是恺撒，全小区最好看的崽儿，虽然我身材高大魁梧，但内心温柔，没有狗比我更有内涵了，这是我爸爸小邱的功劳。我比其他狗幸运的是，我几乎没有自己在家的时候，我爸爸每天都在家陪着我和妹妹，所以我更加自信、有安全感。

当然，我最骄傲的是，我可以保护妹妹。小邱这个人看上去有点儿糙，其实非常居家，对我和妹妹的照顾无微不至，我耳濡目染也学会了。妹妹在医院出生后刚被抱回家，我就一直守在她身边，晚上她睡醒了都是我最先知道的。我还能帮小邱拿妹妹的玩具、奶瓶、尿布，看着妹妹一天天长大，我也很有成就感。

妹妹很调皮，喜欢用手捏我的耳朵，咬我的鼻子，把我当成枕头躺在我身上，我都不介意，大人不知道她要干吗，但我都知道，我可以和她说话。

让我担心的是，小邱在家里每况愈下的地位。他总被老婆教训，只要他受罚，我就跟着担惊受怕，怕我和他一起被赶出去。这可真是唯一令我头大的事情。

黑　豆

我是黑豆，是小红的最爱。小红自己爱美，也喜欢给我打扮，每天都要给我梳小辫。最近流行丸子头，她也给我尝试了一下，果然可爱了不少。

我是格格的哥哥，小白把格格带回来的时候我并没有吃醋，因为他确实也很帅，我不忍心欺负他，相反我还会护着他，特别是在外面和小伙伴一起玩的时候。兄弟齐心，义薄云天，我们一起闯荡江湖，所向无敌。

我们唯一的矛盾是，每次格格做坏事都要嫁祸给我，这一点我很受不了。他太爱撒娇，甩锅技术一流，每次装委屈的样子，都会让小白、小红觉得坏事跟他没有关系。幸亏后来家里装了监控，才还了我清白。

格　格

我是一只比格，小白的最爱。我是小区里最好看的狗，他们都是我的粉丝，不分性别和年龄，都希望得到我的关注。

我知道小白一直有一个心结，就是给我做了绝育手术，其实我并不难过，更不会怪他，反正我也看不上任何一只母狗，我只喜欢我自己。

黑豆虽然是我哥哥，但其实他的智商不如我，只要我稍微施展一点儿小手段，就能马上抓住小白和小红的注意力。每次出去玩，黑豆也只听我的，我指哪儿他打哪儿，非常好用。

最近我发现小白和小红的关系好像不太对劲，小红对小白有些不满，我亲眼看到小红偷偷地翻小白的手机。当然我是不会告密的，也不能让黑豆知道。如果小白和小红吵架了，倒霉的一定是我和黑豆，我既然已经预见到了这一点，就不会让它发生。

哦哦，差一点儿忘了说，告诉小白和小红不要在外面人多的时候责怪我或打我，我是要面子的。

贝　拉

我是贝拉，也有人叫我小柴，我有两个妈妈。

每天小伙伴们玩耍的时候，我都在旁边思考，狗子们为什么这么容易快乐？这个问题我一直不得解。

但我发现一点，其实狗之间也是有食物链的，除了自身的条件，主人也是关键。Lucky是后面来的，但是因为她妈妈受到欢迎，所以她也受欢迎。小区里也有其他的狗想跟我们一起玩，但是他的主人不同意，他就会因为不能融入集体而感到自卑或愤怒，甚至狂躁。相反，如果狗主人对我们友好，一般我们狗之间都不会玩得太差。当然也有一些狗子胆小，或者天性好斗，或者性格傲娇，但也总可以找到好朋友。

如果一辈子都交不到朋友，那多可怜。

另一个星球

作词：莫非定律 MoreFeel

作曲：莫非定律 MoreFeel

编曲：莫非定律 MoreFeel

制作人：莫非定律 MoreFeel

和声编写：莫非定律 MoreFeel

和声：莫非定律 MoreFeel/ 杜翔宇 / 张明

录音室：RMB Studio 爆棚 @ 奔跑怪物

录音工程师：徐晓

混音工程师：李子陶

母带工程师：李子陶

等一等我
不要再跑丢
宇宙尽头
等着你的门口

在这个世界　是否　有人
承载着你的孤独　快乐
有限的时间　我们　紧握
尽管这烛光微弱

抱一抱我
失落的时刻
谁放开手了
谁想要而不得

那么多屋檐　只有　一间
住进了你的脆弱　懵懂
你的全世界　全都　是我
却给了我的一切

在另一个星球
在入梦的出口
再多等候
却从来不曾明白
爱
是一场漂流

在另一个星球
你在为谁停留
再次漫游
多希望　我和你
约定见面你好握手

（飞机广播）：
晚上好，女士们先生们：
欢迎乘坐"幸运"火箭航空公司！本次航班将从我们的星球飞往地球。
请带好您的微笑和尾巴，带上治愈人类的法宝，请用你的一生去陪伴他们。
祝您旅途愉快！

请给我一个能遛狗的男朋友

（狗狗们：汪汪汪……）

唱一唱歌
融化掉石头
贴在我胸口
轻轻摸你的头

那么多音乐　只有一首
唱出了你的美梦　失落
跨越了语言　物种　时间
爱自会翻译一切

在另一个星球
在入梦的出口
再多等候
却从来不曾明白
爱
是一场漂流

在另一个星球
你在为谁停留
再次漫游
多希望　我和你
约定见面你好握手

等一等我
不要再跑丢
陪你去到
另一个星球